À un cheveu

Slalom, un département d'Édi8
92 avenue de France, 75013 Paris
www.slalom-editions.fr
Correction : Caroline Moreau
Couverture : Dorian Danielsen

Loi n° 49-956 du 16 juillet 1949 sur les publications destinées à la jeunesse, modifiée par la loi n° 2011-525 du 17 mai 2011.
ISBN : 978-2-37554-343-6
2e impression - Achevé d'imprimer en France en octobre 2022
par Normandie Roto Impression s.a.s. (2204954)
Dépôt légal : avril 2022

MAËLLE DESARD

À un cheveu

Slalom

À toi, qui doutes face au miroir :
Tu es magnifique.

Chapitre 1

On m'a toujours dit que j'étais le sosie de mon père.

Le fait que je sois chauve et que nos calvities ressemblent aux deux joufflus d'une même paire de fesses doit sans doute beaucoup à cet effet miroir qui perturbe autant nos proches.

Rien de plus banal, pourriez-vous me dire, qu'une calvitie héréditaire. Un look comme un autre : il suffit de regarder les têtes d'affiche des films triple dose de testostérone, qui arborent la coupe de nouveau-né et remportent toujours la bataille, explosant au passage les préjugés sur la relation virilité / longueur des poils.

Ouais.

Sauf que je m'appelle Emma, que je n'ai conséquemment pas de souci de virilité, et que j'aurais adoré ressembler à mon père sur n'importe quel aspect de son physique, sauf son implantation capillaire. Tenez, ses grands yeux verts, par exemple. Ça, ça m'aurait bien plu. Mais non. Tête sans poil, iris couleur boue. La roue de la loterie génétique a été tournée pour moi par une poisse phénoménale.

Ou alors mon ange gardien est un sombre idiot qui s'est fait recaler lors de l'examen d'admission. C'est fort possible, très franchement, parce qu'on va dire que niveau protection divine, je n'ai pas été vernie. Si vous voulez mon avis, ça a roupillé sévère dans les cumulonimbus ces dix-sept dernières années.

Autre héritage familial intéressant et qui vient un peu pimenter ma vie si monotone (lol) : le mensonge. Sans doute le trait de caractère principal de ma famille. On est de vrais pros dans le domaine. J'en ai pour la première fois levé le voile le jour où mamie est entrée à l'hôpital : quand les yeux de papa hurlaient la souffrance, mais que son visage persistait à afficher un sourire rassurant en mode « zen Ben, ça roule Raoul » (mon père utilise des expressions de merde, je n'y peux rien et il n'y a aucune raison pour que je sois la seule à souffrir).

— Tout ira bien, répétait-il. Elle est solide, ta mamie.

J'avais huit ans. Ma mamie n'était pas solide.

Grande perche, les cheveux en pissenlit, elle aussi elle avait le mensonge facile. Quand on l'avait placée dans un EMS[1], elle disait que c'était « pour le mieux », et qu'au moins elle n'aurait « plus à faire tout ce ménage. C'est crevant, le ménage ». Sauf que ma mamie avait de la javel dans le sang et des éponges à la place des mains. La propreté, c'était son crush, comme moi tous les acteurs de drama coréen. Je la soupçonnais d'ailleurs parfois de nous inviter juste pour le plaisir de se faire une *cleaning party* quand, enfin, on quittait sa maison. Confettis de lessive et percussions de savon noir,

---

1. Je ne sais pas vous, mais moi, je n'ai jamais été trop sûre de ce que signifie cet acronyme. Établissements pour Mamies Survitaminées ? Ensembles Mobiles Sédentaires ? Alors j'ai fait une recherche. Et la réponse est : Établissements médico-sociaux, ce qui manque rudement de fun.

je l'imaginais se dandiner avec son balai dans les particules de poussière, exultant une totale frénésie hygiénique.

Le comble de tout ça, c'est que c'est une flaque de vomi qui l'a emportée. Elle quittait son « appartement » – croyez-moi, ça mérite des guillemets – pour se rendre à la cafétéria de l'EMS quand PAF, la flaque. Dans l'escalier, tactiquement placée près de la rambarde.

Le un mètre soixante-dix de ma grand-mère a volé ; elle n'a pas survécu à la chute. Je me demande ce qui l'a le plus frustrée, en ses derniers instants. De rater sa partie de bridge avec madame Lefebvre, sa voisine du troisième qu'elle détestait si fort que je les soupçonnais d'être meilleures copines ? Ou de ne pas avoir eu le temps de désinfecter la marche avant de chuter ?

Je ne le saurai jamais. Si ça se trouve, elle a simplement vu défiler sa vie devant ses yeux, apprécié une dernière fois ses astuces ménage dont quatre-vingt-quinze pour cent consistaient à mélanger vinaigre blanc et bicarbonate. Sa solution à tous les problèmes.

C'est lors de la messe donnée en son honneur que j'ai réalisé que ce sont les mensonges qui font tourner le monde, n'en déplaise à Beyoncé. Le prêtre, très sérieux sur sa petite estrade entourée de mille cierges plantés dans des bougeoirs en or, s'est fendu d'un : « Jeannine Martin a vécu une vie bien remplie, et laisse derrière elle beaucoup d'amis. » C'était si improbable que ça m'en avait coupé les larmes et déclenché un éclat de rire, que m'avait fait très rapidement ravaler Christophe, mon frère d'un an mon aîné, en me défonçant l'estomac d'un coup de coude. Après lui avoir détruit le tibia en représailles, j'avais jeté un regard vers mon père qui, stoïquement installé sur le banc trop court pour ses longues jambes, persistait à fixer la croix de Jésus avec les sourcils en colère. Le mensonge était dur à avaler, de toute évidence.

Il faut dire que ma mamie n'avait pas eu plus d'amis qu'une vie bien remplie. Elle s'en plaignait beaucoup d'ailleurs, de n'avoir rien pu faire de sa jeunesse. La guerre, le mariage, les enfants... Elle avait caché toutes ses frustrations sous un bain de savon. Recouvert le tout de bicarbonate et de vinaigre. Puis s'était attelée à éradiquer la prochaine tache que le monde mettrait sur son passage (humaine ou autre, d'ailleurs, pas de chichi chez mamie).

C'est à partir de ce jour-là que j'ai commencé à affûter mes propres mensonges.

Et que j'ai signé la perte de ma famille.

Ouais, rien que ça. Moi, Emma, dix-sept ans, le crâne lustré comme une boule de cristal, les seins compressés dans un soutif 90C au bord de la rupture, caracolant en avant-dernière place dans approximativement toutes les matières scolaires : j'ai réussi à pourrir la vie d'absolument tout le monde, de ma mère dépressive à mon père désabusé, en passant par mon frère, ce grand navet insupportable. Heureusement que mamie n'est plus là, elle a au moins échappé à ça.

Mais je ne veux pas vous assommer trop vite avec le récit de mes déboires. Je ne suis pas sûre que vous teniez la charge émotive, vous voyez ; c'est pour vous que je fais ça.

Alors disons juste que cet été, après une soirée de *Mario Kart* durant laquelle aucun de nous ne s'était vraiment amusés (même moi, qui avais pourtant battu tout le monde), ma mère avait lancé comme un boulet de canon :

— On vend. On se casse.

Et trois semaines après, on prenait le large direction Strasbourg. Le Grand Nord, que mon imagination fertile se figurait comme la région où les gens mangent des plats aux noms barbares, sentent le chou fermenté et voient le soleil deux-trois mois dans l'année. Je n'avais décemment pas pu me plaindre de la destination saugrenue choisie par mes parents, mais je pense que la précipitation y était pour beaucoup. On aurait pu partir dans les îles. En Camargue. Même à Toulouse, s'il le fallait ! Mais Strasbourg ? Sérieux...

C'est comme ça que je me suis retrouvée coincée dans notre minuscule voiture, étouffée par la montagne de coussins dont Christophe a jugé bon de bourrer la banquette arrière, ses grandes jambes poilues de girafe empiétant sur mon espace vital, à subir les playlists douteuses de mon père qui s'entête à faire semblant de parler anglais à la perfection.

Alors quand, enfin, maman nous gare dans la ruelle où se trouve notre nouveau logement, je suis à deux doigts de chialer. De un, parce que je suis libre. Et de deux, parce que j'ai tellement besoin de pisser que ma vessie peut concurrencer mes ovaires pour le trophée de l'organe le plus douloureux du corps.

Huit heures sans pauses pipi, pendant que Christophe, lui, s'improvisait un tour de France des stations-service ; je mérite une médaille. Mais c'était hors de question que je laisse ma Boîte sans surveillance. Parce qu'à l'intérieur se trouve la solution à tous mes problèmes. Le mensonge ultime, qui promet de révolutionner ma vie. Il valait donc bien que je me bousille un rein en le laissant tremper huit heures dans ses propres sécrétions.

D'ailleurs, je ne suis pas loin de mouiller mon jean quand mon portable vibre dans ma poche. Je le dégaine rapidement, et ne peux retenir un sourire quand le message s'affiche :

[Charlotte]
Alors ? Arrivés chez les
consanguins ?

Charlotte, c'est mon seul lien avec le Sud, la seule à être restée pote avec moi après les « événements » de l'année passée. De toute façon, je pense que même si j'avais essayé de disparaître complètement des radars, elle nous aurait retrouvés, quitte à embaucher un détective privé. Et j'insiste bien sur le « nous », parce qu'en plus d'être ma meilleure amie, c'est aussi la plus grande fan de Christophe. Tellement que c'en est ridicule, d'autant que lui supporte difficilement d'être dans la même pièce qu'elle. Cela dit, il a toujours pris grand soin de détester toutes mes copines.

[Emma]
On a encore croisé personne.
Mais je crois que tu te goures de région

[Charlotte]
Na. Tout ce qui est au-dessus
de Lyon, c le nord ma petite.
Chris va bien ?

[Emma]
Il pense à toi

[Charlotte]
Vrai ?!!!

[Emma]
... bah non

[Charlotte]
Bitch.

Je ricane et range mon téléphone pour sortir de la voiture et m'étirer autant que mon ventre en souffrance le permet, mon bonnet bien enfoncé sur la tête. Hors de question qu'un voisin me surprenne le crâne à l'air : la clé pour un bon mensonge, c'est la consistance.

— C'est très mignon ! s'exclame ma mère avec un enthousiasme excessif qui ne trompe personne.

Je laisse mes yeux errer dans la rue. C'est vrai qu'on a plus l'impression d'être dans un village qu'en plein Strasbourg. Les maisons font maximum trois étages, certaines ont poussé la coquetterie jusqu'à se parer de colombages, et les balcons dégueulent de fleurs. Mais ça n'est pas « la maison », et la culpabilité me terrasse comme un coup de poing au plexus.

Je me redresse, un sourire en toc plaqué sur le visage, et rentre dans le jeu de ma mère :

— On va voir ?

Personne n'est dupe. Mon père me lance les clés et je prends la tête de notre petite famille grise de fatigue pour visiter notre nouveau chez-nous. Les déménageurs sont arrivés un peu plus tôt – la faute à la vessie percée de Christophe – et celui qu'on dépasse en pénétrant dans l'appartement est d'ailleurs très mignon, une version plus musclée de Tom Holland avec des yeux bleus. J'apprécie son corps recouvert de sueur d'un regard professionnel, et ma motivation redouble. Mon plan est d'enfer.

— Il t'a regardée, roucoule Christophe en me collant un coup de coude dans les côtes.

Je rougis et enfonce mon bonnet un peu plus sur mes oreilles. Juste au cas où.

L'appartement est... Bon, tablons sur lumineux, ce qui est plutôt positif. On a même un jardin d'hiver qui donne direct sur celui du voisin, c'est le luxe ultime. Christophe et moi avons chacun notre chambre, et je trouve sans trop de peine la mienne. Il faut dire que l'ensemble n'est pas bien grand. Les déménageurs y ont déjà monté mon lit et ma commode – une coiffeuse que je refuse d'appeler comme ça, parce que je ne veux pas non plus me troller le matin au réveil, merci bien. Devant la fenêtre s'empilent une dizaine de cartons, et je grince des dents quand je lis sur le premier : TROPHÉES EMMA.

J'ai dû faire des choix.

J'ai troqué la natation, les entraînements journaliers – mes petits soleils après les cours –, et surtout l'adrénaline des compétitions contre le Mensonge qui va me permettre de tout reprendre à zéro.

Nouveau lycée, nouvelle ville, nouvelles fréquentations... il est hors de question que je m'y pointe avec mon crâne en friche. Alors, déterminée, je pousse le carton dédié à ma gloire passée dans l'entrée, j'écris dessus « DÉCHARGE », et je claque la porte de ma chambre.

Je suis fébrile. Tout ce que je fais aujourd'hui me semble étrangement teinté de symbolisme. Je me demande si je n'aurais pas dû faire un détour par les toilettes avant de venir m'enfermer ici, et si je ne suis pas en train de noyer mon lobe frontal dans un océan d'urine.

Mais la Boîte contre mes côtes, sa pointe qui s'enfonce juste sous mon aisselle, me rappelle qu'il y a des priorités dans la vie, du genre qu'on ne peut pas ignorer. Je peux tenir encore quinze minutes.

Je prends une grande respiration et l'ouvre.

Sous le papier de soie repose ma Précieuse.

Brune aux reflets caramel, qui arrive à longueur d'épaule.

Mono-filament transparent sur tout le haut du bonnet.

Film cinéma sur l'implantation de la frange.

Mon mensonge s'appelle perruque.

Chapitre 2

[Charlotte]
Vas-y meuf !
Le pouvoir de la moumoutte !

Je laisse échapper un petit rire et prends soin d'effacer le message de Charlotte. Zéro trace – ce n'est pas un sms aussi idiot qui me fera tomber.

Le tram est bondé, à croire que toute la ville n'est habitée que par des ados qui se pressent tous dans la même rame pourrie. L'air est saturé d'un mélange de parfums, de sueur et de vêtements mouillés qui me rappelle ma première année de lycée à Orange et, un instant, j'en ai la tête qui tourne. Bouffée de mauvais souvenirs s'ajoutant à l'odeur de fond de poubelle ; on adore.

— Ça te va bien, me lance Christophe depuis la stratosphère d'où il nous domine.

— Quoi ?

— Ta nouvelle coupe.

Il rayonne, apparemment très fier de sa formulation.

— Merci.

Quand je suis descendue ce matin pour le petit-déjeuner, il avait manqué s'étouffer sur son bol de céréales. C'était la première fois que je portais ma perruque, (elle est bien trop chère pour que je la trimballe à la maison – pas moyen que je prenne le risque que Christophe y fourre ses grosses mains pleines de doigts pleins de gras) et elle a fait un effet bœuf. Même mes vrais cheveux dans leur heure de gloire n'étaient pas aussi canons. Brillante juste ce qu'il faut, soyeuse sans être excessive, elle est absolument parfaite.

Si ce n'est que le bonnet de coton que je porte dessous me fait l'effet d'une doudoune en plein été, et que le crâne qui sue, c'est l'effet secondaire que je n'avais pas anticipé. Mais ce léger inconvénient est contrebalancé par la transformation de ma tête en boule velcro, qui sécurise ma perruque aussi fort que possible sans se tresser un nœud de cheveux sous le menton.

Christophe m'attrape brusquement la main et je sursaute.

— Arrête de la tripoter, me souffle-t-il. Je t'assure, t'es parfaite.

Je retire mon bras et termine de me lisser la frange en le défiant du regard.

— C'est un truc de fille, tu peux pas comprendre.

— Parce que toi tu peux ?

Première erreur : je lui fracasse le tibia avec mes bottines et lui coupe son envie de rire par la même occasion. S'il faut que je le tabasse ce soir à la maison pour lui rappeler la seule règle à laquelle il avait accepté de se plier, je le ferai. Pas de sous-entendu sur ma calvitie. Point. En échange de quoi, il m'a demandé de ne pas ébruiter son passé de délinquant.

Ce qui est débile parce que, de un, j'ai zéro intérêt à en parler à qui que ce soit, vu que je compte bien faire profil bas cette année, et profiter de la scolarité banale d'une fille banale qui vit des choses banales. Et de deux, je me sens carrément coupable vis-à-vis de Christophe, et je ne sais pas quelle charge de culpabilité je pourrais encore encaisser avant de prendre feu spontanément.

Parce que si le dossier de mon frère est frappé du sceau infamant d'une notice d'expulsion pour violence aggravée – ce qui va déjà bien lui pourrir sa scolarité – et qu'il a dû redoubler sa première, c'est uniquement de ma faute. Je vous ai dit que j'ai gâché la vie de toute ma famille.

Parfois, le soir, alors que je plonge doucement dans le sommeil, je m'en retrouve extirpée par une chimie débile du cerveau qui décide que c'est le moment idéal pour se rappeler TOUT ce que tu souhaites enfouir au plus profond de toi. Les paroles, les gestes, les pensées, les conséquences, en une seule vague gigantesque qui me laisse minuscule et transpirante au fond de mes draps. Je revois Christophe choper le gars par le col. Le soulever de terre, le jeter contre le casier. J'entends le bruit de l'impact et le « ting » de la dent qui rebondit sur le carrelage, avant de venir s'arrêter à mes pieds.

Je me souviens des regards pesant sur moi quand je passais dans les couloirs, des rires et des murmures. Je me souviens des blagues, de la trouille au ventre et de la gorge nouée. Et puis de la peur. Et puis de l'après. Des parents. De l'expulsion. De la peur. De la peur. De la peur. De la peur. De tout le reste.

Je m'ébroue pour secouer cette mauvaise énergie, et me force à me tenir la tête droite. Tout ça, c'est derrière nous. Et il n'y a aucune raison pour que le schéma se répète. Comme me l'a rabâché la docteure Perchivod : il faut aller de l'avant, garder le regard sur l'objectif, et tenir son cap.

Huit ans d'études au bas mot pour me servir un speech digne d'une chanson de Renaud. C'est quand même fort.

Quand nous sortons du tram, je réalise que Christophe est sans doute aussi nerveux que moi. La preuve : il m'attend sur le trottoir avec un air paumé qui m'arrache un sourire. C'est vrai qu'il est chou quand il n'est pas sur la défensive, avec sa mâchoire qui commence à s'affirmer, tout en angles et ombrée des prémices d'une petite barbe.

Physiquement, il a plein d'atouts : sa taille, sa carrure de coureur, ses mollets bien ronds, ses cheveux chocolat parfaitement coiffés, ses yeux qui sentent la chlorophylle (je vous l'ai dit : il y a une injustice profonde dans la répartition des gènes dans cette famille). Mais si je devais deviner ce qui lui donne ce charme que les filles s'arrachent, je parierais... pour ses sourcils. Il a de gros sourcils, qui lui donnent un air tout doux.

Quand je le rejoins, il passe son bras par-dessus ma tête et attrape mon sac à dos, me forçant à faire un tour sur moi-même pour éviter d'avoir les épaules déboîtées.

— Mais qu'est-ce que tu...

— Fais pas chier. Donne ton sac.

Un groupe de filles nous passent devant en gloussant, me déclenchant des frissons de stress. Entendre des rires aussi proches de moi, ça n'est jamais très bon signe... J'assassine Christophe du regard :

— Tu joues à quoi, là ?

Il grimace :

— Bah quoi ? C'est pas mauvais pour tes pointes ?

Ma colère s'essouffle aussitôt. Bah ça alors, il m'aurait écoutée ? J'en reste muette le reste du – court, Dieu merci – trajet vers les grilles du lycée. J'ai donné un cours complet de soin de la perruque à ma famille la veille au soir. Tous les « à faire », « à proscrire » et « points à surveiller » que j'ai pu glaner sur le net. C'est un enfer d'être chauve quand on est une femme. Heureusement que j'ai pu compter sur les blogs et vidéos de la communauté noire, sans quoi je me serais retrouvée avec une perruque de carnaval en poubelle recyclée.

Et l'un des principaux soucis, avec les perruques, c'est qu'elles ne profitent pas comme les cheveux du sébum naturel produit par le cuir chevelu. Les pointes sèchent donc très vite, et le frottement contre les vêtements les attaquent d'autant plus rapidement. J'ai dépensé la totalité de l'argent épargné depuis mes quatorze ans en produits d'entretien, et j'ai donc officiellement claqué plus de sous en soins capillaires depuis que je suis chauve que pendant toute ma vie de chevelue... un comble.

Sous le préau, un attroupement d'élèves se presse autour du grand panneau d'affichage et je panique un peu. Avec ma tête Velcro, je me dis que nous sommes plutôt safe, moi et ma Précieuse. Mais pour peu que quelqu'un me chope les cheveux à pleine main, ou coince une mèche dans sa veste, ou se trouve être un fétichiste chelou du tirage de couette, ou...

— Reste là, propose Christophe, me sortant sans le savoir d'une spirale descendante. Je vais aller voir en quelles classes on est.

Il pose nos deux sacs à mes pieds et plonge rapidement ses yeux dans les miens. Il me saoule à être aussi gentil. C'est déjà ce qui l'a mis dans la merde l'année passée, pourquoi est-ce qu'il n'apprend pas ? Je lui fais un signe de la main pour qu'il s'éloigne, et il rejoint le tableau en un petit trot très professionnel, ses réflexes de coureur de fond prenant directement le contrôle de son corps.

Je repère plusieurs personnes qui se retournent sur son passage et buggent sur son visage ; les sourcils, je vous dis. Je tire les sacs avec moi et me colle contre un des murs, en profitant pour observer les élèves qui passent le portail. Ce qui me rassure, c'est que les modes Sud/Est sont approximativement les mêmes. Pas que j'en doutais vraiment, mais Charlotte m'avait dit que les tendances mettaient dix ans avant d'atteindre le Nord. Pourquoi je l'ai crue, sérieux... Heureusement, je n'ai pas fait n'importe quoi en m'habillant ce matin.

Combinaison rouge orangé qui s'arrête à mi-cuisse et couvre mes épaules. Des bottines, parce que je trouve les pieds dégueulasses et qu'à part pour nager, me doucher et dormir, je ne suis jamais pieds nus. Et puis surtout : un décolleté suffisant pour détourner l'attention de mes cheveux.

Il faut dire que ma poitrine, c'est quelque chose d'assez nouveau pour moi. Non pas qu'elle ait poussé au milieu de la nuit, genre je me couche, et le lendemain au réveil j'ai une paire de fesses au milieu du torse. Non. Mais je l'avais toujours considérée au mieux comme une excroissance encombrante. Être équipée de deux flotteurs aussi gros que les miens quand on fait de la natation et qu'on vise les compétitions, c'est carrément handicapant. Alors j'achetais mes brassières au rayon enfant, et j'espérais que mon corps comprendrait le message et réaspirerait mes deux seins dans mon ventre.

Spoiler alert : il ne l'a jamais fait.

Comme j'ai dit au revoir à la natation pour lui préférer la Précieuse et la vie qu'elle me promet, j'ai décidé de libérer ma poitrine. Au sens propre : je lui ai acheté de vrais sous-vêtements. À sa taille. Et j'ai découvert le pouvoir du décolleté (et accessoirement le plaisir de respirer).

Je remonte discrètement la bretelle de mon soutif quand Christophe revient au pas de course. Et le sourire qu'il affiche ne me dit rien qui vaille : il arborait le même le jour où, pour déconner, il avait mis du colorant alimentaire dans mon gel douche. J'avais eu la tronche bleue pendant deux jours, et on s'était frittés tellement fort que nos parents avaient dû nous enfermer dans nos chambres.

— Quoi ? attaqué-je dès qu'il est à portée de voix.

Un sourcil se pose en circonflexe sur son front. Une seule fossette apparaît.

Oh merde. On est à deux sur sept sur l'échelle Christophe des emmerdes.

— Quoi ? Lâche le morceau, sérieux... !

— Tu vas adorer, frangine.

— ...

— On est dans la même classe !

Chapitre 3

Ça, ça ne faisait pas partie du plan.

Mon frère est aussi discret qu'un labrador sous cocaïne qu'on aurait lâché dans une piscine à boules. Et c'est difficile de faire profil bas quand il se met en plus à jongler. Christophe, c'est une espèce de monstre social qui ne vit que pour attirer l'attention. Et quoi de mieux qu'être le nouveau de la classe ?

Et vas-y que je tape la discut' avec tout le monde, et vas-y que je ris fort. Il est à deux doigts d'improviser un spectacle de danse au milieu de la salle de maths.

De vous à moi, c'est bien sûr la jalousie qui parle. J'adorerais avoir la même capacité à me foutre de ce que les gens pensent et à y aller en mode bourrin face à chaque obstacle de la vie. Mais ce n'est pas dans mes cordes. Moi, ma technique pour approcher les gens, c'est de faire des sourires gênés en espérant que ma cible n'a pas encore fait sa B.A. de la journée et vienne entamer la discussion. Ce qui, on ne va pas se mentir, aboutit rarement.

— Arrête de faire la gueule, me souffle Christophe quand nous nous installons enfin.

— Il y a au moins mille places de libres dans la classe, sérieux... Les parents te filent un bonus sur ton argent de poche si tu me colles comme une sangsue ?

Il me fait son sourire charmeur, balance son sac sur la table, avant de se jeter sur le siège à mes côtés et d'étaler ses jambes dans un angle improbable.

— Nan. Je pense simplement qu'on va bien s'amuser.

— Si tu le dis...

Je sens les regards sur nous et je me force à dissimuler mon énervement derrière un masque que j'espère amène. Une nouvelle forme de mensonge que je ne maîtrise pas encore aussi bien que les autres. Mais ce n'est qu'une question de pratique, en fait.

Je repousse les affaires de Christophe qui prenaient toute la place quand deux gars s'installent devant nous ; l'un d'eux ne perd pas de temps et chevauche carrément sa chaise à l'envers, les bras croisés sur le dossier et le sourire séducteur.

— Salut, me lance-t-il. Moi c'est Louis.

Je le dévisage un instant. Bah merde. C'est ça, le pouvoir d'une chevelure bien brillante et d'une poitrine à l'aise dans un soutif à sa taille ? Je m'en doutais, mais c'est autre chose de le vivre. Cela dit, le moment de félicité est de courte durée car je n'ai pas même le temps de répondre que Christophe me coupe l'herbe sous le pied, et tend sa grosse pelle de main à Louis en prenant bien soin de me la passer devant le visage :

— Christophe Martin. Et ma sœur, Emma.

— Ah, ta *sœur* ! s'illumine Louis. Nouveaux à Strasbourg ?

Je devance Christophe, saoulée de ses manières de phallocrate :

— Oui, on est arrivés avant-hier.

— Vous avez déjà pu faire un tour en ville ?

— C'est prévu.

Je me demande s'ils vont sortir leurs bites et improviser un petit duel quand celui que je devine être le professeur de maths entre dans la classe. Déduction pas très complexe, du fait qu'il affiche une cinquantaine bien tassée – surtout dans le ventre –, qu'il serre sous son aisselle un porte-documents en plastique vert et que tous les élèves se redressent à peine a-t-il passé le pas de la porte.

Je crains un instant que leur réaction ne soit due à de mauvais souvenirs avec lui, mais l'atmosphère se détend et la moitié de la classe improvise un concert de sifflements ; j'en déduis que c'est tout l'inverse : on a le coolos en prof principal.

— Monsieur Kovacs ! crie une fille sur ma droite. Comment se sont passées vos vacances ?

— Trop vite, ma petite Cindel. Trop vite. Allez, allez, on se calme ! Moi aussi, ça me fait plaisir de vous voir ! Retournez à vos places, maintenant !

L'excitation soudaine redescend presque aussi vite qu'elle est montée, sans que la légèreté ne quitte toutefois la pièce.

— Laisse cette place pour Jacob, tu veux bien ? demande monsieur Kovacs à un garçon installé au premier rang. Il va galérer avec sa jambe, s'il arri... Ah, le voilà. Salut, Jacob. Comment tu te débrouilles ?

Un mec rentre dans la salle en boîtant, un pied dans le plâtre et une casquette enfoncée sur la tête, je profite de l'attroupement qui se forme autour de lui pour faire discrètement le point avec Christophe :

— Tu ne vas pas me fliquer non-stop, rassure-moi ?

Il me boop le nez.

— Bien sûr que si. C'est mon job, sœurette.

Je vais le tuer.

Je veux le tuer. Mais la journée ne m'en laisse pas l'occasion.

Monsieur Kovacs a la gentillesse de ne pas nous infliger la présentation debout face à la classe. Il se contente de nous souhaiter la bienvenue, nous invite à le contacter au besoin, puis enchaîne avec l'événement phare de l'année scolaire : la préparation aux premières épreuves du bac. Je décroche déjà.

On passe de classe en classe, Christophe navigue de groupe en groupe, et moi je me noie de plus en plus à chaque heure qui passe. Rejoindre un nouveau lycée en première, c'est juste la merde. Certains élèves se connaissent depuis le collège. Les autres ont déjà fait leur trou pendant la seconde. Et moi, j'ai l'impression d'être ce perso chiant de roman qui s'incruste dans le tome 2 et chamboule la dynamique entre les protagonistes. Et je n'aime pas ce feeling – ni ces persos, d'ailleurs.

Je rajoute petit à petit dans mon carnet de nouveaux devoirs que je ne ferai pas et de nouveaux noms à la longue liste de ceux que je ne retiendrai jamais. On est 36 dans la classe. Il va me falloir des mois pour tous les mémoriser – et encore, avec du bol.

Christophe, lui, roucoule déjà avec plusieurs bandes. Les sportifs, sans surprise, vu qu'il a rejoint le club d'athlétisme. Il a aussi rapidement initié le contact avec, comme je les nomme, les « spécialistes du fond ». Ceux qui s'installent au plus loin du tableau, pour crier le plus fort possible aux profs toutes les conneries qui peuvent bien leur passer par la tête, dans l'espoir de [rayer la mention inutile] : faire rire la classe / se faire virer / travailler leurs futurs *one wo.man show.*

La fin de cette journée de l'angoisse culmine avec deux heures d'anglais. Matière dans laquelle – je vous saurais gré de faire semblant d'être choqué.e – je suis : COSMIQUEMENT NULLE. Même si ma vie en dépendait, je serais incapable de me dépatouiller autrement qu'à beugler les quelques insultes que j'ai apprises en ligne ou bien des « ze umbrella is in the kitchen ». Cela étant dit, je tiens quand même à préciser, pour ma défense, que je ne suis pas complètement responsable du désastre de l'Éducation nationale que j'incarne. Parce que moi, j'avais pris espagnol première langue dans le Sud. Et ici, on ne m'avait laissé le choix qu'entre l'allemand et l'anglais. Voire le japonais, pour une obscure raison – mais je galère déjà à maîtriser une langue qui partage le même alphabet que la nôtre, il faut savoir être humble dans ses ambitions. La décision ne nécessitait donc pas vraiment que je me triture les méninges à l'excès.

Et c'est pour ça que je me retrouve à 16 heures ce lundi, avachie sur ma chaise, à gribouiller mon carnet, complètement inconsciente du drame qui s'apprête à se jouer.

Ma mère dit que j'ai du talent, et que mes dessins, bien que simples, transmettent beaucoup d'émotions (ça vous surprend si je vous dis que ma mère est psy ?). Je pense surtout qu'elle essaie de me pousser vers une nouvelle passion, que c'est sa manière à elle de m'aider à gérer le deuil de la natation. Elle a été déçue quand il a été clair que je n'avais pas hérité de la bosse du ménage de mamie – ce qui les aurait rudement arrangés, elle et mon père, vu qu'ils aiment autant nettoyer que moi développer une fraction.

Cela dit, sa manière de me soudoyer à coups de crayons de couleurs, de gouache et de craies grasses a porté ses fruits. Je me suis même inscrite en option arts plastiques, ce qui me surprend moi-même.

Bref, tout ça pour mettre en contexte mon activité du moment : les petits portraits. Ils me servent surtout de moyens mnémotechniques, pour me rappeler des personnes qui m'entourent. J'ai par exemple repéré une fille, toujours installée dans le fond de la classe, avec une coupe mulet aux pointes bleues et le liner le plus impressionnant que j'aie vu de ma vie – hors TikTok. Je l'ai représentée sous la forme d'un petit renard. Le mec qui boîte avec son plâtre, j'en ai fait un flamant rose. Louis, un coq. Christophe, comme toujours, un labrador. Je m'éclate bien, ça permet de tuer le temps.

La professeure n'y échappe pas. Elle a les cheveux courts, et des toutes petites lunettes qui grandissent ses yeux au max. On dirait une taupe. Une petite taupe mignonne, avec une veste multicolore et des dents du bonheur. Je suis super contente, elle est vraiment très réus...

— Est-ce que je vous dérange, mademoiselle ?

Je n'ai pas besoin de relever la tête pour savoir que la question m'est adressée. Appelons ça le sixième sens de l'étudiant. Quand ta vision périphérique a déjà repéré que quelque chose dans ton environnement a changé, que les silhouettes se sont repositionnées pour te faire face, et que la forme centrale, celle qui s'agite le plus, est à présent immobile, face à toi. Tous mes instincts primaires se réveillent d'un coup : shoot d'adrénaline, le cœur qui s'accélère, la respiration qui s'emballe.

Je suis dans le viseur de la prof. Je lève la tête, doucement, et pleure presque quand mes craintes se confirment : elle me fixe, ses immenses yeux myopes rivés aux miens.

— Euh, non, non, pardon, madame.

— Vous preniez des notes sur le cours, j'espère ?

Je panique un brin. Sans me maîtriser, je croise mes mains sur le carnet, ce qui est très con parce que c'est un peu le signal international du « pitié ne viens pas voir ce que je fais sinon je vais le regretter ». J'espère que ma prof-taupe est aussi douce que je l'ai dessinée.

Visiblement pas. Elle prend mon aveu physique de culpabilité comme une invitation à venir me bouffer sur ma table, et remonte l'allée avec un sourire. Oh merde oh merde oh merde. Je crois que je fais une crise de panique.

— C'est bon, madame... intervient Christophe d'une voix traînante. Vous pouvez être sympa pour notre premier jour.

La prof fait une pause, son attention se déplace de mon cahier au visage de canaille de mon frère, les bras croisés derrière la tête, en équilibre sur sa chaise. Il est doué, parce que même moi j'ai envie de le claquer quand il fait ça. Directement, la colère de la professeure se concentre sur lui, me laissant le temps de fourrer l'objet de mon crime dans mon sac, ni vu ni connu.

— Répétez-moi ça ? ronronne-t-elle à l'intention de Christophe.

— Je vous demandais d'être sympa pour notre premier jour.

— Ça ne fonctionne pas comme ça, jeune homme.

Christophe se laisse lourdement tomber sur sa chaise, posant avec insolence sa tête sur son poing :

— Déjà qu'on s'ennuie ferme, vous pourriez au moins être cool.

Quand je vois la prof s'insurger, je me dis que j'ai raté mon croquis. Ce n'est pas une taupe : c'est une poule. Une vraie de vraie, avec la tête qui rentre dans les épaules, le poitrail qui se gonfle, la bouche qui s'ouvre et se ferme pour souffler des paroles inintelligibles.

— Très bien. Vous l'aurez cherché. Jacob ? Je vous prie d'accompagner ce jeune homme dans le bureau du proviseur.

Le flamant rose se lève, la prof tressaille quand elle repère son plâtre. Elle lui fait signe de se rasseoir en se frottant les tempes, l'air dramatiquement épuisé pour une personne qui a repris le travail exactement six heures plus tôt :

— Excusez-moi, Jacob. J'en avais oublié votre état, avec tout ce cinéma.

— Pas de soucis, madame, la rassure le jeune homme en plaquant ses béquilles sous ses aisselles. Je m'en charge.

Le pauvre. Je ne le vois que de dos, mais il est clairement en galère.

— Parfait, parfait... Vous ! aboie la prof en pointant mon frère du doigt. Sortez de ma salle de classe, immédiatement.

Christophe se redresse avec un soupir théâtral, mais il me lance, par-dessus son épaule, un petit clin d'œil qui me laisse minable.

Chier.

Une fois de plus, c'est lui qui trinque pour moi.

Chapitre 4

L'ambiance au petit-déjeuner ce matin est aussi explosive qu'une partie de frisbee dans un magasin de porcelaine.

Quand je quitte ma chambre, je peux sentir l'atmosphère de la pièce se charger au fur et à mesure que je remonte le couloir : les parents n'ont toujours pas digéré ce qu'il s'est passé la veille. Maman est occupée à ouvrir les derniers cartons dans la cuisine pendant que papa prépare des pique-niques pour leurs repas de midi. Le pic de culpabilité fait de nouveau surface, insidieux, dans mon ventre : à Orange, ils avaient tous les deux des restaurants sympas devant leurs cabinets. Ici, ils vont devoir se contenter des ratés culinaires de mon paternel pour se remplir la panse.

J'approche, circonspecte, de la casserole frémissante, et fais la grimace : lait de coco et haricots rouges. Je ne sais pas d'où mon père sort ses délires, mais parfois, ça fait peur.

— Tu as quelque chose à dire, Emma ? marmonne-t-il dans mon dos.

Je ne sursaute pas. Moi aussi, je sais être en colère.

— Ouais. Ça pue, ton truc.

Je croise son regard ; il n'ose rien me dire. Il sait que c'est encore un peu fragile entre nous après hier soir, et je sens qu'il veut en parler. Alors, je réagis comme le ferait n'importe qui de sensé : je m'éloigne, et vais mettre mes chaussures.

Avec Christophe, on s'est pris le savon de l'année en rentrant des cours. Il semblerait que la CPE avait déjà prévenu nos parents de la colle de Christophe et de son coup d'éclat du premier jour... Résultat ? Des heures et des heures à les laisser nous hurler dessus et évacuer des mois de frustration. Je pense que l'empreinte de nos fesses est toujours visible sur les chaises de la salle à manger tellement on y est restés longtemps...

En temps normal, l'heure de colle de Christophe aurait à peine effleuré le beau plumage parental de nos géniteurs. Mais hier, ils ont pris ça comme un affront personnel. Christophe était resté stoïque tout du long, prenant la majorité du blâme avec un calme olympien. Et quand mon côté chevalier blanc avait fait surface et que j'avais voulu intervenir, il m'avait simplement arrêtée d'une main sur la cuisse en secouant la tête. Il avait raison ; si j'avais indiqué à cet instant aux parents l'élément déclencheur de toute la situation, on repartait pour un tour de manège complet.

Et puis, comme on ne leur opposait aucune résistance, ils avaient perdu le contrôle de leurs vannes à conneries et nous avait balancé dans les dents :

— On ne va pas pouvoir déménager tous les six mois... Il faut faire des efforts !

Je ne saurais pas expliquer pourquoi, mais ça m'avait direct tiré les larmes, avant même que je ne comprenne ce que cette phrase sous-entendait. Paf, les grandes eaux. Je m'étais levée et j'étais partie m'enfermer dans ma chambre. Je n'avais pas ouvert à Christophe quand il était venu toquer à ma porte, et certainement pas aux parents non plus, et j'avais passé la soirée sur mes jeux, trop dépitée et triste pour sortir mon carnet à dessin. On ne parle pas assez des effets cathartiques d'un bon Doom-like quand on a le moral dans les baskets.

Ce qui explique donc l'ambiance délicieuse qui flotte dans notre appartement, comme l'odeur d'une poubelle restée ouverte trop longtemps.

Mais franchement... Comme si j'y pouvais quelque chose, moi, au fait qu'on m'ait prise en grippe l'année passée. Ou que je perde mes cheveux. Ils pensaient quoi, que je me peignais une cible sur la tête avec du rouge à lèvres et que je courais dans les couloirs en secouant mes bras dans tous les sens ?

Avec Christophe, on se presse tellement de quitter la maison qu'on arrive avec quinze minutes d'avance à l'arrêt de tram. J'en profite pour faire une halte dans une boulangerie sur le chemin, et je lui achète leur plus grosse viennoiserie, recouverte d'un glaçage au sucre et fourrée à la crème pâtissière.

— Tiens.

Il attrape le paquet avec une grimace, ses gros sourcils tordus d'incompréhension.

— Que me vaut l'honneur ?

— Pour hier. La prof et les parents.

Il s'esclaffe avant de carrément manquer une respiration devant la taille de l'engin pur beurre que je lui offre. Il y a assez de sucre dans et sur ce machin pour tuer un diabétique à cent mètres de distance.

— T'avais pas besoin, mais merci.

— Ouais, t'avais pas besoin non plus.

Il hausse les épaules, un océan de miettes sur son menton après sa première bouchée.

— Tu sais, dossier scolaire foutu pour foutuAOUCH !

Mon coude dans ses côtes lui fait ravaler sa connerie.

— 'tain, mais t'es agressive comme meuf !

— Seulement quand t'es con.

— Tu me tapes tout le temps, merde !

— Sois moins con, alors.

Quand le tram arrive, je suis soulagée de constater qu'il est bien moins blindé que celui de la veille, et j'en arrive presque à la conclusion que ça vaudrait la peine de partir plus tôt le matin, histoire d'éviter la foule. On s'installe avec Christophe dans un carré de quatre, grand luxe, et j'observe les rues défiler. La remarque de mes parents tourne en boucle dans ma tête, enflant et enflant au fur et à mesure que je me rejoue la scène. Fait chier. Je ne pensais pas que ça me toucherait autant... je n'ai demandé à personne, moi, de déménager.

— Je peux m'asseoir ?

Je rumine toujours ma colère alors que Christophe retire son sac du siège pour le nouvel arrivant.

— Sûr. Tu vas bien ?

Pas de doute ; quand ils se serrent la main, j'en conclus que les deux se connaissent. Je leur jette un coup d'œil oblique : plâtre. Ah, c'est le flamant rose qui a conduit Christophe chez la proviseure hier. Et ils ont réussi à faire copain-copain en... cinq minutes chrono ?

— Nickel. C'est Emma, n'est-ce pas ?

Il me parle ; je suis obligée de faire preuve de la moindre des politesses. Un soupir discret, et je lève enfin les yeux vers son visage. Et puis, écoutez, vu qu'on est entre nous, inutile de mentir : j'en avale ma propre glotte. Se contenter de le catégoriser sous « plâtre », c'est presque criminel quand on a une aussi belle gueule et un sourire aussi craquant. Le soleil matinal lui tape dans les yeux, instillant des paillettes de miel dans le noisette de ses iris, et ses cheveux sont légèrement ondulés, comme au saut du lit. Où je m'imaginerais bien à ses côtés, parce que je suis visiblement en rut et que seule mon éducation me retient de bramer dans le tram. Ce mec ne devrait même pas exister en dehors de mes fantasmes ; j'ai envie de l'enfermer dans un placard et de crier à tout le monde de regarder ailleurs.

— Allô Emma, ici la Terre, grimace Christophe en secouant ses doigts devant moi.

Je cligne des yeux une fois. Deux fois. Réalise. Rougis. M'empêtre dans mes mots. Bave. M'essuie la bouche.

— Ouais, ouais salut, Emma. Et toi, tu, euh... nom ?

Oh putain.

Rien à foutre, on déménage demain. Quitte à ce que les parents m'en veuillent, au moins que ce soit pour une bonne raison. Mon flamant rose se marre et je pense que je perds deux ou trois ans de vie à la vue de ses fossettes et de ses dents blanches.

— Jacob. Chris m'avait dit que t'étais timide, t'inquiète.

— Chris est un con.

— Bah c'est sympa, marmonne mon frère. C'est pas moi qui faisais des dessins de la prof dans mon cahier, que je sache.

— Je pouvais gérer.

Il se renfrogne.

— Ouais, bien sûr.

— Pas du tout timide, remarque Jacob.

— Tu m'as prise au dépourvu. Ce sont les fossettes, c'est un coup en traître ça.

Ses yeux s'arrondissent de surprise, puis il lâche un éclat de rire et se tourne vers Christophe, m'offrant la quasi-perfection de son profil :

— Ouais, pas du tout timide.

— Si seulement...

Fuck. J'ai l'impression de ne pas lui avoir rendu justice, à le croquer en flamant rose. Mais à la réflexion, ça ne lui va pas si mal. Il est toujours perché sur une jambe. Est flamboyant. A les joues roses. Peut-être qu'il aime les crevettes ?

— Tu passes à l'entraînement cet aprèm ?

— J'aurai un quart d'heure de retard à cause de la colle, mais ouais.

— T'inquiète pas pour ça, je t'attendrai.

— Tu fais partie du club d'athlétisme ? je ne peux m'empêcher de demander.

Jacob fait une grimace et tapote son plâtre.

— Ouais, enfin... pas ce premier trimestre en tout cas. J'espère pouvoir participer aux compétitions de l'été prochain.

Est-ce que ça court vite, un flamant rose ? Je garde cette question pour moi, et me contente d'un flegmatique :

— Moche.

— Ouais, heureusement que ton frère est là, on se retrouvait short d'un coureur sinon.

— Saint Christophe, priez pour nous.

Mon frère mime un signe de croix et place ses mains devant son visage :

— Amen.

Nous n'avons que quelques minutes pour papoter (OK, baver pour moi) avant l'arrêt suivant, qui voit la rame se remplir d'un seul coup. Dans la foule, plusieurs têtes que je reconnais nous rejoignent, et mon estomac fait des petits bonds dans mon ventre. Ça y est – les Hunger Games scolaires vont commencer. Ça va être la foire à la saucisse, tous vont nous juger, voir si on est au niveau, quelle tribu on peut rejoindre, et ce genre de connerie. Mais tout va bien – ma Précieuse et moi, on se fond dans la masse comme des Sioux. Personne ne peut savoir. Comment le pourraient-ils ?

— Coucou, poussin !

Une fille au corps de sirène s'assied sur les genoux de Jacob et lui picore la bouche comme s'il y cachait des joyaux – ce dont je ne doute qu'à moitié. Je ne suis même pas jalouse ou surprise : tu m'étonnes, qu'il n'est pas célibataire. Il doit y avoir une file d'attente plus longue que chez le boucher pour ce genre de profil : sportif et... bah en fait j'en sais pas plus. M'enfin, le *pretty* privilège n'est plus à démontrer.

Sa copine se tord la colonne pour nous inonder d'un sourire à tomber, Christophe et moi :

— Salut les nouveaux, moi c'est Cindel.

Cindel – physique ET prénom de princesse. Comment on peut concurrencer ce genre de spécimen quand on a hérité d'un patronyme aussi banal que le mien (Emma Martin, sérieux), et d'un crâne chauve ? On ne peut pas. Voilà la réponse.

Ce qui m'amène à me questionner : qui appelle sa fille Cindel ? Dans quel monde on fait ça ? Qui sont ces gens et quel est leur réseau ? On n'est pas dans un roman, où le personnage doit à tout prix avoir un prénom plein de sens. On est à Strasbourg, capitale des knackis, et on y vend de la choucroute en barquette. Je veux dire... Voilà, quoi.

Cindel (je ne sais pas si je me ferai à ce prénom, bordel), rejette ses cheveux en arrière et parvient par une maîtrise parfaite des muscles de son visage à plisser le nez tout en arrondissant les yeux, offrant une moue sexy, adorable et à croquer à Jacob.

Illumination : c'est un chat. Cette meuf est un chat. De race. Du genre cher, qui doit se faire brosser tous les soirs, à qui on doit passer de la soie sur les yeux émeraude, et à la petite truffe impériale qui fait se pâmer toute l'assemblée. Ouais. Puis c'est un prénom parfait pour un chat, Cindel. Comme Princesse, Lady ou Duchesse.

— Eux, c'est Christophe et Emma, intervient une tête blonde qui joue des coudes pour nous rejoindre.

Le gars de la veille, celui en classe de maths. Allez, Emma, tu peux le faire... tête de premier de la classe, acné dévorante sur le front qu'il camoufle bien avec une frange blonde bouclée et l'air toujours à l'affût de la bonne blague à faire. C'était quoi déjà, son prénom ? Luc ? Lucas ? Lu-lu-louuuu... Ah !

— Louis ! je m'exclame, très fière de moi. Comment tu vas ?

J'aurais pu lui lancer un billet de cinquante qu'il n'aurait pas été plus heureux. Le gars rayonne littéralement que je me rappelle de son prénom. Bah écoutez, ça me fait plaisir de faire plaisir.

Sans me demander, il attrape mon sac sur le siège voisin et s'y installe, le posant sur ses genoux.

— Alors, cette première journée ?

— Je me suis fait coller, rappelle Christophe.

Louis l'ignore, et se contente de me fixer. OK, c'était flatteur la première seconde mais, quand la sixième s'égrène, je commence à doucement suer du front.

— J'ai un truc sur le visage ? je lui demande, espérant faire passer le message.

— Oui. Un adorable nez.

Oh beurk. Oh beurk beurk beurk. Non. Juste pas possible ce genre de drague, ça ne pourra au grand jamais prendre sur moi. « Un adorable nez », nan mais il me prend pour une courge ou quoi ? Je suis en pleine croissance, mon tarin prend de l'avance depuis deux ans, et je n'ai pas utilisé de patch anti-points noirs depuis une bonne semaine parce que flemme intense. Je dois avoir un champ de patates en friche au milieu de la tronche, et le gars se dit que c'est là-dessus qu'il va me complimenter ?

— Je ne sais absolument pas quoi répondre à ça, je finis par avouer alors qu'il attend visiblement que je réagisse.

— En même temps c'est difficile, renchérit Christophe. Ton nez ressemble à un bloc de glaise.

— Merci, cher Christophe. Je propose que nous parlions à présent de tes moignons de doigts.

Il cache illico ses mains rongées jusqu'à l'os dans ses poches et m'insulte silencieusement. Je lui souris.

— Ah, j'aurais aimé avoir un frère, soupire Cindel.

— Pour qu'il compare ton nez à un bloc de glaise ?

Elle rit et serre Jacob contre elle.

— Ce serait ridicule, mon nez à moi est très bien.

Je sens la pique sans être certaine qu'elle est vraiment là. Heureusement, le tram arrive enfin à notre arrêt et nous quittons la rame, nous éloignant du lycée pour rejoindre le gymnase.

Une petite boule enfle dans mon estomac, et je suis bientôt sourde aux discussions autour. J'ai de toute façon bien conscience de me greffer au nouveau groupe d'influence de Christophe, ce qui ne m'enchante pas de base, alors je me dis que ce n'est pas vraiment malpoli.

Le gymnase... J'ai une dispense à l'année, fournie par ma psy, que mes parents ont déjà pris la peine de déposer au secrétariat afin que tout se passe le mieux possible. Mais j'ai quand même un sale pressentiment qui me grignote le bide.

Soit ça. Soit je me dis que ça va être dur de rester sur le banc de touche dans la seule matière où non seulement j'excellais, mais qu'en plus j'adorais.

Mais stratégie zéro risque. Le premier de mes dix commandements persos, c'est : « Tout ce qui met la Précieuse en danger sera à proscrire », et le sport est bien sûr en tête de liste de ces activités à haut risque. Alors zou. Hop. On fait l'impasse. Ça n'est pas grave, si ça peut m'éviter de me retrouver la tronche tartinée de pain de viande comme l'année passée, n'est-ce pas ?

Et puis, en un sens, c'est très confortable de se dire que je n'aurai plus à me mettre à moitié à poil dans un vestiaire. Ça commençait à me peser qu'on me questionne toutes les semaines sur ma supposée augmentation mammaire.

— T'es dans un club de sport ?

La question de Cindel me sort de mes rêveries. Je lisse ma frange entre mes doigts, m'inquiétant que le vent ne révèle le film cinéma dessous.

— Non, pourquoi ?

Elle me scanne des pieds à la tête, avec un gros temps d'arrêt sur mes nibards. Je m'attends presque à ce qu'elle sorte des cartons de notation de derrière son dos tout en me faisant le compte-rendu de ses appréciations.

« Coupe sage, mais le cheveu est soyeux. En revanche, le maquillage n'est pas assez assumé, elle devrait tester le contouring pour faire oublier son nez. Je lui mets un 6.

« Les vêtements ça va, la salopette c'est risqué, mais à mi-cheville et près du corps comme ça, avec le tee-shirt crop top dessous y a un côté grunge-roots-rétro-chic-80-hippie qui fonctionne. Un 8 pour le style.

« Par contre, poitrine obscène, nous sommes dans un lycée, mollo sur les OGM. Et puis les bras musclés, faut faire quelque chose pour les adoucir. Elle manque un peu de fesses aussi, je lui mets un 4 pour sa silhouette de kangourou. »

Je galère à calculer ma moyenne quand elle me répond :

— Je sais pas, t'as une carrure de sportive.

— Ouais, elle courait parfois avec moi, intervient Christophe.

— Ah ouais ? s'étonnent Jacob et Louis.

Trop de regards tournés vers moi... Je suis à deux doigts de soulever mon tee-shirt et de crier « pudding[2] ! » afin de détourner leur attention, mais je me contente d'un mensonge qui n'en est pas un :

— Ouais. Mais c'est du passé ça, j'ai plus le droit de faire de sport maintenant. Dispensée à l'année.

Erreur. Putain d'erreur. J'ai attisé leur curiosité.

— Le sport, c'est pas trop mon truc, je poursuis. Je préfère me concentrer sur les autres matières.

L'effet est immédiat : tous les regards se détournent, et les discussions reprennent comme si de rien. Apparemment, je viens d'insulter leurs vœux sacrés.

Je soupire. Moi, pas aimer le sport ?

C'est sans doute mon plus gros mensonge... plus gros encore que la Précieuse.

---

2. Un bon point pour celle ou celui qui a la référence ! (Indice : c'est dans une série mettant en scène deux frères combattant de multiples apocalypses.) Réponse : oui bien sûr, c'est *Supernatural*.

Chapitre 5

Quand nous arrivons au gymnase, je m'éloigne du groupe qui s'enthousiasme de plus en plus. Christophe me lance un dernier regard qui me crie : « Meuf, t'as encore moyen de jeter ta perruque et de venir. » Mais je secoue légèrement la tête et il comprend que ma décision est ferme et irrévocable. Cette année, je serai normale, et puis c'est tout.

Je suis encore en train de digérer ma frustration quand Jacob m'appelle :

— Tu viens ? On va aller se poser sur le banc des dispensés.

Une symphonie funèbre bourdonne dans mes oreilles. Voilà. C'est là qu'on enterre l'ancienne Emma. Sur le banc des dispensés. C'est beaucoup, beaucoup plus dur que je ne m'y attendais.

Gentleman, il me tient la porte. Ce qui est tout de même un peu con, parce que je dois me contorsionner après pour la lui tenir ouverte depuis l'intérieur, afin qu'il puisse passer avec sa béquille et son plâtre. Exercice complexe, rendu encore plus désagréable par mes seins, surtout quand son bras s'y enfonce, nous transformant en deux belles tomates assorties.

— Tu vas le garder longtemps, ton plâtre ? je le questionne en le suivant dans le hall, l'air de la meuf qui n'a pas fait gaffe à ce qui vient de se passer.

— Encore quelques semaines.

— Accident de course ?

Ses yeux captent les miens un instant, puis il se concentre à nouveau sur ses béquilles. Il a le bout des oreilles écarlates.

— Nan, de moto.

Je me retiens de ricaner. Bien sûr – le beau gosse du lycée, à la mâchoire plus carrée qu'une brique, aux cheveux plus soyeux que le cul d'un alpaga et aux yeux plus fascinants qu'une pile de Ferrero Rochers est *EN PLUS* un motard. Je suis surprise qu'il n'y ait pas eu de faits divers dans la région : « Jeune homme sexy en veste de cuir, à moto, crée des attroupements devant un lycée du quartier Neudorf à Strasbourg. Deux élèves en réanimation, huit incarcérés. Attention à la photo : âme sensible s'abstenir. »

— Merde, moche, je me contente de répondre.

— Ça va guérir. Alors comme ça, tu courais ?

— Ouais enfin, vite fait. C'était plus histoire de me maintenir en forme, tu vois ?

— Marrant. J'aurais plutôt penché pour le tennis.

J'ai envie de claquer Christophe. Bordel, mais oui, ça aurait été un meilleur alibi à mes bras bien développés.

— Nan, j'ai une très mauvaise coordination visuo-motrice. Ha ha ha.

Mensonge.

J'ai une maîtrise visuo-motrice phénoménale, et mon rire reste coincé dans ma gorge. Ce que Jacob semble repérer. Il y a une lueur intriguée dans son regard qui ne me dit rien qui vaille – s'il est comme moi, fan de compétition, et incapable de pratiquer pendant quelques temps, il va avoir besoin de se changer les idées. Et je refuse de devenir son mystère à déchiffrer.

Heureusement, une échappatoire se présente alors sous la forme d'un homme d'une quarantaine d'années, sûrement beau pour son âge. Short trop court, chaussettes trop hautes, tee-shirt rose et la démarche assurée : je reconnais directement un prof de sport (OK, le sifflet autour du cou a peut-être aidé) :

— Emma Martin ? m'appelle-t-il.

Jolie voix grave.

— Oui ?

— Je suis monsieur Schaeffer, c'est moi qui enseigne l'EPS à ta classe cette année. Tu veux bien me suivre un instant ? Oh, bonjour Jacob, comment va cette jambe ?

Ce dernier marmonne une vague formule de politesse, et je constate avec satisfaction que la lueur de curiosité a été remplacée par un grand épuisement. Parfait. Je préfère la version beau gosse inoffensif : au bout du rouleau, et incapable de percer mon secret.

Je suis monsieur Schaeffer jusqu'à son bureau... qui n'en est pas vraiment un. Il a installé un PC portable (que je soupçonne être son outil personnel) sur une pile de steps et aménagé un passage entre les ballons de basket et de GRS. Ça fleure très fort la sueur, le vieux plastique et le moisi dans le petit réduit. Mais monsieur Schaeffer m'invite à m'installer sur un ballon de gymnastique, et je m'exécute, parce que je suis polie et que j'aime bien la sensation.

— Comment est-ce que tu vas, Emma ? me demande-t-il.

Je trouve ça bizarre que vous me tutoyiez direct, mais sinon ça va.

— Bien, merci.

— Le déménagement s'est bien passé ? Pas de problèmes en classe ?

Il y a un pli au coin de sa lèvre qui ne me trompe pas. Sa question est trèèèèèès orientée.

— Vous, vous avez lu mon dossier scolaire, lui lancé-je.

Il me sourit franchement.

— Je suis aussi transparent ?

— Je suis surtout très perspicace.

— Voyez-vous ça ?

Je hausse les épaules. J'ai rapidement appris que la fausse modestie ne servait à rien. On finit quand même coincée dans les chiottes à devoir inventer des mensonges à la volée pour tout et rien. Autant se réserver pour les mensonges vitaux.

— Alors, tu devines sans doute pourquoi je t'ai demandé de venir ici ?

Je me tourne et observe le local.

— Regonfler les ballons ?

Monsieur Schaeffer sourit et je comprends que je ne suis pas tombée loin. Merde.

— Mes parents ont bien déposé ma dispense, n'est-ce pas ?

— Absolument.

— Donc... Je peux m'en aller ?

Il me fixe. Il me fixe très fort, si fort que je me retrouve à me mâchouiller la lèvre inférieure de stress. Bordel. Une diversion, il me faut une divers...

— Non, tu ne peux pas.

— Vous faites très tueur en série, vous vous en rendez compte ?

Monsieur Schaeffer explose de rire, puis fait rouler un ballon de gym jusqu'à pouvoir s'installer devant moi, parvenant par un miracle nommé abdos d'acier à ne pas rebondir dans tous les sens.

— Emma. J'ai lu très attentivement ton dossier. Et je me suis aussi entretenu avec ton professeur de sport, à Orange.

Oh non.

— Il ne m'a dit que du bien de toi.

— Évidemment.

J'étais son petit prodige de la natation.

— Tu sais, tu n'es pas obligée d'arrêter complètement le sport, tu peux...

— Non.

Il se tait et m'observe, avec une intensité que je n'ai pas encore croisée chez les adultes depuis que ma maladie s'est déclarée. Mes parents me traitent comme si j'étais une bombe prête à exploser, se demandant sûrement par quelles fêlures ma colère va déborder un jour. Ma psy, elle, me regardait avec un désintérêt teinté de pitié. Quant à mon dermatologue, il m'avait visiblement confondue avec un lapin de laboratoire sur lequel il allait pouvoir mener ses petites expériences.

Je ne sais pas comment mamie aurait réagi à ma calvitie. Sûrement qu'elle en aurait ri, parce que c'est comme ça qu'elle gérait les emmerdes – ou alors elle m'aurait fait des cataplasmes de vinaigre et de bicarbonate. Mystère.

Monsieur Schaeffer, lui, a l'air de me voir. C'est assez fou, parce que je ne ressens pas le besoin de lisser ma frange ou de bouger les mains pour détourner son attention. Je n'ai pas non plus la sensation qu'il a pitié de moi, ou que je le gêne ou que je le mets mal à l'aise : il m'observe, comme un autre être humain, à qui ses décisions appartiennent, mais qu'il ne comprend pas. J'aime bien. J'arrête de rebondir sur mon ballon et je lui explique :

— Je ne peux pas me changer dans les vestiaires. Je ne peux pas prendre le risque qu'en plein exercice, quelqu'un tire par inadvertance sur mes cheveux. Ou que ma perruque se coince. Je ne peux pas mettre un bonnet de bain qui ne ferait que souligner l'évidence. Je ne peux pas prendre le risque de revivre ce que j'ai vécu l'année passée.

Monsieur Schaeffer se tait toujours, immobile comme une statue.

— Je ne peux pas, répété-je.

Il acquiesce enfin et se redresse.

— Je vois. Si je te disais qu'on a des vestiaires individuels, cela ne résoudrait pas le problème, n'est-ce pas ?

Je nie d'un hochement de tête. Pour être la meuf chelou qui refuse de se changer en public ? La zarbi qui refuse de faire équipe en sport ? Et passer quatre heures par semaine à paniquer à l'idée que ma perruque bouge / tombe / se coince ?

Jamais.

— Tu sais, Emma, reprend monsieur Schaeffer, j'ai toujours pensé que le sport, c'est plus que de l'exercice. Tu vois ce que je veux dire ?

J'acquiesce sans vraiment comprendre, et je reprends doucement mes rebonds sur la balle.

— Je n'ai jamais forcé aucun élève. Parce que je pars du principe que ce n'est pas de savoir sauter le 100 mètres haies, ou de faire un *dunk* qui va vraiment vous être utile plus tard dans la vie. Et je ne connais personne qui a développé un goût pour l'activité physique parce qu'on l'a forcé à faire des tours de stade.

Jusque-là, je suis plutôt d'accord avec lui, mais je sens l'anguille sous la roche se profiler. Il continue :

— Moi, ce que je veux vous enseigner, c'est l'esprit d'équipe. La persévérance. Et le respect de soi et des autres.

— C'est justement parce que je me respecte que je ne participerai pas aux cours de sport cette année, je réplique.

Et paf ! Je lui prends son argument, le lui retourne, tamponne-cachette, merci au revoir. Emma : 1, Schaeffer : 0.

— J'entends bien. Et ce serait mal venu de ma part de te parler de persévérance. Mais l'esprit d'équipe, ça, c'est capital. Alors je vais te proposer quelque chose, et tu me diras ce que tu en penses, d'accord ?

Ça pue le guet-apens, mais je doute de pouvoir sérieusement répondre « Non » à ce stade de l'échange. Je l'invite à continuer d'un geste de la main, genre grande dame.

— OK. Je n'ai pas envie de te laisser purement et simplement rater les heures de sport. Et quitte à être coincée avec nous dans la salle... qu'est-ce que tu dirais de participer au cours en m'aidant ?

— En vous aidant ?

Monsieur Schaeffer se redresse sur son ballon, un sourire victorieux sur le visage. Il croit m'avoir, mais il est fou ou quoi ?

— Eh bien, Jacob, par exemple, a accepté de m'épauler pour relever les temps des élèves pendant les activités chronométrées, faire l'arbitre de certains matchs pour les sports qui s'y prêtent, ou bien filmer les activités qui le permettent. Ce genre de choses, et on ne sera pas trop de trois... Qu'en dis-tu ?

J'ai très envie de dire non. Je devrais dire non.

— Si je refuse ?

— Alors très bien, je te laisserai tranquille sur le banc des dispensés, avec les autres élèves qui n'ont aucun atome crochu avec le sport et qui refusent de participer, même de la manière la plus minime qui soit. Mais je ne pense pas que tu puisses tenir une année complète, comme ça. Et en plus...

J'attends la suite, le corps tendu. Merde, vraiment là je sens que l'intelligence me fait défaut. Il me manipule. Je ne dois pas tomber dans son panneau. Je suis forte. Forte. Forte. Forte. Emma super wo...

— On commence le cycle par la natation.

Et merde.

Chapitre 6

Je sais ce que vous vous dites. Que j'en fais des caisses, que je pourrais plonger dans le bassin à la poursuite du lapin blanc (j'adapte les classiques comme je veux), et m'adonner au sport comme tout le monde.

Je pourrais aussi me cacher. Forcer mes parents à me conduire à la piscine la plus éloignée possible, enchaîner les brasses et me dépenser... Et puis quoi ? Moi ce que j'aime, c'est la compétition. Faire trempette pour faire trempette, sans objectifs au bout, ce n'est pas mon délire.

J'avais fait une croix nette et claire sur la natation et tout ce qui s'y rapporte. Un peu comme ces meufs excessives dans les séries qui, à chaque régime, bazardent l'équivalent du PIB d'un petit pays en chocolats et biscuits à la poubelle. C'est ce que j'ai fait, avec le sport.

Mais voilà que monsieur Schaeffer arrive comme un dealeur de chocolat dans une cure contre l'obésité, et m'agite un bonnet plein de talc sous le nez en mode madeleine de Proust.

Je me suis fait avoir comme une débutante.

Évidemment que j'ai dit oui. Et j'en aurais presque honte, si je n'étais pas surexcitée depuis des jours à l'idée de retourner à la piscine. Même en restant à bonne distance des bassins. Même en n'y mettant pas un orteil. Juste de pouvoir sniffer le chlore va me faire un bien fou.

Tout le monde s'était inquiété, des parents à Christophe en passant par Charlotte qui m'avait carrément demandé si je kiffais me faire frapper dans les couloirs.

« Tu cherches la merde ! » m'avait-elle beuglé dans les oreilles le soir-même. « Pourquoi tu fais ça, sérieux ? C'est vraiment trop con, t'as la possibilité de tout reprendre à zéro sans qu'on sache pour ton crâne tout moisi, et tu fais ce genre de truc... Des fois, je te comprends pas. »

Ça ne me surprenait pas vraiment, à vrai dire. Charlotte et mes anciennes fréquentations ne voyaient dans le sport qu'un moyen de se faire un cul plus bombé ou des cuisses moins picorées de cellulite. Elles n'avaient jamais vu la beauté derrière l'effort.

J'avais pris le temps d'y réfléchir. Mais en même temps, inutile de me leurrer : ma décision était prise. J'allais revenir à la piscine, cachée comme assistante du professeur. Mais j'étais en paix avec ma décision. En me levant ce matin, je me suis sentie reposée et fraîche pour la première fois depuis notre déménagement. Même les blagues pourries de Christophe dans le tram n'ont pas pu écorner ma belle joie de vivre. Ni la drague lourde de Louis.

Et pour ne rien gâcher au tableau idyllique de cette matinée au lycée sous l'auspice du renouveau : cours d'arts plastiques ce matin, que je ne partage pas avec Christophe, dont je peux enfin m'éloigner un peu. Alléluia. Je ne sais pas comment il s'y prend, c'est un vrai mystère, mais il s'est déjà fait trois bandes de copains, draguer par plus de filles que mes doigts peuvent en compter et a un ticket avec deux mecs moins coincés que les autres. Perso, j'en suis encore à bafouiller quand on me parle.

La salle d'arts plastiques est située dans un bâtiment annexe du lycée, à laquelle on accède par une volée d'escalier. Les plafonds sont monstrueux, au moins quatre mètres de haut, et les murs sont recouverts des créations plus ou moins flippantes des élèves. Surtout flippantes – il devait y avoir une ristourne sur les poupées lors des années précédentes, parce qu'on en trouve des morceaux dans une grande majorité des trucs suspendus.

Des élèves de différentes classes sont regroupés selon les spécialités, et je sens toute la non-puissance de mes compétences sociales fusionner pour faire de moi une espèce de blob mou et sans intelligence. Les tables se remplissent. Certains se rencontrent, d'autres se retrouvent. Quoi faire, quoi faire ? Je tourne sur moi-même, et tombe sur la fille aux cheveux bleus de ma classe.

Tout son corps me hurle qu'elle ne veut pas que je l'approche, de sa moue désapprobatrice quand elle me repère, à son sourcil qui se redresse, à ses épaules qui se tendent. Mais je me dis que c'est une super idée de plaquer un super sourire sur mon visage et de venir me présenter en mode super gentille :

— Salut, je m'appelle Emma, on est dans la même classe.

— Je m'en fous.

Je préfère toujours ignorer l'évidence.

— Je peux m'asseoir ?

— J'aimerais autant pas, non.

— Merci.

J'ai l'impression d'être dans une caméra cachée « faites-nous un revival de *Twilight* ». Quand je m'installe, Mulet-bleu se colle contre le mur et plaque son visage dans son coude, comme si je sentais la bouse de vache. L'air de rien, je vérifie que j'ai pensé à mettre du déodorant ce matin. RAS. Cette fille est juste une connasse.

— Bonjour tout le monde ! nous lance alors le prof depuis son bureau couvert de glaise et de grandes structures en papier mâché. Alors, comment se sont passées vos vacances ?

Ça roucoule dans toute la classe. Il faut dire que le prof a des vieux airs de Sean Bean dans son heure de gloire, et qu'il en joue clairement avec son chino beige et son polo dont il retrousse les manches.

— Tu l'avais déjà l'année passée ? je demande à ma voisine.

— Me parle pas, grogne-t-elle en se calant encore plus dans le mur.

Encore un peu, et elle s'y incruste direct en bas-relief.

Je confirme. Une connasse.

— Vous avez tous super bonne mine en tout cas ! continue le prof. Je vois qu'on a quelques nouvelles têtes dans la classe.

Je panique, mais le prof continue son petit laïus comme de rien. Et puis c'est là que je le repère.

Et que mon cœur s'arrête, genre pour de vrai, genre c'est pas une figure de style.

Victor.

Putain, c'est Victor.

Putain de MERDE, c'est Victor ?!

Pas de doute, impossible que je me trompe, il est là, à quelques dizaines de mètre de moi.

Victor Barthes.

Oh putain.

OH PUTAIN !

Je me plaque la tête contre la table, les coudes pliés devant mon visage, et je risque un regard derrière ma frange. Impossible de me tromper, je le connais depuis qu'on a cinq ans. On a littéralement dépassé notre premier mètre ensemble, et j'avais un gros crush sur lui en CE2. Quand il avait proposé de porter mon cartable pour aller en classe, je m'étais sentie comme la princesse d'un conte de fées moderne. Et puis il m'avait plaquée à la récré pour Amélia, qui l'avait soudoyé avec un sandwich fromage-salami. Impossible de faire le poids contre du salami, aussi mignonne et grassouillette que j'étais.

J'avais vite noyé mon chagrin dans les bras de Loïc, huit ans et demi, le gros dur de la classe. Eh ouais, j'étais ce genre de meuf à huit ans, moi. Invincible, du genre pour qui les chansons de Beyoncé sont écrites. Aujourd'hui, quand un mec me parle, je me bave dessus et j'éructe « nom » pour en apprendre plus. La déchéance. Bordel. Si j'avais su que nos compétences de drague avaient un quota, sûr que je n'aurais pas tout dépensé entre le CE1 et le CM1.

Mais qu'est-ce qu'il fait là, à whatmille kilomètres d'Orange ? Pourquoi Strasbourg, pourquoi le Neudorf, pourquoi ce lycée, POURQUOI CETTE CLASSE ?!

Victor, c'est l'archétype du harceleur de soutien. Celui qui ne démarre jamais une vendetta, mais qui rit, mais qui encourage, mais qui a les yeux qui pétillent dès qu'il te croise, te faisant paniquer à la simple idée de respirer. Pendant un an, il a profité de mon calvaire comme de son petit spectacle personnel. Lâche et mauvais. J'aurais dû m'en douter, avec l'histoire du salami...

Je suis tellement poisseuse. C'est ça – pas un manque de bol, pas une coïncidence. Mais une putain de malédiction. Je ne vois que ça. L'univers ne veut pas me foutre la paix, je suis le fou des dieux, celui qu'ils font danser pour s'éclater entre deux parties de go / de dame / de Uno. Si je croise mon ange gardien, je le fusille illico.

Victor bouge. Je me jette à terre.

— Euh... marmonne Mulet-bleu. Ça va ?

— Me parle pas, lui balancé-je entre mes dents.

Accroupie sous la table, je me décale en crabe pour observer Victor. Et merde, il a réussi à soigner son acné, ce petit furoncle anal. Y'a pas de justice, ce gars est plus con qu'un concombre de mer et plus méchant qu'une crise d'hémorroïdes, mais il a dead la crise d'adolescence en l'espace de cinq mois.

Mulet-bleu me file un coup de pied dans les reins, et je me fracasse la tête sous la table :

— Aouch, putain tu...

— Lève-toi, grogne-t-elle.

Son pied me passe devant le museau – chaussures cirées avec des lacets bleu électrique – et me pointe l'allée centrale... où remontent une paire de converses bien trop grandes. Le prof !

Je me contorsionne... trop tard. Une tête ridée apparaît sous la table, des yeux rieurs derrière d'élégantes pattes d'oie m'observent avec perplexité :

— Mais c'est qu'on a une espionne ! s'amuse le prof.

Je me contorsionne une dernière fois et me redresse, piteuse, avant de me poser sur ma chaise, le dos voûté au max pour que Victor ne puisse pas me voir depuis sa place. Heureusement, le prof est planté juste devant moi :

— Le sol va bien ?

— Impec. Il est aligné et définitivement par terre. Première qualité.

— Le lino ?

— En plastique. 100 % dinosaure.

— On n'a rien à craindre ?

Je lui fais le signe universel du « OK c'est cool », pouce et index en rond, et lui lance mon sourire le plus faux.

— Comment vous vous appelez, mademoiselle ?

Et merde.

Victor va reconnaître mon prénom. Mais on est des millions – quoique, peut-être juste des milliers ? – à le porter en France. Ça ne peut pas l'intriguer. Ça va l'intriguer ?

— Émilie ?

Le prof a l'air de s'amuser comme un fou. Moi, je commence à suer des années de vie tellement ça m'angoisse.

— Ah, c'est à vous de me dire, s'esclaffe-t-il.

— Emma, décidé-je.

— Vous êtes sûre ?

— Certaine.

— C'est votre dernier mot ?

— Je vais vous épargner l'appel à un proche, oui.

— Parfait !

Le prof claque dans ses mains. Ses hanches pivotent. Oh non. Il va partir et l'attention de toute la classe est tournée vers moi ! J'ai approximativement une seconde pour trouver une solution. Tant pis – j'attrape le carnet de croquis de Mulet-bleu et l'ouvre devant moi, cachant mon visage derrière le papier Canson A4. Je gérerai les conséquences plus tard.

— Bah te gêne pas !

Toujours camouflée derrière mon fort de fortune, je me tourne vers Mulet-bleu :

— Ça va, respire ! Je vais te le rendre, bordel !

Ses yeux s'arrondissent.

— Le gars au deuxième rang... je lui lance. Celui avec la gueule de cocker...

Elle ne résiste pas et cherche du regard Victor. Elle s'illumine quand elle le repère.

— Oh, joli, sourit-elle. Ça lui va comme un gant.

— Il regarde toujours par ici ?

— Absolument pas.

Mon premier réflexe est de baisser le carnet, mais je me souviens soudain que tout le monde est capable de mentir. J'attrape mon téléphone dans ma poche, active la caméra, et le glisse lentement sur la table jusqu'à pouvoir observer cette grosse tache de Victor. Qui est effectivement concentré sur le mec à côté de lui et ricane comme un âne. Ils doivent être en train de sélectionner leur nouvelle cible pour l'année.

Je lâche un soupir et rends son carnet à Mulet-bleu.

— C'était quoi, ce délire ? me demande-t-elle.

— T'es bien causante pour une meuf qui voulait pas que je m'assoie à côté d'elle.

Bravo, Emma. C'est comme ça que tu vas te faire des potes, t'as tout compris. Mais ma rebuffade a l'effet inverse de celui escompté : ma voisine me sourit. Un vrai beau sourire sincère, plein de surprise et de chaleur. Je réalise alors qu'elle est carrément canon – abstraction faite de son mulet. Elle a un nez en pointe qui lui profile tout le visage comme une Ferrari, des yeux en amande couleur caramel, un grain de beauté juste au-dessus de la lèvre et une peau cuivrée sans aucun pore. Aucun. Pore. Une adolescente. Comment c'est possible ?

— Moi c'est Anis, m'apprend-elle.

— Emma.

Elle sourit de nouveau.

— T'avais pas l'air certaine. C'est ce gars qui te fait peur ?

Je jette une mèche de cheveux derrière mon épaule, une grimace crâneuse plaquée sur le visage :

— Quel gars ? Je vois pas de...

— Salut, Emma.

Je freeze. Oh merde. Peut-être que si je ne bouge pas, il continuera sur sa lancée. Peut-être qu'il ne m'a pas vraiment reconnue. Peut-être, peut-être, que ce n'est pas lui mais un mec qui lui ressemble beaucoup, qui a la même voix cassée, qui a entendu par hasard notre conversation avec le prof et qui me trouve fascinante. C'est forcément ça. J'ai droit à mon petit miracle.

— Je pensais pas te voir ici, persiste-t-il.

Bon, bah mon miracle est mort.

J'amorce un mouvement d'épaule et fais le deuil de mes quelques secondes de Victor-Schrödinger[3] pour me

3. Erwin Schrödinger est un physicien, philosophe et théoricien scientifique autrichien né en 1887, qui a imaginé une expérience de pensée

retrouver face à ses yeux bleus. Ceux-là mêmes qui ne manquaient pas de se foutre de ma gueule dès qu'ils me croisaient l'année passée.

Je n'y lis rien – un état de neutralité totale qui me laisse haletante.

— Moi non plus.

J'ai la trouille. Pour de vrai, je suis pétrifiée. Un geste, et il peut m'arracher ma perruque. Révéler mon secret à tout le monde. Recommencer. Il lui suffit de tendre le bras pour me détruire. Ça tambourine sec dans mes oreilles.

— Je voulais te dire...

Victor s'arrête et fixe mes cheveux.

Il va les arracher. C'est sûr, il va les arracher.

J'amorce un mouvement de recul quand il se décide enfin :

— Je voulais te dire que cette coupe te va bien. Ça me fait plaisir de te voir.

Et il se casse. « Ça me fait plaisir de te voir » ?! C'est une espèce de menace ?

— Tu vas bien ? me questionne Anis.

Je l'ignore, concentrée à mille pour cent sur Victor.

— OK, en fait t'es tarée, continue ma voisine.

— Ouais, c'est sûrement ça.

— C'est ton ex ?

Cette fois-ci, je me tourne vers elle :

---

afin de confronter les gens aux paradoxes de la physique quantique (ce livre est plus intello que vous ne le pensiez, avouez !). Pour ce faire, il a enfermé un chat dans une boîte munie d'un dispositif pouvant tuer l'animal à tout instant (en gros). Ainsi, de l'extérieur de la boîte, le chat est à la fois vivant et mort.

— Mais ça va pas, non ?!

— Je sais pas, tu faisais une drôle de tête !

Je retourne à ma surveillance. Victor va être un problème, c'est certain. Il est trop dangereux pour moi, je ne peux pas le laisser avoir une telle emprise sur ma vie.

Je soupire.

Je n'ai pas le choix : je vais devoir le tuer.

Chapitre 7

Le bain d'acide n'est pas une option. Trop difficile à mettre en œuvre et, l'air de rien, ça laisse plus de traces qu'on pourrait le croire.

Quand la main de Stéphanie (une fille de ma classe que je représente en lapin à cause de son amour des couettes hautes) tape contre le rebord de la piscine, je pointe son temps au vingt-cinq mètres : une minute et cinquante secondes. Elle aurait aussi bien pu y aller en marche arrière, à ce rythme-là. Je renseigne son exploit sur ma feuille et l'observe, la mort dans l'âme, sortir du bassin. Tout son corps se ploie quand la gravité reprend ses droits, et je crève de jalousie. J'adore cette sensation, je la trouve absolument fabuleuse. Quand tu as fendu les eaux pendant des heures, aérodynamique, majestueuse, jusqu'à perdre pied avec la réalité.... Puis que tu ressors. Et redécouvres un peu le monde.

Parfois, je me dis que c'est ce que doivent vivre les astronautes quand ils reviennent sur Terre : la sensation de sortir d'une piscine.

Jacob, à l'autre bout du bassin, me fait un signe de sa béquille ; un nouvel élève va plonger. J'agite le bras, le mec en moule-bite bleu ciel fait un plat épique.

J'ai aussi pensé à une attaque de chien pour régler le problème Victor. Peut-être qu'en lui remplissant le slip de vieilles côtelettes, et en le poussant au même moment devant une meute de chiens de rue affamés, ça pourrait le faire... Mais le timing est compliqué, et puis à part des loulous de Pomeranie et des chihuahuas, je n'ai pas croisé beaucoup de représentants de la race canine ici. Et il leur suffit d'une demi-saucisse pour se remplir la panse plusieurs jours : peu de risques qu'ils déchiquettent Victor avant de faire un coma digestif.

bip

J'arrête le timer quand la main du gars se pose sur le rebord. De la morve lui coule sur le visage mais il rayonne, alors je l'encourage d'un geste enthousiaste. Une minute et six secondes. Mauvais, mais pas suffisamment pour qu'il s'en rende compte.

— Tu tires une de ces gueules, me lance Anis, installée à mes côtés.

Je ne m'explique pas trop pourquoi, mais elle a décidé qu'elle m'aimait bien depuis notre rencontre catastrophique en salle d'arts plastiques. Monsieur Schaeffer s'est presque auto-énucléé sous le coup de la surprise ce matin quand elle s'est pointée comme une fleur à la piscine : elle aussi, c'est une dispensée de longue durée. Mais du genre à ne pas gober le discours « esprit d'équipe ». Le prof ne lui a rien donné à faire aujourd'hui, mais il nous jette régulièrement des regards ébahis depuis le bord de la piscine. J'ai l'impression de voir un ornithologue apprivoiser une espèce extrêmement rare de rouge-gorge, craignant qu'elle ne s'échappe à chaque seconde. C'est presque mignon.

— Mais non, je tire pas la gueule.

— Ah, si.

**bip*

Celui qui sort maintenant de l'eau a une touffe de poils noirs qui dépasse du slip, me faisant furieusement remettre en question la pertinence de la règle « pas de caleçon de bain ».

— Toujours sur le cas Victor ?

Elle se penche sur la rambarde avec moi. La piscine de l'école est en meilleur état que le gymnase. Ici, on a même le droit d'accéder aux gradins et, comble du luxe : elle est chauffée. Alors oui, la céramique a des petites allures de fresque style propagande soviétique ; les joints des plongeoirs sont oranges de moisissures, et le pédiluve si jaune que je n'y foutrais pas un orteil sans m'être recouverte d'antifongique en prévention. Mais elle sent le chlore, les bruits des plongeons résonnent jusque sous le plafond de sept mètres, et les irisations de l'eau qui clapote donnent au carrelage des allures de boule à facettes.

Je l'adore.

Monsieur Schaeffer nous a installées sur les gradins avec les autres dispensés – beaucoup de filles, sans surprise. Trop pour qu'elles aient réalistement leurs règles en même temps. Mais la piscine, pour une fille en pleine croissance, c'est un sacré cauchemar. Le moindre téton, la moindre vergeture, le moindre poil est passé au crible et servira de munitions aux gens de ton entourage pour toute la fin de ta scolarité. Pendant que l'autre mec se balade avec l'équivalent d'un chat mort entre les cuisses sans que ça ne questionne personne.

On ne va pas se mentir : être une meuf, c'est mentalement épuisant, et socialement injuste. Je me souviens qu'avant de perdre mes cheveux, je me faisais déjà chambrer sur mon allure en maillot : « woooh t'as des épaules de mec », « woooh trop bizarres, tes cuisses » ou « woooh, mais tes seins sont énormes ». Alors que je défonçais tous les records – mais ça n'était apparemment pas le plus important.

Victor avance dans la file. Ce sera son tour juste après Cindel, rayonnante dans un maillot blanc qui met en valeur son bronzage doré. Elle plonge – j'active le chronomètre.

— On pourrait le pousser dans le bassin, suggère Anis.

Oh, la noyade ? Intéressant, mais pas possible, comme je le lui explique :

— Bof. Il faudrait que de un, il s'assomme avant pour ne pas pouvoir nager et de deux, que personne n'aille le récupérer.

Anis ricane et s'installe en tailleur sur le gradin :

— Je serais vraiment curieuse de savoir ce qu'il t'a fait.

— Rien. Il existe.

— C'est atroce, comme crime.

— Ouais.

bip

Quarante-huit secondes. Pas mal.

J'encourage Cindel d'un signe de la main, mais elle m'ignore et se retourne pour faire de grands saluts à Jacob de l'autre côté du bassin.

C'est au tour de Victor. Je lance le chrono avant même qu'il ne saute. Deux, trois, quatre, cinq... Je lui fous presque six secondes de retard dans la gueule. Quand il sort, j'inscris sans aucun remords le score trafiqué sur sa fiche. Le gars ose en plus me faire un check du menton quand il me passe devant.

— Et le grand mec qui ressemble à un prince Disney, c'est ton frère ?

Je suis le doigt d'Anis, qui pointe vers un Christophe en slip rouge et aux sourcils barbouillés.

— Ouais.

— Il est à deux doigts d'assommer Victor.

Elle a carrément raison, alors je soupire et je fais un signe très clair à mon frère : le pouce contre ma gorge, puis je le pointe du doigt pour le prévenir que je l'ai à l'œil. Sauf que Christophe prend ça comme une invitation à venir taper la discute, et me rejoint à grandes enjambées énervées.

— T'as vu ?! démarre-t-il direct à peine arrivé à ma hauteur. C'est Victor, on est d'accord ?

Je me penche par-dessus la rambarde :

— Fous-lui la paix.

— Mais il...

— Fous-lui la paix.

Je ne veux pas que Christophe lui colle tellement la trouille que la seule option de Victor pour s'en sortir soit d'éventer mon secret. Je ne sais pas encore ce qu'il veut, j'attends qu'il abatte ses cartes. D'ici là, je devrais bien avoir trouvé un moyen de l'évincer du paysage.

Christophe me dévisage de longues secondes, chaque rouage de son cerveau s'activant en arrière-plan pour analyser pourquoi, diantre, je veux l'empêcher de jouer au protecteur masqué, crévindiou ! Quand je comprends qu'il n'arrivera pas à additionner deux et deux sans mon aide, je soupire et me glisse sous la rambarde du gradin, mes baskets touchant le carrelage de la piscine pour la première fois. J'en frémirais presque si je n'avais pas à m'assurer que mon frère ne fasse pas tout foirer.

Je l'attrape par le coude et l'entraîne à l'écart, loin des oreilles curieuses d'Anis – et de son regard peut-être un peu trop insistant sur ses fesses.

— Pour le moment, il n'a rien fait. Je ne veux pas que ça parte en couilles, OK ?

— Mais, il va forcément te faire chier.

— Bah on verra à ce moment-là.

— Je pense que le plus sage, c'est de lui péter la gueule.

— Je pense que t'es un grand malade.

— Ça va, par ici ?

Je sursaute carrément quand une main vient me saisir par la taille. Un Louis dégoulinant d'eau s'est collé à moi, sa frange trempée plaquée sur son front pour camoufler son acné. Je me décale d'un bond, tirant Christophe devant moi. Je suis la sœur la plus hypocrite de la Terre, qui utilise son frère comme bouclier dès que ça l'arrange.

— Euuuh, ouais. Qu'est-ce que tu veux ?

Louis se marre et jette sa tête en arrière comme dans une pub Gilette. Son corps est entièrement glabre, hormis un minuscule duvet lui recouvrant les aisselles. Bon sang, dire que moi j'y abrite une forêt hantée à force de me raser depuis des années... Quand je la laisse en friche trop longtemps, je peux presque deviner le Petit Poucet y semer des cailloux pour trouver la sortie. Quant à mes jambes, on dirait du papier de verre. Un jour sans rasoir, et elles se transforment en balais à chiotte.

Louis, en comparaison, ressemble à un savon tout lisse et glissant qui, d'ailleurs, se rapproche encore, interprétant sans doute mon regard perplexe comme une invitation à venir se trémousser plus près. J'ai envie de l'envoyer bouler, mais il contracte soudain son absence d'abdos et je dois surtout me retenir de rire ; on dirait une de ces caricatures de *fit-boy*, les épaules roulées en avant, la respiration retenue, à faire saillir tout ce qu'il peut, jusqu'à ses globes oculaires. Le pire, c'est qu'il est sans doute plutôt pas mal. Mais je n'aime pas trop la mise en spectacle. Et puis, bon, du muscle j'en ai vu, à côtoyer tous les nageurs de ma ville précédente. Ou juste à vivre avec mon frère, pour qui mettre un tee-shirt à la maison s'apparente à une punition. Et au vu de la carrure de petit coq qu'a Louis, il semble évident que l'athlétisme muscle plus que de se regarder dans la glace. Quelle surprise !

— On va changer d'exercice, roucoule Louis, un peu essoufflé par les efforts qu'il déploie pour simuler une carrure impressionnante. Alors j'en profite un peu pour venir te voir. Est-ce que tu participeras la semaine prochaine ?

— Non. Dispensée à l'année, tu te souviens ?

Un voile de tristesse passe sur son visage, qui se rattrape vite et repasse en mode lover quasi instantanément.

— C'est con ! Je suis sûr que j'aurais pu t'apprendre deux-trois trucs... mes parents ont une piscine.

Christophe laisse échapper un rire. Je me tourne vers lui et l'assassine du regard.

— Oh, pardon ! s'exclame Louis en passant la main derrière sa nuque, me collant presque son torse au visage. Je ne t'avais pas vu, Christophe. Bien sûr tu peux aussi venir, on traîne souvent avec les potes chez moi.

Mon frère jette un regard dans ma direction, puis sourit quand il repère que je suis surtout saoulée. Ouais, j'ai dit que je rêvais de me trouver un mec cette année, mais j'ai aussi dit que je voulais dessiner une BD et arrêter les Schokobons. On sait bien que tout cela relève du pur fantasme. Et puis, franchement... Louis ? Jamais. Il m'a sauté dessus dès qu'il m'a vue, en mode « la petite nouvelle serait une jolie addition à mon palmarès, ohohoh ». Et je veux vivre mon premier grand amour. Il n'y a pas moyen qu'il soit incarné par ce gars qui trémousse son service trois-pièces moulé dans un slip bleu électrique devant toutes ses potentielles conquêtes.

Je me tourne vers mon frangin, ignorant le coq, la bosse qui déforme son maillot, et son absence de poils / abdos :

— Oublie pas ce que j'ai dit, OK ?

Christophe grogne. Je prends ça pour un oui. Mais quand je me tourne vers Louis pour prendre congé avec classe et délicatesse comme je sais le faire, il se jette sur moi et me saisit par la taille.

Derrière nous, le bassin.

Dans ses yeux, des paillettes de gars biberonné aux films pour ados.

Dans ma tête, mille alarmes.

Mais c'est trop tard pour réagir. J'ai à peine le temps de réaliser qu'il nous fait tomber en arrière, moi la tête la première, dans l'eau. Je hurle, un cri primaire qui me surprend moi-même, et je perçois le doute dans les yeux de Louis avant qu'il ne chute à son tour.

Puis le silence.

L'apesanteur.

Je suis dans l'eau.

Putain. Putain ! Je suis dans l'eau, devant toute la classe, et je n'ai pas eu le réflexe de tenir ma perruque. Mes cheveux flottent autour de moi comme les filaments d'une méduse, et je n'arrive pas à savoir si ma frange est toujours bien centrée sur mon visage.

D'une main, je maintiens ma Précieuse en place ; de l'autre, je frappe Louis qui tente de me remonter à la surface en me tirant le bras. Sale con !

Je lui colle un coup de pied dans les burnes, puis je brasse jusqu'au fond du bassin. Je ne profite même pas de la sensation de me trouver immergée, de la beauté des pastilles de lumière sur la surface.

Qu'est-ce que je dois faire ? Qu'est-ce que je dois faire ?!

J'essaie désespérément de localiser ma frange, et je tourne la perruque sur ma tête comme une putain de toupie. Je suis paumée, complètement paumée. Louis revient à la charge pour me sortir de l'eau, mais je lui colle mon pied droit dans le tibia, et je m'éloigne encore. Non ! Non ! C'est sûr, j'ai niqué ma perruque. Je l'ai tellement tournée dans tous les sens que même si, par miracle, elle était restée en place après ma chute, elle est forcément sens dessus dessous maintenant.

Une pression dans ma poitrine m'alerte que je vais manquer d'air.

Je fais quoi ?!

Un regard à la surface ; je devine des silhouettes le long de la piscine. L'une d'elle grossit jusqu'à percuter le miroir paisible de l'eau. On fonce vers moi – merde. Merde, je dois m'enfuir. Ma perruque, mon crâne, je ne peux pas tout niquer comme ça, dès la première semaine ! Qu'est-ce qu'ils diront, les parents, quand ils apprendront qu'on doit de nouveau déménager parce que je n'ai pas été capable de protéger mon secret pendant plus de dix jours ?!

Même ça, je le foire ?

Je suis une vraie merde. Si je ne baignais pas déjà dans les hectolitres de la piscine, je serais couverte de larmes. De honte et de frustration.

On m'attrape la cheville, et je me débats. Mais contre toute attente, le plongeur ne me lâche pas. Il me tire, me tire, et je finis par me retrouver collée contre lui. Je le frappe de toute mes forces, décidée à l'assommer s'il le faut pour ne pas révéler mon secret. Plutôt crever que de revivre l'enfer de ces derniers mois.

Jamais. Je frappe.

Alors que les dernières bulles d'air quittent mes poumons, ça me revient, comme un coup dans la gueule, comme un poing dans le ventre. Ce jour à la cantine, avec des boulettes de viande, avec Charlotte et Samia qui me disent *Mais c'est vrai, Emma, que ta tête ressemble à une boulette de porc,* alors tout le monde acquiesce, puis tout le monde rit, et même moi, je ris, parce que quoi faire d'autre sinon, à part chialer toutes les larmes de mon corps, et le lendemain, dans le bus, il n'y avait plus de place pour moi, et la semaine suivante, plus de chaise à la cantine, et puis c'est marrant, regardez, les boules de papier elles collent sur le crâne d'Emma, alors deux près des oreilles, c'est vingt points, et puis sur le haut du crâne, c'est trente, alors je cours me laver aux toilettes, mais des troisième y sont déjà et se marrent quand elles me voient, parce que je suis dégoûtante, on dirait Golum, tu sais, le monstre dans ce vieux film, tout gris, tout moche, moi aussi je fais pitié, tellement pitié même qu'elles me disent que je suis une merde, et que les merdes on les évacue, alors j'y ai droit, la tête la première, dans la cuvette, et je respire de l'eau, et je respire d'autres choses, et je chiale, et je mens si fort à tout le monde que je m'enfonce, plus loin, chaque jour, je cache les bleus et les humiliations, j'essaie casquettes et chapeaux, et puis un jour, le truc de trop, le coup de trop, sur la tête, avec un livre, direct, douloureux, et je suis par terre, et le gars est plié de rire parce que le choc m'a fait une marque rouge juste derrière, et c'est excellent, regardez, elle a vraiment une cible sur la tête maintenant, et ça fait *bam*, un très gros *bam*, et les gens hurlent parce que le gars ne rigole plus, il chiale maintenant, et je comprends qu'on l'a tapé lui aussi, quand sa dent rebondit sur le carrelage face à moi, et ma première pensée c'est pourquoi tout le monde crie pour une dent perdue, mais rit pour des cheveux tombés, pourquoi on est triste pour lui mais pas pour moi, pourquoi on ne m'aime pas, pourquoi on ne m'aime pas, pourquoi on ne m'aime pas...

Des mains saisissent mon visage, des pouces s'enfoncent dans mes joues.

Christophe.

J'arrête de me débattre.

On flotte un instant.

Christophe. C'est Christophe. Je reprends pied dans la réalité, comprends que je suis en train de me noyer. Je hoche la tête, lui aussi, et des nuées de bulles s'échappent de ses narines pour rejoindre la surface, terriblement immobile.

Quand nous émergeons, je ne prends même pas le temps de respirer. Je plaque mes deux mains sur ma tête et me cache derrière le torse massif de mon grand-frère, qui redresse légèrement ma perruque.

— C'est bon, me chuchote-t-il en lissant mes cheveux le long de mon visage. C'est bon, on ne voit rien.

Je claque des dents. C'est débile, je n'ai même pas froid.

Dans son dos, les élèves commencent à nous appeler.

— Je te le promets. Plus jamais.

Ses chenilles-sourcils sont tordues d'inquiétude. J'acquiesce.

S'il y a une personne sur Terre à qui je fais confiance, c'est mon frère.

Il passe mes bras par-dessus ses épaules, puis se penche en arrière pour nager vers l'échelle.

— Regarde-moi, me conseille-t-il. Pas eux. Juste moi.

Mes yeux luttent pour ne pas se poser sur la haie d'élèves qui nous observent. Personne ne rit, et tant mieux, parce que je ne pourrais plus le supporter. Mais moi, j'ai envie de pleurer. D'ailleurs, je crois que je suis en larmes.

— Tout va bien, répète Christophe. Tout va bien.

Mes dents claquent maintenant si fort que j'ai l'impression que je vais me fracturer les molaires. Mon frère me pousse doucement sur l'échelle, et je sors de l'eau avec douleur.

Pour la première fois, la sensation ne m'émerveille pas. Je n'ai pas l'impression d'être une astronaute. Je me sens juste lourde, et paradoxalement vide. Si vide.

— Je suis désolé, Emma, je...

Je n'entends pas la suite de ce que raconte Louis. Juste un gros plouf.

Christophe me serre contre lui, et attrape une serviette que lui tend Jacob, plus pâle qu'un fantôme, quand nous le dépassons.

Puis mon frère m'enroule dans le linge élimé, et je vais pleurer dans les vestiaires.

Chapitre 8

Il a fallu moins de deux semaines pour que mon nom fasse le tour de l'école.

Record de la stupidité battu à plate couture.

Je rêvais de passer inaperçue, de vivre une chouette petite vie d'ado sans emmerdes. Tomber amoureuse ; échanger mon premier baiser ; peut-être me faire des potes. Et je suis de nouveau la meuf chelou. La noyée.

Bravo, Emma. Une championne.

Évidemment, deux classes complètes de première étaient présentes pendant le cours... J'ai à peine eu le temps de rentrer me changer, laver et sécher ma perruque, que tout le lycée était au courant de ce qui m'était arrivé.

Moi, Emma Martin, précédente favorite des championnats régionaux de natation... je suis devenue la meuf qui se noie dans une piscine scolaire. La déchéance.

Christophe et moi, on n'a rien dit aux parents. Quand ils nous ont demandé comment s'était passée la journée à l'école, nous avons sans même échanger un regard accordé nos mensonges. Le pouvoir de l'héritage familial, sans doute.

Le soir même, j'ai fait une espèce de bad trip à la sauce crise d'angoisse. Je me suis effondrée comme une flaque dans ma chambre, sans même comprendre ce qui pouvait bien m'arriver. J'étais debout. L'instant d'après, je me trouvais roulée en boule sur le parquet.

J'avais eu peur. C'est ça le truc, j'avais eu vraiment peur.

Je ne pensais pas que les événements de l'année précédente m'avaient touchée à ce point. Je m'étais persuadée que j'étais super forte, que ça m'avait forgé le caractère. Mais à la seule idée de vivre à nouveau la même chose... j'avais préféré me noyer.

C'est ouf quand même, et quand j'y pense, ça me colle des frissons d'une violence à faire pâlir de jalousie notre sèche-linge. Je ne veux plus jamais avoir à revivre ça, ni à me le remémorer. Ça doit disparaître, hop, dans le vortex des mauvais souvenirs avec le pet foireux en éternuant en CM1, la crotte de nez suspendue en 6e et le râteau en 4e.

Bordel. J'aurais sincèrement pu me noyer. Si Christophe n'avait pas été là pour me sortir de l'eau, personne dans la classe n'aurait pu me rattraper.

J'ai fait une deuxième crise quelques jours après. Mais j'avais déjà pu analyser la première, alors j'ai tout de suite appelé Charlotte quand les premiers signes ont pointé le bout de leur nez. D'abord, elle n'avait pas trop compris ce qu'il se passait, puis quand j'avais enfin réussi à intercaler des mots entre mes grognements / sanglots / reniflages, elle avait été horrifiée :

— Merde, Emma ! C'est pas passé loin, cette fois...

— Je... je sais !

— Reste loin de cette piscine ! Le plus loin possible ! Tu m'entends ? N'y retourne pas, sinon c'est que vraiment tu cherches la merde !

On est restées deux heures au téléphone, et de l'entendre me dire à quel point j'étais con m'avait fait du bien. Si Charlotte trouvait la force de m'insulter, c'est que la Terre continuait à tourner.

Au lycée en revanche, c'est devenu UN BRIN bizarre.

Monsieur Schaeffer vient me parler presque tous les jours, et je pense qu'il hésite toujours à prévenir mes parents. Mais j'ai une maîtrise tellement parfaite de mes mensonges que je les lui vends comme une arracheuse de dents, enchaînant les « je vais bien », « je suis contente de pouvoir aider », et ce genre de trucs que les profs aiment entendre.

Quant aux élèves... on se retourne sur mon passage, et je comprends que je peux faire une croix sur tous mes fantasmes d'anonymat. Cela dit, le point positif, c'est que personne ne rit ou ne se moque de moi, et c'est déjà ça. Je crois que l'idée qu'une personne ait failli se noyer à l'école met tout le monde mal à l'aise.

Pour ne rien arranger, Louis me poursuit partout pour s'excuser, et je ne sais plus comment faire pour l'éviter. Christophe est devenu mon ombre, mais je ne peux pas non plus m'en servir comme bouclier contre tous les types qui peuvent potentiellement me faire du mal. Ce qui fait que je suis presque soulagée de rejoindre le cours d'arts plastiques, loin de Louis, de mon frère et de la majorité de ma classe qui n'a pas étanché sa curiosité.

Je me morfonds, vautrée sur ma chaise, quand une ombre s'étire sur ma table.

— Comment tu vas ?

Victor.

J'ai l'impression de transpirer de stress à l'intérieur même de mon œsophage, et que chacun de mes organes se compresse dans mon corps, se ratatinant autant que possible.

— Tu me veux quoi ?

Victor fait une grimace.

— Juste... savoir comment tu vas. C'était bizarre, à la piscine. Je veux dire... surtout pour toi. Tu sais nager.

Je croise les bras sur ma poitrine, en profitant pour pousser légèrement ma chaise le plus loin possible de lui. Histoire que, s'il se jette sur ma perruque, j'aie le temps de réagir et de m'enfuir.

— J'ai mes raisons.

— Ouais, je comprends, mais...

Un sac lui passe devant le nez et vient s'écraser sur la table à côté de la mienne, dans un grand bruit qui nous fait sursauter tous les deux.

— Tiens, roucoule Anis en s'installant. Salut Victor.

— On se connaît ?

Anis hausse les épaules et s'installe sur sa chaise.

— Non. Et j'en ai pas envie. Ça te dérangerait de dégager avant le début du cours ?

— Pas la peine d'être agressive comme ça.

— Je le suis avec tout le monde. Allez, zou, zou.

Elle lui fait de petits signes de la main, comme une duchesse qui congédie l'un de ses servants.

— Très agréable... grommelle Victor. Bah... bonne journée, Emma. Et, euh, j'espère que ça va.

Il fait enfin demi-tour, et je laisse échapper un gros soupir tout tremblotant.

— M'a pas l'air particulièrement dangereux, remarque Anis en sortant son carnet à dessin. Je suis de plus en plus curieuse.

— Ouais, ça c'est parce que tu l'as jamais vu en meute. Une sale bête, ce gars.

— Oh. Je vois le genre.

Je me renfrogne et me tasse sur ma chaise, profitant d'être assise derrière la fille la plus grande de la classe pour me rendre invisible.

— Sinon, reprend Anis, c'est moi ou Louis devient collant ? Je t'ai vu lui mettre une double esquive devant la salle de classe, c'était assez mythique.

Je grogne. Je vais devoir demander une injonction d'éloignement s'il continue à me harceler pour que je l'excuse.

— Une vraie ventouse, ouais.

— Faut qu'on le tue, lui aussi ?

La proposition d'Anis a le mérite de me faire relever la tête.

— De quoi ?

— Bah y a Victor, maintenant Louis... T'es une veuve noire, en fait ?

Je suis la première surprise à sentir un sourire éclore sur mon visage.

— Merde, tu m'as percée à jour...

— Alors je sais pas si c'est le bon moment de te proposer de travailler avec moi sur le projet d'arts pla.

— Pourquoi, t'es riche ?

— Plutôt.

— Lesbienne ?

— Ça m'arrive.

— Ouais, alors effectivement, c'est sans doute risqué pour toi.

On pouffe comme deux nouilles. Anis possède ce genre de beauté non conventionnelle qui fascine carrément. Elle est agressive dans son physique du bout de ses Doc Martens rouge sang jusqu'à la pointe de son mulet bleu en passant par ses tatouages géométriques qui lui marbrent la gorge. Anis est tout en pointes et en angles. Une fille sans douceur, pleine d'aspérités, insaisissable.

À la fin du cours, on part chez elle. Message aux parents, on se glisse dans une ligne de tram que je ne connais pas. On parle. La ville défile. Je me détends petit à petit.

Quand une voix robotique chantonne notre arrêt avec une langueur digne des meilleurs pornos de l'année, on l'imite jusqu'à en mourir de rire. Une fois, deux fois, quinze fois pendant que nous traversons un parc gigantesque. Pourquoi lui coller cette intonation sensuelle ? Qui s'est dit que ce serait une bonne idée de sexualiser des arrêts de tram ? Et pourquoi c'est toujours une meuf qui se retrouve à faire ça ? Ça me ferait marrer, moi, un mec qui me susurre « Jean Jaurès » le matin, du sexe dégoulinant des cordes vocales.

Et puis, on arrive devant chez Anis. Et je n'ai plus envie de rire. Derrière le parc se trouve une rue. Dans cette rue, un portail. Et au-delà, une demeure de Maître sortie tout droit des *Aristochats*.

Je reste la bouche grande ouverte ; pas besoin d'être de la ville pour comprendre qu'on est dans le quartier ultrachic. La maison ancienne respire tellement le fric que je sens le polyester de mes vêtements fondre d'embarras. La façade du bâtiment me fait penser à cette maison Playmobil que mes parents m'avaient offerte quand j'étais petite, avec ses murs en pierres de taille blanches, ses moulures en pierres brunes et ses hautes fenêtres à croisillons.

— Tu viens ? s'impatiente Anis.

Derrière elle, le hall d'entrée est recouvert de marbre noir. Au mur, des appliques en cuivre. La porte de l'ascenseur ? En étain, et gravée d'une fresque art déco à tomber.

— Effectivement, t'es méga-riche.

— On peut dire ça, ouais.

Je la fixe. Elle me dévisage en retour.

— Quoi ?

— Rien. Je me questionne sur mes chances réelles de t'épouser et de te piquer ta fortune.

Elle ricane, et l'ascenseur ouvre ses portes directement dans son appartement.

Je vous passerai la débauche d'espace. Le gigantesque toit en verre qui inonde la pièce de lumière. Les plantes tropicales, dont un arbre, qui pousse au centre du salon. La cheminée qui s'étale sur plusieurs mètres de long, séparant le salon d'un second salon. Je ne vous parlerai même pas de la bibliothèque où s'alignent avec goût livres et objets d'art.

Non.

Je ne vous dirai qu'une chose : sur la terrasse, derrière un brasero, se trouve une piscine creusée. Au dernier étage d'un immeuble ancien, protégée des regards par un habile renfoncement dans le bâtiment. Une piscine.

— Viens, m'invite Anis.

Je la suis dans l'immense appartement, m'attendant presque à me faire arrêter par des domestiques quand, enfin, nous pénétrons dans une pièce aux dimensions plus réalistes. La chambre d'Anis, je comprends quand je repère le lit défait et une ribambelle de chaussures grunge alignées sur un portant métallique. Alors, elle fait toujours trois fois la taille de la mienne, mais on quitte le grandiose pour passer au simplement impressionnant. Je respire à nouveau ; toute cette richesse, ça m'oppresse.

— Tes parents gèrent une branche de la mafia locale ? ne puis-je m'empêcher de demander en m'installant sur le lit.

Anis se jette sur une chaise de bureau, face à un mur d'écrans et de lumières qui me laissent perplexe.

— Presque. Mon père possède quelques cliniques de chirurgie esthétique privées dans la région.

— Ah, un dealeur de botox.

— Et de gros seins.

— Merde, il va pas être content de me voir.

— C'est clair, si tout le monde naissait avec tes gènes, il serait sur la paille.

— Vous seriez obligés de vous séparer d'un ou deux salons, ce serait un drame.

— À qui le dis-tu, je les aime tous moi, mes salons.

— Et ta mère ?

— Tu me demandes si elle a de gros seins ? Ou si elle aime nos salons ?

Je m'assieds en tailleur et lui dédie un doigt d'honneur.

— Je déconne, s'amuse Anis. Architecte pour un gros cabinet.

— C'est elle qui a rénové votre appartement ?

Hochement de tête d'Anis. Mazette.

— Sympa. Moi, ma mère essaie de me psychanalyser tous les soirs depuis que j'ai douze ans.

— Elle y arrive ?

— Elle croit que oui, c'est l'essentiel.

Anis fait rouler sa chaise d'avant en arrière, mais son regard, lui, ne me quitte pas, comme celui de la Joconde au Louvre.

— Quoi ? grogné-je.

Elle éclate de rire, et lève ses genoux contre son menton. Ses docs Martens laissent des traces de terre sur sa chaise qui doit coûter le prix d'un loyer de mon appartement, mais elle ne s'en offusque pas. C'est la première fois depuis que je la connais que je la vois hésitante.

— C'est quand t'as commencé à perdre tes cheveux, que ta mère a essayé de te psychanalyser ?

Je sens un grand poids me tomber dans l'estomac ; et vu comme ma tête est vide, ça pourrait très bien être mon cerveau qui tente de se faire la belle par la sortie de secours. Elle sait. Elle sait, elle a vu. Si elle a vu, alors peut-être que les autres ont vu.

— Houlà, s'inquiète Anis. Ça va ? T'es devenue toute blanche.

Mentir.

Il faut que je mente pour m'en sortir.

— Je ne vois pas de quoi tu parles, je...

— Tu portes une perruque, assène Anis. Elle est top, je l'aurais pas repérée sans l'épisode de la piscine.

— Non, c'est faux.

Elle ne me répond rien, et se contente de me fixer. Intensément. Ses yeux sont comme deux épées qui vous transpercent. Je peux presque la sentir lire dans mon âme directement.

— Comment t'as su ? chuchoté-je.

— Ma mère a eu un cancer il y a deux ans.

Merde. Je me dandine sur le lit, mal à l'aise.

— Désolée.

— T'y es pour rien. Elle va mieux, de toute façon. Mais elle a porté sa perruque pendant quelque temps, et... bah, t'as des manies avec tes cheveux que je voyais déjà chez elle. T'appuies sur tes tempes sans arrêt. Ton délire avec ta frange. Ta manière de les manipuler comme s'ils étaient en cristal.

— Je fais pas ça.

— Si.

Merde.

— Et puis, quand t'es remontée à la surface à la piscine, la première chose que toi et ton frère avez faite, c'est de te lisser les cheveux. C'est quand même hyper étrange. Donc soit t'as une perruque, soit vous êtes des fétichistes incestueux.

Ah ouais. Sacrée fourchette qu'elle me propose là.

— T'as un cancer, toi aussi ?

Soupir.

Cette question finit toujours par revenir. Et quand les gens apprennent que ce n'est pas le cas, ils m'en veulent. Parce qu'ils ont l'impression que j'ai forcé leur compassion, que j'ai fait semblant d'être malade. Que je suis une imposteur, dans ma propre maladie. Mais le mensonge, ici, serait trop gros, même pour moi. Alors, je dis la vérité :

— Alopécie androgénétique.

— C'est quoi ?

Je me lève et commence à faire le tour de sa chambre. L'un des murs a été converti en gigantesque penderie et j'observe la myriade de fringues qui y sont suspendues ; je pensais qu'Anis était un peu grunge. En fait, elle accumule juste les couches de créateurs comme une maniaque, s'assure que c'est le moins accordé possible, et roulez jeunesse.

— Une maladie. Mon corps s'attaque directement à mes cheveux.

— Ça craint.

— Ça pourrait être pire. C'est une maladie sans autre conséquence qu'une calvitie.

— T'es atteinte depuis longtemps ?

— J'ai commencé à perdre mes cheveux il y a deux ans, environ.

— Chaud... et y'a des traitements ?

Je laisse échapper un ricanement :

— Contre la chute de cheveux ? Nan, ça se saurait sinon. Tous les vieux gars de 50 ans se jetteraient dessus, et Jason Statham serait égérie L'Oréal.

Mon dermatologue avait tenté de nous vendre ses remèdes miracles. Des médicaments dont, je le cite, la médecine ne connaissait pas les effets à long terme. Qui pouvaient, d'après les dernières études, déclencher des AVC, et qui nécessitaient de faire des scanners tous les ans pour s'assurer que tout allait bien, là-haut. Son autre option, c'était de me mettre sous cure d'hormones, avec tous les effets secondaires associés. Et tout cela sans assurance sur la durée. Dès qu'on arrête la prise du médicament ou l'application du produit, les cheveux retombent. Un pansement dangereux qui ne permettrait en rien à mes blessures de cicatriser. Nous étions partis, dépités, avec une ordonnance pour une perruque.

J'attrape les livres sur la bibliothèque d'Anis sans les voir, feuillette son exemplaire de *King Kong Theory*, et j'attends.

— Victor... reprend Anis. Il était dans ton lycée avant ? C'est pour ça que tu l'évites ?

Là, je me bloque carrément.

— Je ne veux pas en parler.

Anis n'insiste pas et change de sujet sans vraiment le faire :

— Je sais que ma mère détestait la porter. Sa perruque. Ça la grattait à mort. Alors si tu veux la virer quand t'es avec moi, sens-toi à l'aise.

Je repose le livre, prends une grande respiration, et me retourne vers elle :

— C'est gentil, mais non merci.

— Comme tu le sens. Tu veux te faire une partie ?

Elle pointe son menton vers son PC et les myriades d'écrans derrière elle. Je remarque alors le jeu de manettes qui repose, patiemment, sur une console de charge.

— C'est tout ? lui demandé-je.

— De quoi ?

— Tu me lâches que tu connais mon secret, puis après on change de sujet et on se fait une partie de console ?

Anis hausse les épaules.

— Bah ouais, quoi d'autre ? C'est pas comme si tu avais assassiné des gens et que tu cachais ton identité.

— Qui sait ? Je suis une veuve noire, je te rappelle.

Anis me détaille des pieds à la tête, se marre, puis me fait signe de me poser près d'elle sur une chaise qu'elle tire de sous le bureau.

— C'était quoi, ce regard ?

— Le prends pas mal, Emma, mais ton plus gros souci c'est pas tes cheveux : ce sont tes fringues. T'es un vrai cageot.

— Pardon ?!

— Je t'ai dit de pas le prendre mal.

— J'en reviens pas de me prendre ce genre de commentaire de la part d'une meuf qui a une coupe mulet.

— C'est *in*, la coupe mulet.

— Chez les rednecks, ouais.

— C'est toujours *in* quelque part. Les salopettes, par contre...

— C'est rétro !

— C'est dépassé.

Je me sens étrangement à l'aise avec Anis. Ce n'est pas la première fois qu'on critique mes fringues, ma gueule ou ma posture. Je crois que c'est un peu le lot de toutes les adolescentes, toutes périodes confondues. Nos phéromones doivent délivrer un *free pass* à tous ceux qui veulent nous faire comprendre qu'on n'est pas suffisamment compétentes pour gérer notre propre vie. Mais avec Anis, je ne me braque pas. Il y a une spontanéité chez elle qui... passe.

Cela dit, je déchante rapidement quand elle me déboîte en bonne et due forme sur *Mortal Kombat*, alors que je me pensais plutôt douée. Selon mon père, c'est parce que j'ai le jeu sadique. Perso, je pense qu'il a juste la défaite difficile. Mais il faut dire que moi et la compétition, c'est une histoire d'amour. J'aime gagner, c'est malheureux, mais il n'y a rien à faire contre ça. Depuis qu'on est petits, je m'entraîne comme une folle avec Christophe sur tous les jeux que nous avons en commun parce que j'ai besoin de laminer mon adversaire. J'ai été interdite de jeux vidéo de dix à douze ans parce que je commençais à inquiéter ma mère ; on m'a ensuite mise à la natation.

Ma frustration n'échappe pas à Anis, vu qu'elle m'avoue :

— Je suis streameuse. Principalement gaming, même si ça m'arrive de faire d'autres trucs en live.

— Streameuse ? Sérieux ?

Je comprends mieux la débauche de matériel sur son bureau. Des *rings lights* collées aux murs, des leds installées partout, des drôles de claviers aux allures de consoles de DJ alignés en veux-tu en voilà, et puis le gigantesque micro suspendu à son bras métallique, qu'elle a repoussé derrière son écran principal, plus grand que notre télé.

Je pose ma manette, contente de trouver une bonne excuse pour arrêter le massacre de mon égo.

— Mais c'est trop cool ! m'exclamé-je. Tu fais ça depuis longtemps ?

— Un an, ouais. Tu veux voir ?

— Carrément !

Anis coupe la partie, et se transforme en régisseuse lumière. Un interrupteur, deux autres, quelques clics de souris, et sa chambre se métamorphose en salle d'arcade. Les lumières s'éteignent, les volets tamisent le soleil au dehors, et les leds violettes et bleues prennent le relais.

— Woooh... ne puis-je m'empêcher de siffler.

— Classe hein ? Tu devrais voir à Noël, je mets le paquet !

— Et ça marche bien ?

— Pas mal !

Elle me montre les coulisses de son activité, et je reste abasourdie devant la complexité de l'exercice et les quelques dizaines de milliers d'abonnés qu'elle affiche sans complexe.

— Mais... comment tu gères tout ça en plus des cours ?

Anis hausse les épaules, un sourire crâneur aux coins des lèvres.

— Simple. Je m'en cogne du lycée.

— Sérieux ? Ça pose pas de problème à tes parents ?

— Ils s'en contrefoutent.

— Et ça paie, le stream ?

— Ouais, ça commence tout doucement, grâce aux partenariats. Attends, je te montre !

Alt-tab sur son clavier, Anis navigue d'applications en programmes à une vitesse vertigineuse, déplaçant certains onglets sur des écrans annexes, dont l'un, juste devant mon siège, me glace plus efficacement qu'un bain dans de l'azote liquide.

— Euh...

Anis, le menton dans la main, se tourne vers moi et éclate de rire devant l'objet de ma gêne, affiché en grand format, juste devant mes yeux chastes.

— T'inquiète pas pour ça, s'esclaffe-t-elle. J'en reçois plusieurs par mois, j'y fais même plus gaffe avec le temps !

— Sérieux ?

Elle hoche la tête.

Moi, je ne peux détacher mes yeux du bâton de chair rose dressé sur la photo, parcouru de veines violacées, au chapeau luisant.

J'ai envie de gerber.

De me rincer les globes oculaires à la javel.

Un peu de pleurer.

Mais pourquoi est-ce qu'elle reçoit des photos de pénis ?

Chapitre 9

Je suis complètement obsédée par ce pénis.

Ça pourrait prêter à confusion, alors que ce soit très clair entre vous et moi : cette obsession n'a rien de sexuel. Juste cette photo immonde qui ne veut plus quitter mes rétines, comme une saucisse de veau molle rémanente dont le souvenir se surexpose partout où se pose mon regard.

Ce n'est pas la première teub que je vois. Quand j'avais quatorze ans, Maximilien aimait bien sortir la sienne en classe d'histoire-géo et la gigoter dans tous les sens. Après quoi, parce que Maximilien était un vrai con, il s'amusait à nous coller ses doigts sous le nez, très fier de son hygiène approximative et de terroriser toutes les filles de la classe. Il avait gardé sa chose flasque dans son slip après qu'un prof l'avait chopé, et que ses parents avaient été convoqués. Quand j'y repense, je me dis que ça reste quand même light, comme réaction.

Par la suite... bah, j'ai dix-sept ans, un accès à Internet, et une libido en éveil comme approximativement tous les ados du monde. Et il est plus facile d'accéder à des contenus pornos gratuits que de mater des reportages National Geographic (mes parents ont du mal à souscrire à plus d'un service de streaming, alors je n'ai pas Disney+, c'est la loose).

Mais ce que j'ai vu, affiché sur cet écran chez Anis, c'est complètement différent.

C'était un adulte. Un homme, qui s'était excité tout seul à l'idée d'envoyer des images de son engin à une adolescente. Qui s'était dit que c'était OK, sous prétexte qu'Anis est présente en ligne, qu'il lui impose son érection. Qu'elle était à sa disposition.

« Ma belle, celle-ci est pour toi »

C'était le petit message qui accompagnait la photo.

Debout dans ma salle de bains, ma tondeuse à cheveux dans la main, je me fixe dans le miroir. J'ai l'air hagard depuis trois jours, depuis que je suis rentrée de chez Anis. Je ne me suis pas à proprement parler enfuie de chez elle, parce que je suis bien élevée. Mais j'ai coupé court à notre après-midi. Pendant tout le temps où elle me parlait de son activité de streaming, elle n'avait pas même pensé à fermer la fenêtre où la teub s'affichait. Tellement tout cela faisait partie du folklore de l'activité pour elle.

Super. Moi, je ne vois plus que ça.

L'avantage, si on peut dire ça comme ça, c'est que Victor est rétrogradé à la dernière place de mes soucis monomaniaques du moment.

Mais d'un autre côté, je suis complètement obsédée par ce pénis, et par ce qu'il représente.

BAM BAM BAM

Des coups sur la porte me font sursauter.

— Tu te grouilles ?! beugle Christophe.

— Ouais, ouais, je gueule en retour. Cinq minutes encore !

— Je dois chier !

— Il y a des toilettes pour ça !

Je l'entends marmonner dans le couloir, puis ses pas s'éloignent. Sérieusement, on a une salle de bains et des toilettes séparées. Alors, certes, tout ce qu'on y fait résonne dans le salon et la cuisine, mais si Christophe ne peut pas maîtriser son sphincter trente minutes, qu'il s'adapte. Je dois me raser le crâne tous les deux jours, c'est un petit effort que je lui demande en comparaison... Ce n'est pas comme si je lui proposais de prendre une pelle et d'aller enterrer le trésor de ses entrailles dans le jardin partagé de la copropriété.

Je me passe la main sur le crâne, comme toujours un peu surprise de me voir ainsi dégarnie. J'ai tellement pris l'habitude de me scruter avec la perruque ou un foulard que c'est chaque fois une redécouverte de ma maladie. J'ai l'implantation d'un vieillard, même en me rasant. Si mes cheveux tiennent encore le choc sur le tour de ma tête, ils se sont fait la malle au sommet. C'est comme si j'avais un dégradé inversé : foncé en bas, clair en haut, et c'est rudement moche.

Le point positif, c'est que je me suis tellement faite à l'idée que c'était atroce que je ne chiale plus en me regardant.

Le point négatif, c'est justement que je me suis faite à l'idée que c'était atroce.

Je soupire, et enclenche la tondeuse dont j'ai retiré le sabot. Je me rase le plus court possible, pour cacher au maximum ce défaut d'implantation qui me fait ressembler à un moine copiste. Les premières semaines, j'ai grave galéré. Ce n'est pas évident de se raser le crâne seule, on oublie presque systématiquement des petites touffes de poils de-ci de-là, surtout dans le haut du cou où les veines et le crâne bloquent la tête de la tondeuse. Puis parfois sur le sommet de ma tête, là où, quand j'avais encore une belle chevelure se trouvait mon épi, sur lequel je pestais tellement car si dur à coiffer.

Aujourd'hui, je donnerais tout pour avoir une tête couverte d'épis à coiffer.

Le vrai truc chiant, c'est que la peau du crâne est extrêmement sensible et devient rouge, boursouffle (non, ce n'est pas une maison dans *Harry Potter*), et se couvre de boutons dès que je passe la tondeuse. Ma tête ressemble alors à un cul de babouin, ce qui m'a amenée à faire plusieurs croquis plutôt dérangeants que je garde cachés au fond de mon tiroir. Mais j'ai trouvé la combine pour contrer ces effets dévastateurs : un bon masque sur le crâne, une serviette chaude autour, puis je me fais un massage à l'huile dans ma chambre trente minutes après.

En réalité, je n'ai jamais dû autant prendre soin de ma tête que depuis que mes cheveux ont disparu.

Quand j'en ai terminé avec le rasoir, je saute sous la douche. Et pendant que je pose mon masque à l'aloe vera sur ma tête en pleine éruption, je me demande ce que je dois faire pour Anis. Elle m'a envoyée chier quand je lui ai dit que non, ce n'était pas normal de recevoir des photos de pénis de la part d'inconnus.

— Je ne viens pas te dire comment gérer ta maladie. Ne viens pas m'expliquer comment gérer mes affaires.

Qu'est-ce que je pouvais bien répondre à ça, franchement ?

Mis à part qu'elle avait tort, qu'elle devait bien en avoir conscience, et que je savais que j'avais raison.

Mais il y a deux points problématiques dans cette histoire.

Le premier, c'est qu'Anis connaît mon secret, et donc je ne veux pas trop la faire chier parce qu'égoïstement, je préfère me protéger avant tout. Et si je la saoulais tellement qu'elle décidait de me *outer* partout ?

Parce que, et c'est la deuxième problématique : je ne la connais pas, Anis. Je ne sais pas comment elle peut réagir, quelles sont les limites à ne pas dépasser. Elle m'a l'air extrêmement directe, et c'est aussi rafraîchissant qu'inquiétant, quand on est dans ma situation.

Je crois que je vais la jouer perso.

Je crois que je vais la laisser gérer.

Je crois que je suis une connasse.

Mon corps engoncé dans une micro-serviette, je sors de la salle de bains, ruminant encore ma décision.

Et c'est là que se joue le drame.

Face à moi, installé dans la chambre de Christophe, se trouve Jacob qui me fixe avec de grands yeux éberlués.

Je prends la pause d'une biche, immobile sur l'autoroute alors que les voitures arrivent pleins phares droit sur sa tronche. J'ai une soudaine conscience extrême de la petitesse de la serviette dans laquelle je me suis enroulée : les seins à moitié à l'air, la touffe à quelques millimètres d'être exposée. Et la serviette sur mon crâne, enroulée en vitesse, qui commence déjà à se desserrer. Merde. Merde !

— Euh... salut ? me lance Jacob, plus rouge qu'une tomate.

J'ai peur qu'en répondant mes seins ne fassent exploser le tissu. Je me contente donc d'un sourire que je peux sentir grinçant.

— J'attends Christophe, m'informe-t-il.

MAIS TOURNE-TOI ! j'ai envie de lui hurler. Mais si je bouge, parle, ou juste respire : il va se passer un drame. Ou alors ce roman passera direct en PEGI 18, et ça rendra tout bien trop compliqué.

— Il va revenir, il devait… euh…

Que quelqu'un me sauve, pitié.

— … chier…

À l'aide.

— Hmmhmm, je me contente de répondre.

— Tu veux te joindre à nous ? me propose Jacob. Je viens tutorer Christophe en maths, j'ai cru comprendre que ce n'était pas ton point fort ?

Ça y est, il me saoule.

— Ah, parce que t'es sportif, motard, *et* bon en maths ?

Il cligne des yeux, pris au dépourvu :

— Bah euh, ouais ? C'est pas incompatible.

— Christophe est la preuve vivante que si.

— « n » est différent de un.

— Pardon ?

— Tu devrais vraiment participer à ces cours de maths…

Je me redresse. La serviette ne tient plus que par la grâce de mes tétons qui l'empêchent de complètement glisser :

— Nan, je suis pas mal occupée.

— J'ai entendu, oui. Mission jambes lisses et tout ça.

Cette fois, c'est moi qui suis surprise :

— Pardon ?

— Désolé, c'était une blague maladroite sur la tondeuse que j'ai entendue tourner dix minutes. Pour dédramatiser la, euh… Pardon. Ça sonnait plus drôle dans ma tête.

Je sens le rouge me monter aux joues, et je me déteste pour ça. Non, mieux : je *le* déteste pour ça. Qu'est-ce qu'il en sait, ce con ?

— Je savais pas que je devais me minuter, je réplique, acide.

— C'est pas ce que j'ai dit.

— Et puis qu'est-ce que t'en sais, que je me rasais les jambes ?

— Dix minutes à se faire les aisselles ? Faut consulter.

Sportif, motard et bon en maths. Mais alors, une vraie quiche pour lire les signaux. C'est pourtant clair, que je n'ai pas envie de plaisanter, non ? Je décide de couper court.

— Bon. Christophe en a facile pour quinze minutes encore, le caca du jeudi, c'est tout une affaire. Alors je vais te laisser tranquille. La nulle en maths que je suis va aller bosser son projet d'arts plastiques.

— Oh, sympa. Tu bosses sur quoi ?

— Je me suis taillé la Joconde sur le pubis. Me reste plus qu'à prendre les photos. Tu permets ?

Il ferme enfin sa bouche.

Je sécurise mes serviettes, une main pour chacune, puis je pars, victorieuse, m'enfermer dans ma chambre.

Chapitre 10

— Tout va bien, Emma ?

C'est maman et moi qui sommes de corvée de vaisselle ce soir. On intervertit un jour sur deux, et comme je pense que nous ne sommes pas encore complètement déconstruits dans la famille, on a fait des équipes unisexes.

— Oui, oui...

C'est moi qui ai cuisiné : fajitas de poulet, avec de la sauce au yaourt, et des compotes à la châtaigne en dessert parce que ce truc est plus addictif que du chocolat à la coke. Et comme je suis une meuf sympa, j'aide ma mère à ranger. Enfin, parce que je suis sympa *et* parce que j'ai besoin de lui parler d'Anis. Après tout, c'est le métier de ma mère, d'aider les gens à se dépatouiller de ce qui les hante. Et clairement, je suis hantée par un pénis. Je suis même certaine que c'est ce qui a mené à la prise de tête avec Jacob plus tôt : je suis sur les nerfs, et j'ai relâché la pression sur lui. En même temps, il n'avait qu'à pas mater mes seins comme s'ils lui faisaient des clins d'œil.

Par contre, je ne sais pas du tout comment aborder la question avec ma mère.

« Chère maman, il y a trois jours, j'ai vu le pénis en érection d'un homme, et depuis, j'ai l'impression qu'il y a des formes phalliques partout » ou « chère maman, est-ce que je suis un monstre de laisser une copine se faire agresser parce que j'ai trop peur de comment cela pourrait m'affecter ? » Dilemme. Se poser en victime, parce que j'ai besoin qu'on me rassure ? Ou être honnête, histoire qu'on me dise mes quatre vérités en face ?

Je soupire.

Évidemment...

— En réalité... reprends-je. Je crois que j'ai fait une erreur avec une fille au lycée et j'arrive pas à m'en sortir.

Ma mère pose son éponge sur la table et me fixe. La lumière change dans ses yeux quand elle passe de « maman » à « thérapeute », c'est hyper impressionnant. Impossible de faire machine arrière : elle ne lâchera plus l'affaire à présent. Elle remonte ses lunettes sur son nez, tire la chaise, s'installe, et me fait un signe rassurant de la tête :

— Raconte-moi.

Je prends place à mon tour et joue avec le tas de miettes abandonnées sur la nappe en plastique.

— Il y a cette fille en classe, Anis...

Ma mère ne me relance pas. Full-psychiatre *mode engaged*.

— ... Elle est un peu bizarre, au début elle arrivait pas à me supporter. Mais je crois qu'elle aime pas grand-monde en vrai... Bref, on a fini par se rapprocher et elle est assez cool. On a décidé de travailler ensemble en cours d'arts plastiques, comme on doit présenter un projet de groupe pour la fin d'année. Donc on est allées chez elle, tu te souviens, il y a trois jours ?

— Oui, la jeune fille qui vit dans la rue Goethe.

Ah. Ma mère a effectué ses recherches sur Google Street.

— Voilà. C'est elle et...

« Et là, j'ai assisté à une agression, mais je n'ai rien fait. »

Les mots peinent à trouver leur place dans les phrases douloureuses que je sais devoir prononcer. Merde, c'est plus dur que je ne pensais.

— Tu commences à m'inquiéter, Emma.

J'étale les miettes, éparpillant toutes les sources possibles de distraction. Quand il faut y aller, faut y aller.

— Anis streame en parallèle des cours, et...

— Streame ?

Je soupire. Contexte, contexte.

— Elle joue à des jeux, et se filme en direct pendant qu'elle le fait.

— Pardon ?

— C'est assez commun, tu sais. En gros, les gens voient son écran, et ses performances de jeu en temps réel. Mais aussi sa tête. Il y a un tchat, et les gens peuvent interagir avec elle. C'est assez bon enfant.

— Je devine un « mais »...

— Exactement : 99 % des gens sont réglos, mais y a toujours un pourcentage de connards dégueulasses qui trouvent le moyen de venir s'exciter.

Maman garde le silence. Ses mâchoires sont un peu trop serrées pour son bien, elle va encore se faire sauter un plombage (le dernier, c'était quand Christophe avait été expulsé de l'école).

— Et, hum... Elle me montrait un peu comment ça marche, et c'est là que je suis tombée sur un message qui lui était destiné.

Gros blanc.

Maman ne dit rien.

Moi je rougis jusqu'au tréfonds de mon âme. J'ai toujours réussi à éviter **La Discussion** avec mes parents. Et voilà que j'apporte une teub sur un plateau à ma mère pour qu'elle se rattrape. Je dois souffrir d'une certaine forme de masochisme psychologique bien pathologique.

— Une *dick pic*, je finis par lâcher. C'était une *dick pic*, bien dégueu. Et euh... bah Anis m'a dit que ça lui arrivait tout le temps. Qu'on lui en envoyait. Et j'ai rien fait, j'ai rien dit. Je suis juste partie.

Ma mère ne moufte toujours pas. Elle se redresse lentement sur la chaise, s'adosse au dossier, remonte ses bras sur sa poitrine : elle gagne du temps pendant qu'elle cogite. Quand elle croise les jambes, je comprends que je suis dans la merde. Ça doit pas mal batailler dans son crâne, pour qu'elle use de tous ses subterfuges d'un coup.

— Pourquoi est-ce qu'Anis te montrait le fonctionnement de son activité ?

— Parce que j'étais curieuse. C'est cool de voir les coulisses de ce genre de choses.

— Est-ce que c'est une activité qui t'attire ?

— Moi ? Non. Non, pas du tout. Enfin, je n'y ai pas pensé, mais c'est un sacré investissement, et...

— Est-ce que tu es apparue sur les vidéos de cette Anis ?

— Pardon ?

— Est-ce que ton visage ou ton nom apparaissent sur les vidéos ?

— Mais non, pourqu...

— Bien. Anis est ton amie ?

— On se connaît à peine, dur de...

— Parfait. Emma, je voudrais que tu changes de binôme pour ton devoir.

— Pardon ?

— Tu m'as bien entendue. Je voudrais que tu changes de binôme. Vous avez dix-sept ans, vous n'êtes pas stupides, et vous connaissez les risques à vous exposer ainsi sur le net. Anis a fait son choix – je refuse qu'elle t'entraîne avec elle. Donc, je te le demande : va voir ton professeur d'arts plastiques, demande-lui à changer de binôme. S'il pose problème, je m'en charge.

J'en reste sur le cul. C'est ça, la solution de ma mère ?

— Tu plaisantes ? je la questionne, encore incertaine du sérieux de sa réponse.

Peut-être qu'elle me fait une vieille vanne. Ce serait très mal à propos, mais l'humour et ma mère, ça fait six. Peut-être qu'elle n'a juste pas capté que j'étais vraiment dans le doute ?

— Non. Je suis très sérieuse.

Bon. Ou pas.

— Donc ta réponse, c'est qu'Anis est responsable de ce qui lui arrive, et que je ferais mieux de m'éloigner avant de couler avec elle ?

— Ce n'est pas ce que j'ai dit.

— D'accord, d'accord. Laisse-moi reformuler alors : Anis se fait agresser par des hommes, adultes, qui lui envoient des photos de leurs teubs. Et ta réponse c'est : sa jupe était un peu courte, elle savait ce qui lui pendait au nez en sortant de chez elle ?

L'assurance de ma mère se fissure. Je peux voir le moment où elle réalise la portée de son discours quand le rouge lui monte aux joues. Je tiens ça d'elle : une capillarité faciale absolument insupportable, qui rend la moindre de nos émotions complètement transparente.

— Non, tu m'as mal comprise.

Je me lève de ma chaise, en colère.

— Si si, j'ai bien compris. On va blâmer la victime, et puis la laisser gérer ça seule, hein. T'as raison. À dix-sept ans, on devrait savoir qu'on doit pas sortir de chez nous, pas prendre de photos, ne surtout jamais sourire et puis, bien sûr, faire une croix sur absolument tout ce qui nous intéresse. Ce ne sont pas les réactions comme les tiennes qui nous maintiennent dans cette position de soumission.

— Emma, je...

Je décide de couper court.

— Merci maman. Ça a été très instructif. Maintenant si tu veux bien m'excuser, je vais aller me reclure dans ma chambre. Je ne voudrais pas qu'un homme puisse me voir depuis la fenêtre, et décide que je suis à sa disposition. Ce serait bien ma faute, après tout.

Ma mère ne bouge pas quand je quitte la salle à manger.

Je suis en colère. Carrément en colère. Tellement en colère que je claque la porte de ma chambre à en faire trembler l'immeuble. Christophe, dans la pièce à côté, gueule quelque chose, mais je couvre son cri avec mes écouteurs avant de me jeter sur mon lit.

J'attrape mon carnet et les stylos qui traînent sur ma table de nuit, et je griffonne jusqu'à en faire exploser une mine de rage.

Elle n'avait pas le droit de me faire ça. C'est moi, l'adolescente qui doute. Ce sont les adultes qui doivent nous guider vers la sagesse. Du *victim shaming*... si je m'y attendais. Et le pire, le pire, c'est que je me déteste parce que moi aussi, j'ai pensé à ça pendant quelques instants. Peut-être même que ça me tourne toujours en tête : Anis est folle, évidemment que des mecs l'agressent, qu'est-ce qu'elle pensait ?

Mais je voulais qu'on me dise que j'avais tort. Je voulais qu'on m'explique que ce schéma de pensée était mauvais, et que ce n'était pas comme ça qu'on allait évoluer, comme société.

Échec critique.

Je n'en reviens pas. J'ai toujours considéré ma mère comme la sagesse incarnée, comme une personne en avance sur son temps, sur les modes, sur les questions sociétales. Le racisme, l'inclusion, elle nous en parlait déjà quand nous étions petits. Elle a même fait sa thèse dessus. Et là ? Là, elle est en train de me dire en substance qu'Anis récolte ce qu'elle a semé ? Et que je ferais bien de m'éloigner de son aura pervertie ?

Je me roule en boule sur mon lit, la tête coincée dans un bras, le visage tendu vers la fenêtre. Depuis mon matelas, je n'aperçois qu'un carré de ciel bleu où s'agitent des branches feuillues. J'attrape mon téléphone.

[Emma]
T là ?

[Charlotte]
Yeup. Ca va ?

[Emma]
T'as deja reçu une dick pic toi ?

[Charlotte]
Houla, ça sort de nul part
comme demande

[Emma]
Alors ?

[Charlotte]
bah ué lol. Je suis une meuf,
je suis jolie,
et je suis sur instagram

[Emma]
et donc ?

[Charlotte]
Bah et donc forcément qu'on m'en envoie.
Limite je prends ça comme un compliment.
T'imagine, tu postes des photos de toi
et personne te dit que t'es belle ? L'horreur xD

Je repose mon téléphone, perplexe. Le romantisme est donc définitivement mort. Je continue de rêver à un bouquet de roses, à des rencards tout mignons, mais peut-être que le glissement générationnel est trop intense et qu'il faut que je me fasse à l'idée qu'à dix-sept ans, on drague à coups de bite. J'aurais dû commencer tout ce processus plus tôt. Peut-être qu'à treize ans, j'aurais encore été en âge d'espérer un jeu de séduction mignon. Maintenant, ce sont des verges et des couilles.

Je repense à Anis. À son ton décontracté. À son pragmatisme face à la situation qui n'a rien de normal. Rien, dans toute cette histoire, ne l'est, de l'intention initiale de ce gars, à la réaction d'Anis, jusqu'à celle de ma mère et à la mienne en passant.

Le monde ne tourne pas rond.

Quand le matelas s'enfonce soudainement, je sursaute et réalise que le ciel au dehors s'est teinté de gris. Exit le bleu, le monde s'est assorti à mon humeur. Au bout de mon lit, engoncée dans son short en lin et une chemise bien trop serrée, ma mère me fixe avec gêne. Ses lunettes sont toujours hissées sur son nez, ses cheveux noir striés de blanc remontés en chignon. On dirait un blaireau avec des pattes d'oie.

Elle tapote ses oreilles, me faisant signe de virer mes écouteurs. J'hésite un instant... puis les retire.

— Quoi ? je grogne.

— Nous n'avons pas fini notre discussion de tout à l'heure.

— Je pense que si.

— Jusqu'à preuve du contraire c'est moi, ta mère.

Je me redresse et vais m'adosser au mur, le plus loin possible du coin où elle est installée. J'aimerais avoir ma perruque, là, tout de suite. Je me sens nue sans elle.

— Je suis désolée pour ce que j'ai dit. J'ai manqué de tact.

— Ce n'est pas la forme que je remets en question.

Ma mère soupire.

— Je suis ta mère avant tout. J'ai le droit d'être inquiète.

— Je n'ai jamais dit le contraire.

— Cette fille...

— Anis.

— Anis. Je suis allée chercher des infos sur l'internet.

— Sur Internet, la corrigé-je par réflexe. Et ?

Elle cherche ses mots. Ça fait trois heures qu'on s'est fâchées, elle a eu le temps de faire des recherches sur le net et elle patauge toujours. Ça n'augure rien de bon.

— Ce monde hyper-connecté m'inquiète.

Joli bottage en touche. Je la laisse continuer :

— Tous les prédateurs peuvent avoir tellement facilement accès à vous. Vous êtes... vous êtes comme offertes sur des plateaux, disponibles, visibles.

— Donc ta solution, c'est qu'on se cache ?

— Non.

— Que JE me cache ?

— ...

— Tu as conscience de l'hypocrisie de tes paroles ?

— Oui.

— Et ça te va ?

Ma mère soupire, tend son bras et attrape ma cheville.

— Je pense que tu as déjà assez souffert. Je pense qu'on a tous déjà assez souffert comme ça.

Une vague de culpabilité me remonte une fois de plus le ventre. Je la connais trop bien, celle-ci. Dès que je passe le pas de l'immeuble, elle me harponne. Dès que je vois mon père sur le petit balcon, se battre avec deux pots de fleurs en soupirant sur son jardin perdu, elle me terrasse.

Je sais, que c'est de ma faute. Je sais, qu'on est là pour moi. Je sais, qu'à cause de moi, notre vie a pris un virage à cent-quatre-vingts degrés dont personne n'avait envie.

— Excuse-moi, s'empresse d'ajouter ma mère à qui mon trouble n'a pas échappé. Je veux dire que... c'est déjà assez compliqué comme cela, sans que tu ailles en plus t'afficher en ligne.

Cette fois-ci, ça m'énerve. La colère attrape la culpabilité par les épaules, et la balance dans le fond de ma pensée avant de s'emparer de l'espace disponible :

— M'afficher en ligne ?!

— Je...

— Mais est-ce que tu m'as seulement écoutée ? Je t'ai dit qu'une amie avait des problèmes, pourquoi est-ce que tu fais une fixette comme ça ?

— Je veux juste te protéger.

— Mais rien du tout ! « Je, je, je », est-ce que tu as compris que je ne parlais pas de moi ?

— Emma...

— Est-ce que tu as compris que je venais chercher conseil, parce que JE ne sais pas comment faire pour aider une amie ?

— Je...

— C'est bon, maman. Laisse tomber, je ne changerai pas de binôme en classe. Mais si ça peut te rassurer, je te promets que je n'afficherai pas ma trogne en ligne. Je ne voudrais pas que ma liberté vienne une fois de plus entraver vos projets.

Je pose avec emphase mes écouteurs sur mes oreilles. Ma mère ouvre la bouche, j'augmente ostensiblement le son. Nous nous affrontons du regard quelques secondes, toutes les deux en colère.

Mais je gagne, et elle finit par quitter ma chambre.

Chapitre 11

C'est une vraie journée de merde.

La sensation qu'on me punchait les ovaires avec un enthousiasme débordant m'a tirée du lit aux aurores. Tous les mois, j'oublie consciencieusement que le moment fatidique approche. Et à chaque fois, je suis réveillée, réglée (haha) comme une horloge, par des douleurs à te faire seppuku pour t'arracher tes propres trompes de Fallope.

Une horreur.

Ce matin, j'ai prié un dieu auquel je ne crois pas pour que tout s'arrête ; petit-déjeuné d'un cachet anti-douleur ; pesté devant mon bide tout gonflé qui me donne l'air d'être enceinte dans mon jean ; troqué ce dernier pour une jupe moche.

Et si la chaleur et mes règles ne suffisaient pas pour rendre cette journée détestable : j'ai eu un quatre en mathématiques. Pendant que Christophe, lui, a décroché un onze. Onze ! Sans doute la première note au-dessus de la moyenne – hors sport – de toute sa scolarité. Il rayonne. Moi, je suis tellement vénère que j'ai envie de le claquer sur la table.

— Il t'a piqué tes cookies ce matin ?

J'ai pris l'habitude de m'installer à côté d'Anis dans les classes que nous partageons. Parce que ça me permet de m'éloigner un peu de mon frère, de un. Et parce qu'elle est définitivement sympa, de deux. Je me sens toujours un peu coupable avec cette histoire de *dick pic*, mais j'ai décidé de me la jouer adulte et de m'installer des œillères de la taille de soucoupes volantes. Tant que je ne les vois pas (les bites), elles n'existent pas. La maturité dans toute sa splendeur.

— Il a eu un onze, ce con.

— Ah ouais. C'est pas terrible.

— Gra...

Je m'arrête. Me retourne. La fixe. Elle se fout de ma gueule ?

— Comment ça : « pas terrible » ?

— Bah... un onze. C'était pas très compliqué.

J'arrache sa feuille de sous son coude et manque me déclencher un infarctus.

— T'as eu un dix-sept ?!

Je retourne le test dans tous les sens, cherchant l'arnaque. Ça n'est pas possible, je ne peux pas être la seule tanche de la classe.

— Pourquoi t'es surprise ?

Je l'ignore, détaillant avec stupéfaction les équations parfaitement incompréhensibles qui s'étalent sur les trois feuilles doubles. Je me sens bouillir, et je n'ai pas le temps de réagir quand Anis subtilise à son tour mon test :

— Un quatre ? Hahahaha, mais t'es super nulle, en fait !

Elle en chiale presque de rire. J'attrape ma copie, la roule en boule, regrette, la lisse sous mes bras, puis me couche dessus, vexée comme un pou.

Un coude me tape dans l'épaule, je me décale avec ma chaise comme un crabe.

— Ouais, t'as un vrai caractère de merde en fait.

— Ta gueule, l'intello.

— T'es nulle en maths, ou t'avais juste eu une sale journée ?

Je l'ignore.

— Je sais pas comment je dois le prendre, que tu aies été aussi surprise de voir que je déchirais tout.

Je marmonne un truc, puis me renfrogne encore plus. Double honte, je suis à deux doigts de m'enterrer sous la chape de béton de la classe.

Je mets la responsabilité de ma mauvaise humeur sur mes règles, mais en réalité, je me sens aussi un peu minable. Parce que je foire mes cours. Parce que je suis partie du principe qu'Anis, avec son look grunge et sa vie de princesse, devait forcément partager ma médiocrité scolaire. Je me suis fiée à la couverture du livre pour le catégoriser. Tout ce que je hais, tout ce que j'ai fui, en maxiconcentré directement dans ma caboche.

Je suis une merde.

— T'es en train de partir dans un bad trip ou je rêve ?

— Mes règles.

— Pardon ?

— J'AI MES RÈGLES !

J'ai peut-être répondu un peu fort ; les deux rangées devant nous se sont retournées. Regards pleins de compréhension de la part des filles qui ne sont pas loin de me faire le petit geste « fighting » à la k-drama ; grimace dégoûtée des mecs qui pensent encore à dix-sept ans que les menstruations, c'est péter des fleurs dans sa culotte et manger des cookies en étant mignonne. Faut pas qu'ils passent dans les toilettes des filles, ils ne s'en remettraient pas. C'est *Shining* revisité tous les mois, avec nos ovaires dans le rôle des jumelles flippantes.

— T'as ce qu'il faut pour la douleur ?

Je tourne ma tête vers Anis, en prenant soin de déposer mes précieux cheveux sur mon coude avant de la reposer.

— Ouais, merci.

— Tu les as pris y a longtemps ?

— Deux heures.

— Aïe.

Ouais. Je suis dans la zone de Grande Dépression. Quand les cachets ne suffisent plus à calmer la douleur, mais qu'il est trop tôt pour prendre les suivants. Je ferais mieux de rentrer dormir et vomir. Pas forcément dans cet ordre, d'ailleurs.

Je n'ai pas le temps de prendre une décision que ma table se met à trembler si fort que je crains un instant que ce ne soit un séisme. Mais les cris enthousiastes de mon labrador de frangin me rassurent autant qu'ils m'exaspèrent :

— T'as vu ça ?! Un ONZE, MEUF !

Je redresse la tête ; il y colle son devoir. J'ai le nez sur son double un, à ce triple con.

— Trop bien, je marmonne. On sort la piñata ce soir ? Tu veux qu'on te prenne un happy meal ?

— Tu pourrais faire semblant d'être contente.

— Chuis ravie.

Il se renfrogne. Puis il comprend. Ses réflexes ont toujours été plus rapides que les miens, et il ne lui faut qu'une fraction de seconde pour récupérer mon test honteux, tout froissé et miteux.

— Waaaaaaah... un quatre ? Même pour toi, c'est naze.

Je me cogne le front contre ma trousse. Nos parents vont me tuer.

— Je sais...

— T'aurais dû réviser avec Jacob et moi. Franchement, c'est dommage.

— Elle était trop occupée à se la jouer De Vinci avec sa tondeuse.

Un frisson de honte me remonte toute la colonne. *Fuck.*

— Salut, Emma. Alors, ce projet d'arts plastiques ? Pas trop touffu ?

Je redresse ma tête ; un Stabilo qui s'était incrusté sur mon front tombe sur la table. Tant pis, je dois juste maintenir les apparences.

— Excuse-moi, mais je ne vais pas prendre de conseil de la part d'un mec qui se balade avec un plâtre sur lequel on lui a dessiné... c'est quoi ça ?

— Le logo Yves Saint Laurent, précise Anis, venue à ma rescousse.

— Voilà, repris-je. Je pense qu'on est tous d'accord pour dire que c'est gênant.

Il a le bon goût de rougir.

— Je choisis pas trop ce que les autres y mettent. Je suis déjà surpris de pas avoir de teub dessus.

Bordel de con.

Teub.

Et la voilà qui se réimprime sur ma rétine. Mais c'est pas vrai, elle va me hanter toute ma vie, en fait ?

Je me lève brusquement, en colère.

— Euh... ne sait pas quoi dire Christophe.

— Je me casse.

— Pour aller où ?

— Réviser le contrôle de SVT.

Bien. Très adulte, ça.

— On profite de l'heure de permanence pour réviser au CDI, me propose Christophe. Tu veux pas te joindre à nous ? Ça pourrait pas te faire de mal.

Je pense que j'exsude du sel à ce stade-là. J'ai tellement la rage que si j'étais dans un manga, ma jupe, ma perruque et même mon chemisier commenceraient à battre dans mon dos, agités par toute la puissance de ma fureur contenue. Mais je ne suis pas dans un manga. Je suis juste une tourte qui a mal au ventre, coincée dans un lycée du Neudorf, et qui doit gérer la frustration d'être devenue la nulle de la famille.

C'est beaucoup trop.

— Nan. T'as classe, Anis ?

Elle m'observe, les yeux qui pétillent et visiblement morte de rire à l'intérieur.

— Ouais, histoire de l'art.

— OK. Parfait.

J'attrape mon sac, y fourre ma trousse, me retiens de hurler quand cette dernière encore ouverte déverse son contenu dans le fond, puis je m'éclipse non sans jeter un œil discret sur ma chaise, pour voir si je n'y ai pas laissé une lithographie sanguine de mes fesses.

J'ai tellement mal au ventre que je pourrais chialer.

Je ne peux pas me permettre de foirer encore des cours.

Je ne peux pas me permettre de m'énerver avec tout le monde.

« Je ne peux pas me permettre. »

Ce sera mon nouveau mantra.

Je calcule rapidement – et sans doute avec beaucoup d'erreurs – le niveau actuel de mes moyennes, et essaie de jouer avec les coefficients qui y seront appliqués au bac. Et c'est dramatique. Je vais foirer les maths, c'est à peu près certain. Je suis en retard depuis le collège, il y a des limites à ce que le cerveau humain peut faire, et clairement le mien ne pourra pas récupérer dix ans de flemme en quelques mois. Je vais devoir compenser. Les SVT me semblent être une bonne option pour ça – qui sait, peut-être que je vais enfin développer un intérêt pour une matière autre que le sport, et donner un sens à ma vie ? Mes parents ont insisté lourdement pour que je rejoigne la filière économique et sociale, la meilleure selon eux dans ma situation et qui m'ouvrirait le plus de portes. J'étais si soulagée de pouvoir quitter Orange que je n'avais pas insisté pour aller en littéraire, même si je me sens plus à l'aise avec les mots qu'avec les chiffres. Peut-être que je le regretterai. Peut-être pas. Laissons le programme de SVT décider pour moi.

Je m'arrête face à la porte menant vers l'extérieur quand je repère Victor et sa bande de potes installés dans la seule zone d'ombre disponible. Mon ancien camarade de classe me fout étrangement la paix depuis que nous nous sommes revus, mais c'est hors de question que je prenne le risque de trop me rappeler à son bon souvenir. Le moins il me voit, le moins il sera tenté de reprendre ses réflexes de connard.

Je bifurque et me rends vers la zone des casiers, coincée dans le fond du lycée, là où personne ne se rend jamais car trop sombre / trop engoncé / trop isolé. Or, c'est exactement ce que je cherche, moi : de l'isolement. Comme je l'avais prévu, il y fait presque frais, et je m'installe avec un soupir à même le sol, appréciant la caresse glaciale du carrelage sur mes fesses. Franchement, on est au niveau 0 de l'hygiène, mais je n'en ai plus rien à faire.

— Alors, alors...

SVT.

Transmission, variation et expression du patrimoine génétique. Les divisions cellulaires des eucaryotes.

OK.

Confirmation : je déteste tout ce qui touche de près ou de loin à la science, les maths ou la physique. J'en ai déjà marre. Un mot sur trois que je ne comprends pas, et il s'agit juste du titre de la section. Je claque ma tête contre le casier en métal derrière moi, les yeux perdus dans le plafond. Maintenant qu'être championne olympique de natation n'est plus une option – option qui d'ailleurs, selon mes parents, n'en a jamais vraiment été une – il va bien falloir que je trouve autre chose, pour mon futur. Peut-être que je pourrais lancer une start-up.

Un truc dans l'écologie. Peut-être que je devrais déjà commencer à mettre de l'oxygène en bouteille, parce que dans quelques décennies on n'aura plus rien ? M'enfin d'ici là, il faudra bien que je mange. Des cours de natation pour la montée des eaux peut-être ? Merde. Je me suis grillé cette option, avec ma perruque.

Ou alors je vis chez mes parents pour toujours. Ou alors, j'emménage chez Christophe, et lui donne des cours de natation pendant que je...

Mes rêves à moitié éveillés sont coupés court par un éclat de rire étouffé qui me fait me redresser. Je ne les aime pas, ces rires. La dernière fois que j'en ai entendu de ce genre, j'ai terminé la tête dans les toilettes.

Mais rien autour de moi ; je me détends et vérifie que ma perruque n'a pas bougé. La chaleur et la douleur ont dû faire remonter des souvenirs de l'année dernière, et quand j'ai commencé à m'assoupir, paf, petite décharge de stress. C'est sûrem...

— Mais arrête, han !

Je me fige. Non. Je ne rêve pas, il se passe des trucs... pas très loin. Des chuchotements me parviennent, juste derrière, et j'entends des rires étouffés. Peut-être qu'ils se moquent de moi. Sûrement qu'ils se moquent de moi.

« Mais personne n'en a rien à faire de toi, ma pauvre ! »

J'ai quand même besoin d'en avoir le cœur net. Je ramasse doucement ma trousse, mon classeur, et glisse mon sac sur une épaule. Les bruits se précisent. Humides ?

Arrivée au bout de ma rangée de casiers, je tourne la tête pour observer celle de derrière. Et là ! ET LÀ ! Maxidrame.

Cindel, la belle Cindel au nom, au corps et à la mentalité de princesse est en train de rouler un monstrueux patin à un gars de notre classe qui n'est pas Jacob. Jacob, son petit ami selon les dernières nouvelles, pour ceux au fond qui n'auraient pas suivi.

Je sais reconnaître le danger quand il se présente, langues trémoussantes devant moi, et je décide de faire marche arrière et de me casser aussi discrètement que possible. Hors de question que je me mêle de ce genre de truc, ma vie est déjà assez compliquée comme ça. Mais c'était sans compter mon karma tout pété. Ma trousse, toujours ouverte, décide alors de vomir son dernier crayon lors de ma subtile manœuvre d'évasion.

Évidemment.

schtiiiiiing

Cindel et son amant (c'est terriblement sérieux comme terme, à dix-sept ans) cessent de se lécher la glotte et se tournent d'un seul bloc vers moi.

Oh merde.

Ils ont la bouche rouge et enflée, les joues de Cindel sont dans le même état, et le pantalon de Monsieur semble prêt à exploser. Et moi je suis là, livre et trousse vide en main, les yeux exorbités à espérer qu'ils ne me repèrent pas, figée comme dans une partie de 1,2,3 soleil.

— Emma ! s'exclame Cindel avec le sourire le plus faux de la Terre. Ça, euh... ça fait longtemps ?

— C'est qui ? grogne le mec.

Bah sympa. On est dans la même classe depuis la rentrée, quand même. Alors, je n'ai pas retenu son nom, certes, mais tout de même.

— La sœur de Christophe.

Les yeux du mec s'écarquillent ; son pantalon dégonfle.

— Le pote de Jacob ?

Hochement de tête nerveux de Cindel.

Je me redresse doucement. L'embrouille arrive, je le sens...

— Comment tu vas ?

Cindel s'approche vers moi en roulant des hanches. Son mec est moins subtil, et ne tente pas de m'amadouer avant de me menacer :

— Si tu ouvres ta gueule, on te...

Mes réflexes de survie sont bien rôdés par un an de harcèlement scolaire : je fuis.

Je leur balance ma trousse au visage, mon livre droit entre les jambes du connard, et je trace.

— Mais qu'est-ce qu'elle fout ?! s'écrie Cindel.

Le mec grogne seulement, mais un regard en arrière m'apprend qu'ils me prennent en course. Merde. Mais merde ! Le point positif, c'est que l'exercice, c'est très efficace contre les douleurs de règles, et que je ne sens donc presque plus mon utérus se dissoudre dans mon ventre.

Le point négatif, c'est que j'ai sans doute surréagi, que les autres surréagissent avec moi, et que s'ils me chopent, il n'y a pas moyen que j'en sorte indemne. Les couloirs du lycée sont vides à cette heure-ci, à part quelques élèves qui paraissent de-ci de-là, attendant leur prochain cours et pestant contre leur agenda à trous. Voilà qui ne m'arrange pas.

— Là-bas !

Donc espérer les semer dans ce grand espace vide, on oublie. Je regarde dehors, et je devine alors ma délivrance : le CDI.

Je me jette contre la porte, galère à l'ouvrir, perds de précieuses secondes à la refermer, et je me tape le sprint de ma vie sous le soleil. Je ne suis pas la plus douée en athlétisme, mais à force d'observer Christophe en entraînement, j'ai développé quelques bons réflexes. Une main en couteau – l'autre plaquée sur ma tête pour tenir ma Précieuse –, le torse droit, la tête haute, les jambes relevées. J'ai presque envie de rire tellement j'apprécie d'un coup de sentir à nouveau mes muscles crier, mon cœur pomper et mon cerveau hurler sous les shoots d'adrénaline. Le sport, il n'y a que ça de vrai.

Le CDI est à l'opposé de la grande cour que je traverse comme une flèche. Je me jette dans le bâtiment, grimpe l'escalier en colimaçon deux marches à la fois – en profite pour observer mes poursuivants entrer à leur tour – et déboule dans la zone de travail comme un diable sortirait de sa boîte.

Où est-ce qu'ils sont, où est-ce qu'ils sont ?!

Et je les repère. Enfin, Jacob me repère et me fait un signe de la main.

— Arrête-toi ! me gueule le mec dans mon dos.

Il n'est plus qu'à une ou deux volées de marches.

Accélération directe, je passe la cinquième et me précipite vers le fond de la salle. Mon sac passe déjà par-dessus mon épaule et je le jette sur la table, à côté de mon frère qui me regarde comme si je venais de débarquer à poil dans une église.

— Ça vaa... AOUCH !

J'ignore Jacob qui couine alors que je l'escalade littéralement pour rejoindre la place du fond, à côté de Christophe.

— Pardon, je m'excuse, après m'être servie de ses cuisses comme trampoline pour me propulser sur celles de mon frère.

— Mais t'es tarée ?! s'énerve ce dernier.

— Bah quoi ? Je croyais que je pouvais venir réviser avec vous ?

— Mais... ah mais bordel, assieds-toi, maintenant !

Il se décale et me laisse son siège. Plus loin, je repère Cindel et son bonhomme qui me fixent, oscillant entre l'envie claire de me faire la peau et la honte de voir Jacob. Ils finissent par faire demi-tour, je reprends mon souffle.

— Ça va ? s'étonne Jacob. T'es toute rouge, tu nous fais un coup de chaud ?

Grand sourire. Reine de l'hypocrisie de l'année.

— Super ! Quelqu'un aurait un stylo ? J'ai paumé ma trousse.

Chapitre 12

Je vis dans un vaudeville. Ou une espèce de drama coréen mixé avec une telenovela, à choisir.

Christophe s'est fait UN TAS de potes. Ces potes viennent squatter à la maison. Et je me retrouve en terres hostiles au milieu de mon propre salon.

Sur ma gauche, installé sur une chaise de la table à manger, se vautre Louis. Il me mate – parce qu'il n'y a pas d'autres termes pour décrire les allers-retours dégueulasses de ses yeux qui vont de mes jambes à mon visage dès que je passe dans son champ de vision – depuis une heure qu'il est arrivé. Sourire en coin, bouclettes au top, le gars se fait sans doute mille films à la minute.

OK, ça n'a sans doute pas aidé que je prenne une photo de lui et qu'il le capte. Mais je devais l'envoyer à Charlotte, qui depuis me harcèle de messages.

[Charlotte]
Franchement, tu fais la fine bouche.
Tu choperas pas mieux, hein

[Emma]
Bah merci.

[Charlotte]
Le prends pas mal, mais
tu pars quand même pas
gagnante avec ta perruque.

J'ai ignoré ce message, parce que je n'ai pas su quoi répondre à part : je sais / c'est pas une raison ou / si le gars me scrute comme un chat le ferait de sa pâtée au poulet, j'ose pas imaginer sa réaction quand il me verra le crâne à l'air.

[Charlotte]
Sympa le vent… Dis, c'est qui la meuf
avec le corps de Barbie ?
Elle tourne autour de Chrichri ?

[Emma]
C'est Cindel. La copine de Jacob

[Charlotte]
C'est lequel lui ?

[Emma]
Plâtre et BG

[Charlotte]
Ah, mais OUI ! Plâtre, BG et cocu !
C'est avec qui qu'elle le trompe ?

[Emma]
Avec le gars qui ressemble à Timothée Chalamet
à qui on aurait coincé la tête dans une porte.

[Charlotte]
Ouah, elle est tarée. Y a pas
photo entre les deux

[Emma]
C'est pas tout, le physique

[Charlotte]
Le BG platré est un con ?

[Emmma]
J'en sais rien, je lui parle pas.
Peut-être, ouais

[Charlotte]
Et comment va Chrichri ?

[Emma]
Toujours pas de meuf en vue,
si ça peut te rassurer

[Charlotte]
OK, je compte sur toi pour que ça reste
comme ça jusqu'à ce que j'arrive, ok ?!
Je fais max d'efforts, il va être sur le cul

Je roule des yeux et range mon téléphone. Charlotte et sa fixette sur Christophe me mettent mal à l'aise. Elle va passer une nuit chez nous dans quelques semaines, et compte littéralement les jours avant de pouvoir jouer son ultime jeu de charme à Christophe. Il y a franchement moyen qu'elle débarque à poil dans sa chambre, un nœud à la place de sa touffe qu'elle aura pris soin d'épiler, et qu'elle lui offre sa fleur, son âme et son premier-né. Il faudra que je dise à Christophe d'installer un verrou ou une chaise devant sa porte.

L'amant de Cindel (bah désolée, je ne sais pas comment appeler autrement leur relation) me dézingue du regard depuis qu'il est arrivé. Il s'appelle Amaury, fait partie du club de judo de la ville, a une ceinture d'une couleur foncée que je n'ai pas retenue, et m'en veut apparemment toujours de lui avoir balancé mon livre sur les chromosomes dans ses testicules. Il se tient bien loin de Cindel et de Jacob, elle installée tranquillement sur les genoux du beau-gosse-plâtré, pendant qu'il dispute une course de kart sur la console avec mon frère et trois autres gaillards.

Ça braille et ça pue des pieds dans l'appart. Mon père est aux anges, ma mère s'est enfuie, et moi je n'ose pas aller dans ma chambre, parce que je suis sûre que Cindel et Amaury viendront m'y tuer si je m'isole. Alors je fais genre que je suis super sociable, et je croque tout ce beau monde dans mon carnet – une vraie ménagerie.

— Hép Emma, tu viens faire une partie ?

Christophe me tend la manette. J'observe le canapé qui dégueule presque d'adolescents.

— Nan, c'est cool.

— Allez, sois pas chiante et viens.

J'ai trois options.

1) Lui balancer mon porte-mines dans la tronche et l'éborgner. Mais y aurait des conséquences, du genre légal.

2) Me casser et m'enfermer dans ma chambre. Mais on risquerait de m'y assassiner. Conséquences légales aussi, mais je ne serai plus là pour en profiter.

3) Ou alors je chope cette manette, je leur explique la vie, et je repars auréolée de gloire comme la killeuse que je suis.

Clairement, une option se démarque des autres.

Je range mon carnet et me lève avec un soupir ; Christophe a l'élégance de glisser au bas du canapé et de me céder sa place. Je m'y pose, à moitié aspirée par le coussin, coincée entre Jacob et sa jambe plâtrée, le cul de Cindel qui me domine, et les aisselles odorantes de Jason, un gars du club d'athlétisme plutôt silencieux.

— Elle va vous foutre la pâtée ! s'enthousiasme Christophe.

— Je savais pas que tu jouais, roucoule Cindel à mon oreille.

J'évite son regard, sinon je vais rougir.

— Je joue pas. Je gagne.

— J'y comprends rien, moi.

Elle plaque un bisou sur la joue de Jacob. Je grogne un rire :

— Ça annonce rien de bon pour ton permis.

Christophe ricane.

Le cul de Cindel frétille, mais la partie est lancée et je n'ai plus de temps à lui accorder. Mon petit Todd défonce les autres, circuit après circuit, carapace de tortue après peau de banane, avec un systématisme qui fait hurler de rire ceux qui ne participent pas au massacre.

— Raccourci ! Raccourci ! crie Jacob à Louis qui me talonne à la deuxième place.

Merde, il connaît le truc. Pas le choix : bourrade du talon dans le plâtre, qu'il se taise.

— Mais lui dis pas ! je m'énerve.

— Après le buissOUCH !

Coup de coude dans les côtes ; Cindel se lève, énervée.

— Mais t'es tarée ?

— Je gagne !

— Ta sœur est tarée !

Je les ignore tous. Une carapace. Je me lève, hurlant ma victoire, et passe la ligne d'arrivée.

— BAM ! C'est comme ça qu'on fait !

Je jette ma manette sur les genoux de Jacob et l'assassine du regard.

— Tricheur.

Il oscille clairement entre l'effarement et le fou rire.

— Je vous l'ai dit : ma sœur est une tueuse !

Christophe, lui, ne se plaint jamais quand il perd. Il a toujours trouvé fascinant ma manière de jouer ma vie à chaque partie, et même quand nous nous affrontons l'un l'autre, il est sincèrement content quand je gagne. Ce qui diminue quand même en partie mon plaisir.

— T'en refais une ? me propose-t-il.

Je refuse d'un hochement de tête.

— J'ai rendez-vous avec Anis.

Il se renfrogne ; c'est plutôt surprenant de sa part.

— Vous allez faire quoi ?

— Mais d'où ça te regarde ?

Il me suit quand je quitte le salon, enjambant le bordel que lui et ses potes ont laissé.

— Allez, dis-moi.

— Magasin des beaux-arts. On doit acheter du matériel pour notre projet de fin d'année.

— C'est pas plutôt chez l'esthéticienne qu'il faudrait aller ? me lance Jacob par-dessus le canapé.

Je rougis, mais le cache habilement derrière un majeur dressé.

— J'ai raté quelque chose ? s'étonne Christophe.

— Ouais. Ton pote est un con.

— Je suis adorable ! s'exclame Jacob, un grand sourire sur le visage.

Je lui tire la langue, puis attrape mon frère par le coude et l'embarque avec moi dans l'entrée.

— Tu lui as toujours rien dit ?

Le sourire de Christophe se fane. Ça fait une semaine que je lui ai remonté l'histoire entre Cindel et Amaury. Ce n'est pas moi, la pote de Jacob. La plus grande conversation qu'on ait eue tous les deux concernait mon pubis, je me vois mal enchaîner avec un « ta meuf et un de tes meilleurs potes se roulent des patins aux casiers ».

— J'attends le bon moment, marmonne Christophe.

— Ouais, bah en attendant, évite de tous les inviter en même temps s'il te plaît, ça me met mal à l'aise.

— Tu te fous de ma gueule ?

Je suspends mon geste, mon sac à moitié enfilé sur mon épaule :

— Bah non, pourquoi ?

— Tu te l'es joué garde de prison tout l'aprèm, à nous fixer depuis ton siège, là.

— N'importe quoi.

— Et c'est quoi le truc avec Louis ? Je t'ai vue prendre une photo de lui.

— Ouais, erreur de débutante. Je voulais l'envoyer à Charlotte.

— Beurk.

Je ris ; il a toujours la même réaction quand je parle d'elle : à deux doigts de dégobiller.

— Elle se réjouit de te voir, d'ailleurs.

— Elle vient quand déjà ? Que je m'engage dans les ordres.

— Elle reste qu'une nuit, ça me semble excessif.

— ...

— En revanche, tu devrais installer un loquet à ta porte.

— Pardon ?

— Allez, à ce soir !

Je m'éclipse, les ignorant, lui et sa détresse. Ça lui fera les pieds, tiens. Le temps commence enfin à fraîchir, et je souris devant les feuilles qui se parent doucement d'or. L'automne est ma saison préférée. Ni trop chaude, ni trop froide, on peut rester en jupe tout en y accordant blaser, boots et petits bonnets sympa. Le kiff.

Je croise le regard de Louis au travers de la fenêtre de l'appartement et prends la poudre d'escampette. Je ne pige pas qu'il se fasse encore des films, j'ai pourtant rarement été aussi claire dans mes sous-entendus. Peut-être, peut-être que la solution serait de passer à l'information directe, mais j'ai bon espoir qu'il comprenne le message sans que j'aie à lui dire en face : « Non, parce que ton regard me met mal à l'aise. »

Le magasin dans lequel je dois rejoindre Anis n'est pas très éloigné, mais nécessite que je change de tram à République.

Une bonne vingtaine de minutes de trajet donc, pendant lesquelles j'ai tout le temps de dessiner.

Et, ça me bute de vous l'avouer, mais mon carnet est plein de flamants roses aux sourires en coin. Je ne suis pas plus bête que la moyenne et, pourtant, tous les signes cliniques sont là : j'ai craqué pour le beau gosse du lycée. C'est diablement embarrassant. « Tu ne trouveras pas mieux », me disait Charlotte sur Louis. Peut-être qu'elle a raison. Peut-être que ma fixette sur Jacob n'est qu'un nouveau système de défense que mon corps a mis en place pour s'assurer que jamais, ô grand jamais, je ne sorte du marasme sécurisant dans lequel je baigne.

Je fouille dans mes photos. Trouve celle prise de Louis. Réfléchis.

Non.

Le gars est libidineux. Je zoome sur la photo jusqu'à trouver Cindel et Jacob qui se font des mamours. J'ai envie de me frapper la tête contre les portes du tram. Je suis vraiment pathétique.

Sans même m'en apercevoir, j'entre dans le magasin dédié aux beaux-arts. Un escalator permet de rejoindre le premier étage, et c'est la voix caustique d'Anis qui me fait sortir de ma torpeur :

— Bah te presse pas, surtout.

— Mince, je suis en retard ?

— Plutôt oui.

Je regarde mon téléphone ; huit minutes de retard.

— Excusez-moi madame la Ministre, je saurai faire amende honorable pour ces HUIT MINUTES durant lesquelles vous avez dû m'attendre dans le froid.

Elle me claque une bise, puis attrape un chewing-gum dans une boîte avant de me la tendre.

— Bon. On fait quoi alors, pour ce foutu projet ?

On zone dans les rayons, passant de spécialité plastique en spécialité plastique.

— C'est quoi tes points forts ? je la questionne.

— Un peu tout (claquement de bulle de chewing-gum).

— Modeste, j'aime ça.

— Inutile de mentir.

— Blague à part, t'as bien un domaine dans lequel t'es plus à l'aise ?

Elle attrape des paquets de plumes fluo, et les colle contre son tee-shirt de créateur.

— J'aime bien expérimenter.

— Expérimenter ?

— Ouais, mélanger des trucs avec des machins, rajouter des bidules, jusqu'à obtenir...

— ... Une chose ?

— Exactement.

Fuck. Ça sonne beaucoup comme de l'art moderne, ce que je déteste par-dessus tout. Je dois en avoir le cœur net...

— Ces portraits de poupées suspendues partout en classe d'art-pla, tu...

— Ah non, je les hais. C'est mégamoche.

— OK, tu me rassures.

— Ouais nan, j'ai mes limites quand même. Et toi ? En quoi t'es douée ?

Nager.

— J'aime bien croquer les gens.

— Genre la petite taupe que t'as faite en anglais ?

— C'est ça, ouais.

— T'as croqué tout le monde en classe ?

— Quasi.

— Je suis quoi, moi ?

— Un renard.

Elle me fixe un instant, puis sourit en coin, visiblement très satisfaite. Aujourd'hui, elle porte une combinaison léopard, sur laquelle elle a glissé un perfecto bleu électrique. Des chaussures à talons rouges, un nœud à poids dans les cheveux, un tour de cou en cuir, du Khôl tiré jusqu'aux oreilles.... Impossible de croire qu'elle n'a que dix-sept ans, tant elle respire l'assurance et la féminité décomplexée.

Je me sens bien sage à côté, avec ma robe en tweed et mes sandales vintage.

— Ton frère, c'est quoi ? me demande-t-elle en farfouillant les paquets de pigment.

— Un labrador.

— Louis ?

— Un coq.

— Cindel ?

— Un chat.

— Jacob ?

— Un flamant rose.

Elle s'arrête, et me fixe avec de grands yeux éberlués. Puis elle part dans un hululement de rire qui me laisse pantoise.

— Tu te fous de ma gueule ?

— Bah non, pourquoi ?

— Je m'attendais à ce que tu me sortes une connerie comme une panthère, un lion ou un autre truc très viril et testostéroné.

— Bah non. C'est pas la vibe qu'il m'a donnée.

— Tu sais quoi, Emma ? Je t'ai carrément mal jugée.

— Ah ouais ?

— Hmmhmm.

Nous arrivons au département des « loisirs manuels », aka tout le matériel de scrapbooking, les kits de crochets ou ces conneries vendues des fortunes que les vieux adorent. Anis attrape des lettres en carton et les réorganise le long du rail de présentation.

— J'avais l'impression que t'étais une de ces nouvelles meufs, transparente, qui ferait jamais parler d'elle et qui allait se dévouer corps et âme à l'école.

— J'espère que t'es pas trop déçue.

— Pas du tout. T'as l'air super chiante, en vrai.

Aïe.

— Bah si ça peut te rassurer, j'étais persuadée que tu étais une connasse suffisante quand je t'ai croisée la première fois.

— Douloureux.

— Quoique je ne suis pas toujours certaine d'avoir eu tort, à bien y réfléchir.

— Ah, t'apprécies pas la critique, je note.

Elle m'observe des pieds à la tête, se grattant les parties rasées de son crâne. Elle fait ça souvent quand elle cogite, je l'ai déjà remarqué en classe.

— Tu fais quoi là ?

— Je réfléchis.

— Force pas trop, je marmonne en la dépassant.

— J'ai trouvé. Ton problème, c'est ta perruque.

Je la fusille du regard.

— Moins fort, putain !

Je suis quand même inquiète, j'attrape des mèches dans mes doigts et les observe.

— Pourquoi ? Qu'est-ce qu'elle a ?

— Elle est chiante. Petite frange, ni longue ni courte, ni brune ni rousse. C'est que des compromis.

— Ouais, bah les perruques mulet, ça existe pas encore.

— C'est dommage.

— Ou pas.

— Et garder ton crâne rasé ? T'y as jamais pensé ?

Cette fois-ci, elle me saoule. J'attrape les lettres à mon tour et joue avec.

— Fais pas genre que tu peux comprendre. La dernière fois qu'on a vu mon crâne, je me suis retrouvée la tête dans les chiottes.

— Oh. Chaud.

— Humide, plutôt.

— Ça pue vraiment ?

Je l'ignore et me décale, lui dévoilant le résultat de mon improvisation artistique :

— Sinon, on parle de tes problèmes peut-être ?

— « bite », lit-elle. Quoi, bite ?

— Si ma perruque est chiante, toi, t'es victime de harcèlement.

— Wouah, tout de suite les gros mots sérieux.

Elle fait tomber les lettres avec sa main, et prend la direction d'une nouvelle allée.

— Je déconne pas. C'est du harcèlement. Puis je vois plus que ça, moi, depuis.

— Vierge ? me questionne-t-elle.

Je ne suis pas loin de prendre spontanément feu.

— Je vois pas le rapport !

— Vierge. Désolée que t'aies vu ça... comme ça. C'est pas hyper ragoûtant.

— C'est pas la première bite que je vois !

Une tête se dresse depuis le rayon juste derrière et nous dévisage, surprise. Le gars a la vingtaine, des oreilles plus rouges que des canettes de Coca, et il ne doit pas être loin de pleurer d'embarras.

J'attrape Anis par le bras et l'éloigne au petit trot. Cette tourte ricane comme une hyène.

— Arrête de te marrer, putain ! C'est pas la première fois que j'en vois !

— Mais oui, petit chaton... Tiens ! Voilà ce que t'es : un petit chaton !

— Je t'emmerde.

— Ouh, il sort les griiiiifffes ! Miaou !

— Tu détournes la conversation, là.

— Tu veux dire la conversation qu'on avait initialement sur ta perruque, et que tu as habilement détournée sur les bites ?

Merde. Elle marque un point.

— T'en as parlé à tes parents ?

Le sourire d'Anis se fane aussitôt. D'un coup, elle fait beaucoup plus jeune que son âge.

— Ils ont pas vraiment le temps.

— Sérieux ?

Elle hausse les épaules, et me lance une grimace bravache.

— Et puis s'ils savaient, sûrement qu'ils ne me laisseraient plus streamer.

— Et c'est si important que ça ?

Elle soupire et me regarde avec une tristesse qui me fait me sentir riquiqui.

— Si t'avais une passion, tu comprendrais.

— Je comprends.

— Croquer les gens ?

— La natation.

Nous nous installons toutes les deux dans la partie « essais et créativité » du magasin, où tout un tas de matériel est mis à disposition. Internet doit faire terriblement mal à ce genre de boutique, car nous n'y croisons que le gars aux oreilles rouges, et une femme pressée à la recherche de laine. Tout l'espace de création est à nous, loin des oreilles indiscrètes, loin de la ville, loin de l'école.

On découpe des formes dans du bois, on le peint. On expérimente.

Et puis surtout, on discute avec Anis ; j'ai presque l'impression qu'on s'apprivoise. Je lui raconte mon harcèlement à l'école, et ce qui nous a amenés ici avec mon frère et mes parents. Je lui parle de la natation, et du choix que j'ai fait.

Elle me parle alors de sa vie. Parents absents, une mère qui, à la suite de son cancer, a réalisé qu'elle ne s'était pas assez accomplie dans sa vie. Qui a préféré, une fois qu'elle a retrouvé la santé, tout donner à son travail, plutôt que s'occuper de sa fille. D'un père qui a toujours compensé son absence par des cadeaux. Des voyages, des vêtements de luxe. Anis a tout ce dont on peut rêver... mais le prix à payer est la solitude.

— Alors tu vois, continue-t-elle, le stream, pour moi, c'est... une manière de me connecter. De créer des liens autour d'une passion commune. C'est une manière de ne jamais être seule.

Je trouve ça terriblement triste.

— Si mes parents m'enlèvent ça... sincèrement, je vais vriller. C'est tout ce que j'ai.

Je garde le silence et l'observe. À ses oreilles pendent de gigantesques boucles. Je repère des perles dans certaines de ses mèches bleues. Ses ongles sont tous peints d'une couleur différente.

Je réalise alors qu'on doit former un drôle de tableau, elle et moi : la fille extravertie, colorée, bruyante, qui hurle son existence, mais que personne n'entend. Et la fille qui se camoufle sous une perruque et dans des vêtements fades, espérant que personne ne la remarque et qu'on l'autorise à vivre tranquillement.

En fait, on est toutes les deux sous couverture, dans des cocons, dans l'attente de... quelque chose. Quelque chose de mieux.

— T'en penses quoi ? me questionne Anis en me montrant le résultat de ses essais.

Elle a sculpté une petite bite dans du bois. Et lui a collé des plumes tout autour :

— Une perruque, ricane-t-elle en les tripotant.

Je la fixe un instant.

Souris.

— Je crois que je l'adore.

Chapitre 13

C'est toujours tendu, avec ma mère.

D'ailleurs, je trouve que pour une thérapeute, elle ne fait pas beaucoup de travail sur elle-même. Mais il faut lui accorder : elle sait bien sauver les apparences.

— Vous êtes sûres de vous, les filles ?

— Certaines ! chantonne Charlotte. En route pour le stade !

Elle rayonne à l'arrière de la voiture. Ça fait moins d'une heure qu'elle est arrivée, et nous avons à peine eu le temps de la chercher à la gare qu'elle lorgnait déjà de droite à gauche, à la recherche de Christophe. Quand je lui avais dit qu'il avait entraînement, elle avait fait la moue un instant. Une petite fraction de seconde, avant de pétiller et de sautiller comme une bulle de champagne :

— Oh, mais c'est super ! Tu n'as qu'à m'emmener au stade, comme ça je visiterai ton quartier !

Je ne suis absolument pas dupe. Elle n'en a rien à carrer, de mon quartier. Elle veut le cul de mon frère, dans tous les sens du terme.

— C'est plutôt moche, tu veux pas faire un tour à la cathédrale ?

Charlotte m'attrape le bras et m'inonde le corps de ses cheveux blonds soyeux.

— On ira ce soir avec ta famille, non ?

Ma mère acquiesce dans le rétroviseur ; elle met le clignotant. Nous n'avons même pas encore déposé les valises de Charlotte à la maison. Je ne sais pas trop pourquoi, mais ça me travaille le ventre.

— Et sinon ? Comment les choses se passent à Orange ? questionne ma mère.

Charlotte se redresse, jette le voile de sa chevelure derrière son épaule, et commence à déblatérer des litres et des litres d'informations à ma mère qui absorbe tout comme une éponge. Apparemment, la vie au lycée suit son cours. Le harcèlement dont j'ai été victime n'a dérangé personne. L'année scolaire a pris la place de la précédente, et on m'a déjà oubliée.

— D'ailleurs, je rejoins Samia et Amélie à Majorque dès demain.

J'ai l'estomac qui crisse.

Ma mère me jette un coup d'œil dans le rétroviseur, mais je fais comme si de rien.

Samia et Amélie faisaient partie, avec Charlotte, de mon groupe d'amies. Je traînais avec elles depuis la sixième, on passait nos week-ends et Halloween ensemble... On avait même organisé des anniversaires communs. Et puis un jour, la calvitie. Et puis un jour, j'ai compris qu'en fait, je ne faisais pas partie de la bande. J'étais la meuf un peu à part qu'on tolère, celle qui, quand elle approchait le groupe, déclenchait des petits soupirs constipés. Je n'avais jamais fait attention, jamais lu entre les lignes de leurs nombreuses critiques.

Ma maladie, ça a été la goutte d'eau pour elles. Ma passion étrange pour la natation et mes épaules qui se développaient, c'était déjà compliqué. Ma poitrine de compétition qui leur créait des complexes, un vrai point négatif. Mais alors le crâne dégarni ? C'était plus qu'elles ne pouvaient supporter.

Elles ont eu la décence de ne pas participer activement à mon harcèlement, cela dit. Elles ont juste... cessé de me parler, m'ont virée du groupe et coupé tous les ponts. Seule Charlotte a continué à me parler, en dehors des cours, loin des regards curieux. Mais elle est quand même restée présente pour moi.

Mon téléphone vibre dans ma poche, et je profite de cette distraction bienvenue pour ignorer les aventures de mes précédentes amies.

[Anis]
T'es occupée ?
Ça te dit une partie de LoL,
et on bosse sur notre projet ?

[Emma]
Nan désolée, pas dispo aujourd'hui !
J'ai une copine qui est venue du Sud

[Anis]
... tu parles de Charlotte ?

Je grince des dents. Anis est tombée sur plusieurs messages de Charlotte – OK, elle n'est pas *tombée* dessus, elle m'a arraché le téléphone des mains un jour qu'on zonait dans la cour, et a parcouru mes messages pendant que je m'énervais autour d'elle. Mais apparemment, la conversation que je lui avais rapportée avec Charlotte avait, je la cite : « trigger son complexe de la maman poule », et elle voulait en avoir le cœur net.

Quand elle m'avait rendu l'appareil, son diagnostic était sans appel :

— Toxique.

— N'importe quoi, je m'étais énervée.

Anis avait haussé les épaules. On avait repris le cours de notre après-midi à ne rien faire. C'est un accord tacite qu'on avait mis en place avec Anis, comme des autruches hyper-heureuses de trouver un trou dans le sable suffisamment grand pour y tenir leurs deux têtes hypocrites : je ne lui parle plus de bites, elle ne me fait plus braire avec ma perruque et tout ce qui s'y rattache – Charlotte comprise.

[Emma]
Ouais, elle dort chez nous ce soir

[Anis]
🤮

[Emma]
T'abuses.

[Anis]
Mouais, j'espère. Et vous faites
quoi cet aprèm ?

[Emma]
On va au stade voir Christophe

[Anis]
Hé bah, elle aura pas perdu de temps.

— Tu tchates avec qui ? me questionne soudain Charlotte. Le beau Louis ?

Le beau Louis ?! Je lui jette un regard surpris alors qu'elle me dévisage avec un sourire coquin. Elle est aussi solaire que je suis fade. De grands yeux bleus, là où les miens, noisette, se fondent dans la masse. Une peau bronzée qui contraste magnifiquement avec sa toison d'or. Des dents blanches, alignées au cordeau. Une peau parfaite, sur laquelle les rares petites imperfections sont camouflées avec art.

— C'est qui, ce Louis ? demande l'air de rien ma mère depuis le siège conducteur.

Charlotte me file un coup de coude dans les côtes, appréciant visiblement de me foutre dans la merde.

— Un pote à Christophe.

— Il kiffe votre fille, madame Martin.

— Ah, je ne suis pas surprise, roucoule ma mère.

Je roule des yeux.

— Nan, blague à part, reprend Charlotte. Tu parlais avec qui ? T'as quelqu'un ?

OK. Donc elle ne va parler que de mecs, en fait ? Notre amitié ne passerait même pas le test de Bechdel[4], c'est un comble, quand même...

---

4. Petit test à réaliser sur vos lectures, films et séries, pour savoir si leur contenu est spécifiquement centré sur des figures masculines : est-ce que ces trois critères sont remplis ? – Au moins deux femmes sont nommées dans l'œuvre – elles se parlent – de quelque chose qui est sans rapport avec un homme. On remercie la dessinatrice Alison Bechdel pour ce test tout simple à mettre en place ! À noter cependant qu'il laisse plein de notions importantes de côté, comme celle de la diversité, du rôle des femmes dans l'histoire ou encore la manière dont elles sont présentées.

— Anis. Une amie.

Charlotte fait la moue.

— Ah ouais. La meuf au mulet là, celle qui reçoit des photos de bites ?

Je me sens rougir jusqu'à la pointe des cheveux qui ne sont pourtant pas les miens.

— Ouais, chuchoté-je. Ça te gêne pas de...

Je fais un signe de la main, lui indiquant de baisser d'un ton. Charlotte fait une grimace et se rapetisse sur le siège arrière. Mais ma mère est tendue comme un string, elle a forcément entendu et doit ruminer sa stratégie en ce moment même.

— OK, mesdemoiselles, nous annonce-t-elle quelques instants plus tard. Vous y êtes ! Je vous laisse rentrer avec Christophe, ça vous va ?

Charlotte est à deux doigts de s'envoler. Moi, je ne sais pas. Je me réjouissais de la revoir, mais il y a quelque chose, une lourdeur dans notre relation, qui me pèse un peu et que je n'avais jamais identifiée avant.

— Ça roule. À ce soir, m'man.

— À ce soir, ma belle.

Son regard est trop long dans le rétroviseur. Je soupire ; elle va penser à Anis et à ce que je lui ai raconté pour le reste de la journée...

Quand la voiture redémarre, Charlotte et moi restons seules, un instant, face au parc dans lequel se situent les pistes de course. Ce n'est déjà pas jouasse en été, quand les fleurs égaient un peu la zone et que les arbres font mine d'habiller les environs. Mais alors en cette fin d'automne, c'est carrément déprimant.

— Ah ouais ! s'étonne Charlotte. C'est effectivement assez moche.

— Boaf, réponds-je en lui indiquant le chemin à suivre. C'est une zone d'activité sportive, c'est jamais très folichon. Tu verras, la ville est dingue sinon.

— Ah ouais ?

— Juré.

— Bon sang, je m'étais promis de ne rien dire, mais...

Charlotte me passe soudain devant et colle son visage au mien :

— Ça te va trooooop bien la perruque, meuf !

Le poids sur mon estomac se libère, remplacé par des petits papillons.

— Vrai ?

— Mais trop, c'est dingue ! Si on ne sait pas que tu en portes une, c'est invisible !

— Euh... merci ?

— Nan, nan, interprète pas ce que j'ai dit ! C'est juste que moi, la dernière fois que je t'ai vue, t'avais pas la même gueule, quoi...

Retour de la pierre dans le ventre. La libération aura été de courte durée.

Heureusement, nous arrivons au stade et le centre d'intérêt de Charlotte se décale rapidement vers l'objet de tous ses fantasmes, à savoir : mon frère, actuellement en train de s'entraîner en petit short et maillot au milieu du terrain.

— Christophe ! crie-t-elle en secouant son bras dans tous les sens. Christophe !

Je peux capter le regard mortel de mon frère à trois cents mètres de distance. Il nous tourne le dos pendant que ses potes le charrient.

— Je peux aller le voir, tu penses ?

— Non. On va se poser sur les gradins, on ira le voir après sa séance.

Charlotte boude. Je m'en fous : le sport, ça se respecte.

— Hé, mais c'est pas le cocu et Barbie ?

Je suis le doigt de Charlotte, et manque m'étouffer quand il se pose sur un petit tas d'élèves regroupés plus haut sur les gradins. Louis, Amaury, Jason, Jacob, Cindel et...

— Anis ?

— Bah quoi ? grogne-t-elle quand je m'installe à ses côtés. J'aime bien voir les entraînements.

C'est faux. On le sait toutes les deux, mais ça me fait rire qu'elle tente tout de même de faire genre. Je lui colle un petit coup d'épaule qui la fait grogner, et je ricane toute seule. Je n'ai pas le temps de faire les présentations avec Charlotte que, déjà, Louis se jette sur nous, plus affamé qu'un animal sauvage.

— Tu nous présentes pas ta pote ? me lâche-t-il sans même un bonjour.

Je lui jette un regard torve ; il me répond par un sourire qu'il imagine sans doute charmeur.

— Ouais, sûr. Les gens, Charlotte. Charlotte, les gens.

Naturellement, Charlotte nous demande de nous rapprocher du groupe de gars et de filles avec lequel Anis avait pourtant pris soin de mettre de la distance, et se met en mode full petite princesse. Sourires mignons, lancés de cheveux sur l'épaule, rires aériens. Je ne sais pas comment elle fait, mais même le bout de son nez, tout rose de froid, lui donne l'air d'une poupée de porcelaine. Les gars sont sous le charme, les filles semblent l'apprécier. Je reste, comme une tourte, avec Anis, à me peler les miches et à compter les minutes qui s'égrènent en espérant que Charlotte ne lâche pas l'info qui me détruirait.

Je n'en mène pas large, de vous à moi. Que Victor soit dans mon école, c'est déjà compliqué, mais j'ai fini par m'y faire. Si le gars voulait me faire du mal, ou juste me faire chanter, il l'aurait déjà fait. Selon Anis, il y a même moyen qu'il ne sache pas que je porte une perruque, et qu'il pense simplement que mes cheveux ont repoussé depuis l'année passée. Je l'évite donc comme la peste, et fais profil bas en espérant qu'il oublie mon existence.

En revanche, Charlotte, c'est autre chose. C'est une bombe ambulante. Elle a besoin de briller, d'être mise en avant. Et il lui arrive parfois de le faire au détriment des personnes autour d'elle. Oh, je ne pense pas que ce soit fait de manière consciente, ou qu'il y ait une volonté de blesser derrière. Mais ça reste une réalité, l'une de celles avec lesquelles je vais devoir composer cet après-midi.

— Dis, Jacob. Ils devraient avoir terminé là, non ?

Ses yeux brun vert se posent sur moi, surpris.

— Oh, je pense qu'ils en ont encore pour un petit quart d'heure max. Ils ont commencé à la bourre.

C'est bien ma veine.

— Quinze minutes ?! s'exclame Charlotte. Oh, Emma, t'es sûre que je peux pas aller le voir ?

Elle plaque ses mains contre elle en une prière silencieuse. Je lui tapote la tête :

— Eh non, il risque de t'en vouloir, sinon.

— T'es sa copine ? questionne Louis.

— C'est tout comme, roucoule Charlotte.

— Non, je réponds en même temps.

Erreur stratégique. Elle m'assassine du regard, je tente un petit sourire coincé pour dédramatiser la situation.

— Tiens, regarde ! Ils commencent la course de relais.

Attention détournée avec succès : elle dévore Christophe du regard, qui, lui, dévore la piste. Elle s'enthousiasme :

— Oh là là, il est exceptionnel.

— Exceptionnellement con, oui, marmonne Anis à mes côtés, et je ne résiste pas à la tentation de rire.

— Qu'est-ce que t'en sais, d'abord ? s'énerve la fan-girl de mon frangin en se tournant vers elle.

Anis se redresse doucement, dépliant chacun de ses membres avec une lenteur calculée.

Moi, je la trouve terrifiante. Charlotte, elle, n'a pas l'air impressionnée. Je me décale l'air de rien sur le gradin, où Jacob vient me murmurer à l'oreille :

— Il se passe quoi, là ?

Je n'ose pas détourner le regard, mais je lui réponds dans un souffle :

— Je crois qu'elles vont se battre.

Il rentre dans mon jeu :

— Rituel de reproduction ?

— Absolument. Le renard alsacien et l'alouette du Vaucluse vont s'affronter pour choper le labrador migrateur.

Anis se dégonfle et me lance un grand sourire :

— Renard alsacien ? Je viens de Catalogne, moi ! Et puis que dalle, j'aime pas les chiens. Je préfère les félins, n'est-ce pas, mon petit chaton ?

Elle se pose à côté de moi et passe autour de mes épaules un bras protecteur. Charlotte fait carrément la grimace, et s'accoude contre les barrières du gradin.

— Je vous savais pas aussi proches, toutes les deux. T'as changé de bord, depuis la dernière fois ?

Aïe. Elle se sent menacée.

— Ça fait jamais de mal de tester de nouvelles choses, s'amuse Anis.

Je lui colle un coude dans les côtes, elle me jette un regard oblique. C'est ce moment que Cindel choisit pour s'installer entre Jacob et moi, ses fesses à moitié sur mes cuisses, prenant bien soin de m'assassiner du regard.

— Alors comme ça, t'étais pote avec Emma avant qu'elle arrive ici ?

Je panique carrément. Cindel doit être à la recherche de merde à utiliser contre moi, pour que je tienne ma langue concernant son secret. Charlotte a carrément deux tonnes de kryptonite anti-Emma à lui tendre si elle veut.

— On est toujours potes, j'interviens. On se voit juste moins souvent.

— Et alors ? Comment c'est, le Sud ?

Charlotte laisse échapper un rire cristallin.

— Plus chaud ! En vrai je sais pas, j'ai pas encore trop visité la ville, on est directement venues ici.

— Sérieux ? Mais c'est naze.

Charlotte hausse les épaules ; je me retiens de lui rappeler que c'est elle qui a insisté pour venir ici en premier lieu.

— J'attends que Christophe se libère, on ira visiter tous ensemble.

— Ah ouais, soupire Cindel. L'amour à distance, c'est difficile.

— T'oses dire ça alors que t'es assise sur ma cuisse, sérieux, lui fait remarquer Jacob.

Elle lui plaque un smack sonore sur la joue. Il se tait.

— Et sinon ? Comment était Emma avant d'arriver à Strasbourg ?

Charlotte me fixe, visiblement sans trop savoir quoi répondre.

— Comment ça ?

— Populaire ? Elle devait en faire tomber des cœurs, avec une poitrine pareille !

Même Anis en sursaute de surprise. Mais je me retrouve la chique coupée par la réponse de Charlotte :

— Ah ça, y a des trucs qui tombaient avec Emma, mais pas les cœurs... !

Elle me fait un clin d'œil. Anis grogne un « pétasse » entre ses dents. Moi, je n'en reviens pas.

— Pardon ?

— Hahaha, ricane Charlotte. Désolée, ça tombe un peu comme un cheveu sur la soupe, tout ça.

Je crois que mon estomac est en train de se dissoudre de stress.

— Nan, mais avec Emma, tout se passe toujours bien. Elle a des idées un peu tirées par les cheveux des fois, mais ça me fait grave plaisir de la revoir. Hein, ma belle ?

Deuxième clin d'œil.

Je me sens verdir.

— Ouais, grave plaisir.

— Eh, mais je crois qu'ils ont fini l'entraînement, non ?

Charlotte cesse son manège, et se concentre sur Christophe qui nous rejoint au petit galop. Anis en profite pour me tirer vers elle, me mimant simplement de ses lèvres le mot « toxique ». Je ne la contredis pas, cette fois-ci.

— Charlotte, grogne Christophe en arrivant. J'espérais ne pas te revoir de sitôt.

Elle glousse. Il l'ignore et se tourne vers Anis en attrapant une bouteille d'eau que je lui tends :

— Qu'est-ce que tu fais là ?

— Bah quoi, j'ai pas le droit de venir mater des sportifs dans leur milieu naturel ?

Christophe ne lui répond pas de suite, concentré sur sa bouteille dont la moitié du contenu lui coule sur le torse. Je crois que Charlotte n'est pas loin de faire une crise d'apoplexie. Quand il a vidé le litre d'eau, il s'essuie la bouche de son avant-bras, jette la bouteille dans son sac et contre-attaque Anis :

— Je te rappelle que Jacob tient toujours la première place de la classe. Tu ferais mieux de retourner dans l'enclos des intellos et de bachoter, petite deuxième.

Il a piqué juste. Anis se lève, agacée, et écrase mon frère et Jacob du regard.

— Dit le petit nouveau qui prend des cours particuliers, mais va lamentablement se planter aux exams...

— Hé, tu le menaces pas ! s'interpose Charlotte.

— Je menace personne, Barbie Cagole. Je lui prédis juste l'avenir.

— Barbie Cagole ?! Elle m'a app...

— Viens, Charlotte, on va aller récupérer les affaires de Christophe et on rentre. OK ?

Elle m'assassine du regard. S'adoucit quand Christophe acquiesce. De la main, je lui indique de prendre de l'avance, et j'attrape Anis et Christophe par le coude pour les éloigner des oreilles indiscrètes :

— Mais vous me faites quoi, là ?!

— Cette meuf est une connasse, grogne Anis.

Christophe se redresse de surprise et détaille Anis avec un regard nouveau, ses sourcils touffus posés sur son front plein de sueur :

— Ah, bah ça. Je suis d'accord avec la punk.

— Je suis pas une punk.

— Elle est là une soirée, vous pouvez éviter de l'agresser ?

— Parce qu'elle t'a pas agressée, à faire des sous-entendus sur tes cheveux non-stop ?

— Attends, attends, temporise Christophe. Tu sais pour ses cheveux ?

— Oui, elle sait. C'est pas la question – soyez un peu cool, c'est la seule amie qui me reste du Sud.

— C'est pas une amie, insiste Anis.

— Grave. Elle a jamais été ton amie, Emma. Elle est là que pour mon corps.

Je presse les poings sur mes paupières en expirant leeeeeentement jusqu'à me créer des visions dorées sur les rétines. Il n'a pas tort, dans l'absolu – elle est plus là pour lui que pour moi. Ça ne change cependant pas grand-chose au reste.

— De toute façon, Emma a jamais su choisir ses amies...

Quand je rouvre les yeux, je suis d'abord éblouie par des formes lumineuses qui s'estompent rapidement. Anis est déjà en train de lui sauter à la gorge.

— On se calme, Rox et Rouky ! je m'énerve.

Ils me dévisagent tous les deux.

— De un : t'es mal placé pour me juger en matière d'amitié, Christophe. Ça fait des semaines que je t'ai parlé d'Amaury et Cindel, et vu comme elle lèche encore le visage de Jacob, j'en déduis que tu ne lui as rien dit.

Il a la politesse de ne pas nier.

— Anis : je t'adore. Tu le sais. Mais Charlotte, c'est... c'est mon amie. Point, y a pas de discussion.

Elle se renfrogne et croise les bras sur sa poitrine.

— Maintenant, si ça ne vous dérange pas, je vais la rejoindre, on va passer une bonne soirée, et puis vous allez vous calmer tous les deux.

Je les plante là, agacée, et traverse tout le gradin pour rejoindre l'escalier. Quand j'arrive devant Jacob et Cindel occupés à se rouler des pelles, et qui bloquent tout le passage, je suis déjà en rade de patience.

Je donne un coup – léger, quand même – dans la jambe plâtrée de Jacob qui sursaute. Cindel lui grimpe encore plus dessus pour me faire de la place, et je suis obligée de les escalader pour accéder à la sortie.

— Bonne soirée ! me crie Jacob en riant.

Je réponds par un majeur dressé.

Ils me font tous chier.

Chapitre 14

Heureusement pour moi, Charlotte n'a plus croisé personne durant le reste de sa journée chez nous. Nous lui avons fait visiter Strasbourg *by night*, Christophe a fait une apparition express avant de rejoindre ses potes. Charlotte a boudé.

Puis elle est partie, le lendemain, retrouver Samia et Amélie à Majorque. J'étais étrangement soulagée, tout comme mon frère et mes parents.

— Cette fille est tout de même étrange, n'avait pu s'empêcher de remarquer mon père au dîner. C'est la seule personne que j'aie rencontrée qui me donne l'impression d'être un personnage secondaire dans ma propre vie.

J'avais ri, avalé une nouvelle cuillère de soupe, puis je l'avais charrié :

— Mais voyons papa, tu *es* un personnage secondaire.

J'avais récolté un croûton entre les yeux comme réprimande.

Avec ma mère, les choses se sont aussi un peu calmées. À ma plus grande surprise, elle n'est pas venue me parler d'Anis après la bourde de Charlotte. Je pense que c'est quand Christophe s'est servi d'elle pour me convaincre de couper les ponts avec Orange et mon passé qu'elle a commencé à s'adoucir à son égard :

— Même Anis te dit qu'elle est toxique, avait-il bavassé à table.

— Comment ça, « même Anis » ?

Il avait fait une grimace.

— Ouais, ça sonne un peu faux. Mais même elle, qui ne connaît pas Charlotte aussi bien que nous, elle a compris.

— Elle connaît toute l'histoire, hein.

Ma mère était intervenue :

— Elle sait pour ta perruque ?

J'avais haussé les épaules.

— Bah ouais.

— Et ça va ? Tu ne stresses pas ?

Ma mère, mon père et mon frère m'observaient tous les trois comme si j'étais une bombe sur le point d'exploser. C'est vrai, que ça aurait dû me stresser. Mais rien du tout, je n'avais aucun doute sur Anis :

— Non. Elle est cool.

C'est comme si tout le monde à table avait lâché un soupir de soulagement. Ouais, Anis est cool. Elle est venue plusieurs fois à la maison, pour faire du rien dans ma chambre, sous couvert de travailler à notre projet d'arts plastiques qui n'avance pas des masses. On se repasse le totem teub-à-moumoute toutes les semaines, en mode garde partagée, parce que ça nous fait rire. Quand Christophe l'a vu la première fois, il a fait une drôle de gueule, avant de décider que les meufs sont toutes tarées.

Peut-être qu'il n'a pas complètement tort.

Les semaines défilent aussi rapidement que les journées raccourcissent. Bientôt, je range ma veste en jean pour sortir ma doudoune, je troque mes chaussettes basses contre des gros collants de laine, et je dis adieu à ma dose naturelle de vitamine D, parce que Strasbourg en hiver, le soleil n'y met pas les pieds.

En cours de sport, le cycle de natation s'est terminé avec les vacances de Noël. C'est une délivrance pour moi qui, depuis l'incident avec Louis, n'ose plus m'approcher à moins de trente mètres des bassins, au plus grand désespoir de monsieur Schaeffer. Les parents ne m'ennuient pas avec mes notes pourtant catastrophiques. Cindel et Amaury n'ont pas tenté de m'assassiner. Victor me fout une paix royale. Et j'entame mon cinquième carnet à dessin depuis la rentrée.

Je suis très satisfaite de voir que mon trait s'affine et que je trouve progressivement mon style. Des petits croquis amusants, je suis passée aux compositions plus complexes, et m'attèle à comprendre l'anatomie des mains, ou pourquoi c'est si dur à dessiner, bordel.

Bref. Tout roule comme sur des roulettes, top moumoute et autres expressions idiomatiques à la noix.

Ce qui nous amène à ce jour de décembre. Le sapin a été décoré il y a moins d'une semaine et commence déjà à faire la gueule, semant des myriades d'épines sèches et piquantes qui se plantent dans les chaussettes et partout dans la maison. Ma mère s'est mise en tête de faire des « bredele », des gâteaux de Noël alsaciens, ce dont nous lui savons tous gré. Et mon père trépigne d'impatience à l'idée d'aller faire du ski de fond, paradant dans le salon en costume moulant et Moon Boots, surexcité comme un gamin au ciné.

— Rassure-moi, tu vas te changer avant qu'ils arrivent ? s'inquiète Christophe en posant les assiettes à table.

Mon père nous tape son meilleur squat au milieu du salon, puis fait frémir sa moustache.

— Pourquoi ? T'as peur que ton ami se sente mal à l'aise ?

— Il va surtout fuir, oui.

— Je suis sûr qu'Anis trouvera ça élégant.

Mon père me lance un clin d'œil ; je lui réponds avec une grimace.

Il ne faut pas confondre le style très personnel d'Anis avec le mauvais goût de mon père.

— Va te changer, Régis, intervient ma mère. Ils ne vont plus tarder.

— OK, OK... On peut plus rien faire, dans cette famille.

— T'es sûre que tu ne veux pas de coup de main, Emma ?

Ma mère se tord la nuque pour m'observer depuis le canapé dans lequel elle est avachie, un livre à la main et une tasse de thé fumante coincée entre ses cuisses. Dangereuse, cette position.

— Nan, c'est bon, je la rassure pour la douzième fois. Tout est prêt.

Aujourd'hui, on reçoit Anis et Jacob pour un repas de pré-Noël, et on est tous un peu nerveux. Ce n'est pas la même chose que d'avoir des potes qui viennent à la maison l'aprèm puis qui restent pour manger sur l'impulsion du moment que de les inviter très officiellement à un dîner de fête.

Et parce que je suis vraiment une tourte, je me suis dévouée pour la cuisine (pour cette raison, et aussi parce que ni ma mère ni mon père, et encore moins mon frère, ne sont capables de confectionner quoi que ce soit d'approximativement comestible). Je retire le tablier que j'ai enfilé par-dessus ma robe de velours rouge, et je vais me checker dans la glace de l'entrée.

J'ai profité de l'occasion pour styliser un peu ma perruque, en lui imprimant de jolies boucles lâches avec le lisseur de ma mère. Un trait d'eye-liner pour me donner un regard de chat, juste un peu de blush. Même moi, je me trouve plutôt pas mal. Ce qui fait que quand la sonnette résonne, j'en suis sûre et certaine : ça va être une bonne soirée.

J'ouvre la porte et tombe nez à nez avec Jacob, une rose de Noël dans les bras. Il a fait retirer son plâtre il y a deux semaines, et se tient à nouveau droit. Je reste un peu bloquée sur ses grands yeux noisette qui me dévisagent, surpris lui aussi pour je ne sais quelle raison. Je veux dire… On l'a invité chez nous, j'habite ici, rien de très surprenant à ce qu'on se croise à un moment de la soirée.

— Joyeux Noël, sourit-il.

Paf. Attaque illégale de fossettes.

— Euh… ouais, joyeux Noël à toi aussi. Viens, entre !

Je me décale pour le laisser passer et ferme derrière lui, empotée comme à chaque fois que je suis seule en sa présence. C'est quand même super cliché, non, de se péter un crush de l'espace sur le meilleur pote de son grand frère ?

Quand il se penche pour me faire la bise, je crois que je manque un instant de m'évanouir. Ses joues sont glaciales. Il sent beaucoup trop bon. J'ai envie de lui faire un câlin.

— Salut, mec !

Heureusement, Christophe vient à ma rescousse et déshabille Jacob avant de l'emmener au salon (je vais vous décevoir : il ne prend que sa veste). Anis arrive moins d'une minute plus tard, et je me demande d'où les Alsaciens tirent leur ponctualité pendant que je lui ouvre à son tour – ce n'est pas à Orange que l'ensemble des invités serait arrivé entre l'heure pile, et l'heure plus deux minutes.

— Helllooooo ! chantonne-t-elle en m'attrapant dans ses bras.

— Oh, t'es froide !

— Et toi, t'es bouillante comme la braise, mazette !

Elle me fait tourner devant elle et siffle.

— Tu devrais porter du velours plus souvent. Rétro canon. Et ces boucles, poh poh poh !

Je me marre, et pointe ses vêtements du menton :

— T'as pas déconné non plus.

Elle s'est habillée en robe « sucre d'orge », par-dessus laquelle elle a enfilé une espèce de tutu en crépon vert sapin. Elle a même poussé le vice jusqu'à se coller des boules de Noël en guise de boucles d'oreille. Cette fille est géniale.

Le début de la soirée se déroule étonnement bien. Mes parents sont aimables, mon père presque drôle, ma mère ne psychanalyse personne et, miracle, je n'ai cramé aucun petit four. J'en suis à mon troisième verre de thé froid quand mon père se dit que c'est le moment de passer en mode « papa », et propose de nous prendre en photo tous les quatre devant le sapin. Et quand je dis « propose », on sait tous ce que cela veut dire : tu te tais, tu poses et tu souris.

Anis ne se fait pas prier et me serre contre elle, un gigantesque sourire sur son visage qui fait scintiller les paillettes qu'elle a tartinées à la truelle sur ses pommettes.

— Allez, moins tendus les deux bonshommes, là !

Je me tourne pour admirer Jacob et Christophe, droits comme sur des photos mortuaires, se dandiner pour se rapprocher d'Anis et moi.

— Plus proche, plus proche ! ordonne mon père.

Christophe soupire, puis passe son bras dans le dos d'Anis.

— Oh mon dieu, un sportif me touche, roucoule-t-elle en faisant mine de s'éventer.

Ça a le mérite de faire rire Christophe. Jacob, lui, se la joue gentleman :

— Tu permets ? me demande-t-il.

Il est très proche. Trop proche. Si je dis non, et qu'on me demande de justifier, ça jettera quel niveau de froid sur la soirée si j'explique que j'ai peur de tomber enceinte juste à respirer le même air que lui ?

— Bien sûr.

Simple. Factuel. Détaché.

Sa main attrape doucement mon épaule.

Houlà. Il n'y a plus rien de détaché dans mon corps.

— Et voilà ! s'enthousiasme mon père après nous avoir forcés à prendre la pause une bonne quinzaine de secondes. J'ai tout ce qu'il me faut !

Je n'ai jamais compris cette phrase de daron, vide de sens et qu'il répète pourtant à l'infini. Tout ce qu'il me faut... pour quoi ? Qu'a-t-il prévu de faire des huit cents clichés identiques qui doivent saturer la mémoire de son vieux téléphone ? Mystère.

Quand on passe à table, je me la pète un peu. J'ai sorti mon meilleur combo de recettes, à savoir : saumon glacé au miso, riz sauté à la bergamote et aux raisins, et pak-choï braisé. C'est bon et sophistiqué à la fois – très différent des bolognaises, pâte à la crème et autre tortellinis en sachet que je fais habituellement.

— C'est délicieux, madame Martin, roucoule Anis. Merci beaucoup.

— Tous les compliments reviennent à Emma, rayonne ma mère en se resservant son x-ième verre de vin. Je serais incapable de faire cuire du riz sans le souder à la casserole.

— Sérieux ? s'étonne mon amie. C'est toi qu'as cuisiné ?

— Eh ouais. Y a pas qu'un cerveau, dans cette jolie tête.

Christophe fait mine de s'étouffer, et lâche un très compréhensible « y a pas de cerveau » qui lui vaut un grain de raisin en pleine poire.

— Regardez-le, avec son dix de moyenne, qui se la pète comme s'il allait se choper une mention, je grogne.

— C'est toujours mieux qu'un sept.

— Sept et demi.

Anis me tapote l'épaule en secouant la tête.

— Tu devrais prendre des cours avec Jacob, assène ma mère, revenant à la charge comme approximativement toutes les semaines. Il a fait des miracles avec ton frère.

— Je n'ai rien fait du tout, sourit Jacob. On travaille juste ensemble.

— Quand même, la différence depuis Orange est phénoménale.

Je me renfrogne. Jacob tente un sourire désolé qui me vexe encore plus.

— Je prendrai des cours avec Anis.

— Ah ouais ? s'étonne l'intéressée. Je donne des cours, moi ?

— Maintenant, oui.

— Tu te débrouilles bien en classe, Anis ?

Et merde. Ma mère va se la jouer conseil de classe à Noël, c'est quoi cet enfer ?

— Oh oui. Très bien, même.

— Sauf en sport, intervient Christophe.

Anis hausse les épaules.

— Ça n'est pas vraiment une matière, le sport.

— Ah ouais ?

Anis pose sa fourchette, croise les mains devant elle et demande très sérieusement à mon frère :

— À quoi est-ce que ça nous servira, dans le futur, d'être capables de faire une pyramide humaine de douze personnes ?

Christophe imite sa position :

— Très bien. Et à quoi est-ce que ça nous servira, dans le futur, d'être capables de prouver qu'un triangle est bien un triangle ?

Je pointe mon couteau vers mon frère :

— Il marque un point, là.

Anis ne se laisse pas démonter :

— À construire des bâtiments. Des machines. À conquérir l'espace.

— Et ils seront bien contents, tes astronautes, quand ils seront capables de fuir les menaces aliens et d'escalader des obstacles.

— ... Mouais.

— D'ailleurs, intervient ma mère, c'en est bientôt fini avec la natation, non ?

Christophe reprend le cours de son repas :

— Oui, répond-il en entamant sa deuxième part de saumon. Ping-pong et gymnastique dès la rentrée.

— Bien, soupire mon père. Ça va être plus facile pour toi, ma fille.

Je lui donne un coup de pied dans le tibia qui lui fait soudain réaliser.

— Je veux dire... marmonne-t-il. Enfin... vous voyez, quoi...

— C'est vrai que t'as eu une drôle d'expérience à la piscine, remarque Jacob. Ça va, depuis ?

Vroum.

Mes parents se tournent vers moi de manière parfaitement synchronisée, sentant venir l'arnaque. *Fuck fuck fuck.* Ils ne sont pas au courant de ce qu'il s'est passé avec Louis, et hors de question qu'ils le découvrent en plein pré-Noël.

— Oui oui, pépié-je. Très bien hahaha, j'ai retrouvé mon sac, tout va bien.

Jacob fait une grimace. Et à la manière dont il rebondit soudain sur son siège et au regard flippé que lui balance mon frère, j'en déduis que mon père ne sera pas le seul à sortir de table avec un bleu.

— C'est pas Cindel qu'est championne de gymnastique ? questionne Anis, improvisant une diversion parfaite.

Meilleure pote de l'année, sérieux.

Jacob se fige, sa fourchette à mi-chemin vers sa bouche. Il semble soudain très mal à l'aise.

— Euh, oui. Oui.

— Qui est Cindel ? questionne ma mère.

— La petite amie de Jacob.

— Ex-petite amie, soupire ce dernier. On s'est séparés au début des vacances.

Gros froid dans la salle à manger.

— Et comment va ta jambe, mon grand ? le questionne mon père. Tu pourras bientôt reprendre les entraînements ?

— Je vais avoir un temps d'adaptation avant de rejoindre l'équipe, mais oui ! J'ai bon espoir de courir bientôt à nouveau.

Un sentiment de jalousie que je n'avais plus ressenti depuis longtemps me monte soudain dans la gorge, et je l'ensevelis immédiatement avec une large cuillère de riz qui manque m'étouffer. Avec Jacob, on partageait notre incapacité à donner libre cours à notre passion. Je vais être seule, à nouveau, dans mon seum.

— Emma ! s'exclame ma mère. Mais calme-toi, il y a assez à manger !

Le reste du repas se déroule sans problème ni accroche. Anis et Christophe se découvrent une passion partagée pour les vannes et les piques filées, et ils nous improvisent un two-wo.men show brillant qui nous fait régulièrement exploser de rire. Jacob se décrispe un peu, et je lutte autant que je le peux pour ne pas le dévisager toute la soirée.

Donc lui et Cindel ont cassé. Est-ce que c'est de ma faute ? Non, c'est ridicule. Même si c'est parce que Christophe lui a remonté l'histoire du baiser, en quoi est-ce que je serais responsable ? Je n'ai pas chopé la tête d'Amaury dans une main, celle de Cindel dans l'autre, pour les forcer à s'embrasser comme si je jouais à la poupée.

Les parents proposent de débarrasser et de faire la vaisselle avant que nous prenions le dessert, et la compétitivité de Christophe et Anis nous pousse vers le garage et sa table de ping-pong. Elle insiste sur le fait que ce n'est pas un sport, lui que si. Et ils décident de chacun prouver à l'autre qu'il a tort en disputant un match.

J'adore Anis, mais j'espère qu'elle aura la défaite gracieuse. Parce que pour avoir passé des heures sur cette table de ping-pong à jouer des matchs contre tous ceux qui osaient me mettre au défi, je peux assurer que c'est un vrai sport. Stratégie. Placement. Maîtrise. Ruse. Tout ça avec une mini raquette et une toute petite balle en plastique.

— Excusez le bordel ! annonce Christophe en allumant la lumière dans le garage. On a encore pas mal de cartons à déballer.

On se fraie un chemin jusqu'à l'objet du débat, stratégiquement installée au centre de la pièce. Heureusement qu'on peut garer la voiture dans la rue, je ne sais pas comment on aurait fait sinon pour entreposer tout le non-essentiel qui bourrait notre maison d'avant, mais ne rentre pas dans l'appartement d'aujourd'hui.

— Charmante, cette annexe, s'amuse Anis avec son meilleur accent bourgeois.

— Oui, c'est un Noël roots, vous voyez, répond Christophe sur le même ton. Nous avons voulu un thème « vie de prolo », piquant, n'est-il pas ?

— C'est le mot, oui, tout à fait.

Ils continuent leur délire en déblayant les cartons sur la table de ping-pong. Je n'entends même pas Jacob s'approcher dans mon dos.

— J'ai fait une bourde, avec la piscine ?

Je sursaute à peine, ce dont je suis assez fière.

— Non, non, t'inquiète. On a préféré garder sous silence l'histoire de la presque noyade, on ne voulait pas inquiéter les parents.

— Logique. T'as toujours été aquaphobe ?

Je grince des dents, attrape un carton. Difficile de me dépêtrer de cette histoire sans continuer à coller au mensonge initial :

— C'est compliqué.

— Je vois.

— Emma ? m'appelle Christophe. Tu sais où sont rangées les raquettes ?

Je profite de la diversion bienvenue que m'offre mon frangin pour laisser Jacob terminer de déblayer la table solo, pendant qu'Anis fait de la place autour afin qu'on puisse se déplacer sans se défoncer les genoux dans des caisses.

— Elles sont pas dans la boîte « matos sport » ? je lui demande en approchant.

— Si si, mais je sentais que t'étais en détresse.

Je lui souris. Je ne sais pas trop ce que je ferais, sans lui.

— Tu vas être sympa avec Anis, hein ?

— Non.

— Christophe...

— Quoi ? Elle dit que c'est pas un sport.

— Et ?

— Hé bah je vais lui montrer qu'elle a tort.

— À tes risques et périls.

— Pardon ?

— C'est Anis, hein. Pas Charlotte, qui baise le sol sur lequel tu marches.

Il lève les yeux et je le vois réfléchir furieusement en scrutant mon amie qui se dandine pour retirer son tutu.

— Elle oserait pas tricher, quand même ? marmonne-t-il.

Je ne dis rien et me marre silencieusement. Je lui tends une raquette, et me dirige vers Anis pour lui donner la deuxième quand je repère Jacob face à un grand carton. Dessus, il est marqué « TROPHÉES EMMA », indication largement griffonnée au marqueur et remplacée par un « DÉCHARGE ».

Dedans, mes prix. Coupes, fanions, médailles, statues, de natation, de plongée, de jeune espoir de la région. Tous à mon nom. Déjà, Jacob sort la première statuette et lit la plaque dorée dessus. Ses yeux croisent les miens, interrogateurs.

Je fais un mini-malaise.

Tout mon monde se met à tourner sur lui-même, le sang quitte mes joues et mes pieds s'enfoncent dans le béton inégal du sol. Puis je réagis, comme possédée, sans même comprendre à quels ordres mes membres obéissent tandis qu'ils se dirigent vers la source du danger.

— Excuse-moi, je...

Je ne le laisse pas terminer.

J'arrache la statuette de ses mains, attrape le carton rempli de mes souvenirs, et l'y jette sans état d'âme. Puis je me dirige vers la poubelle et y fourre le tout, y carrant un coup de pied phénoménal qui déforme le caisson de plastique.

— On ne fouille pas dans mes affaires !

Jacob est devenu tout blanc.

Christophe ne sait plus quoi dire.

Même Anis me regarde comme si j'étais hystérique.

Je réalise que je suis en train de chialer, alors je m'éclipse, quitte le garage et monte dans ma chambre. Terminée la soirée.

Joyeux Noël.

Chapitre 15

La rentrée ne tarde pas, et avant même que je ne le réalise, nous nous retrouvons à nouveau tassés dans le tram, sous la lumière agressive des bandes de néons au plafond, à humer l'humidité ambiante pendant que la ville défile devant nous dans le noir.

Le réveil à 7 h 30 ne m'avait pas manqué.

J'ai passé des vacances de merde, à me demander ce que Jacob allait faire des informations qu'il a découvertes sur moi. J'ai essayé d'interroger Christophe, mais il me soutient depuis une semaine que Jacob n'a jamais ne serait-ce que mentionné les trophées qu'il a trouvés dans la cave, et qu'il a des soucis autrement plus complexes à gérer que mes petites cachotteries.

J'y crois autant qu'au père Noël.

J'ai évité Jacob comme la peste jusqu'à aujourd'hui ; dès qu'il venait à la maison, je m'enfuyais chez Anis. Il envoyait un texto à Christophe ? En dix secondes j'étais fringuée, chaussée, ma veste sur le dos. Cela dit, Anis non plus ne m'a pas reparlé de « l'événement », comme j'aime à le qualifier dans ma tête.

J'ai honte, et je suis en même temps énervée. Pourquoi est-ce que les parents ont gardé ces conneries de trophées, plutôt que de les jeter comme je le voulais ? Et pourquoi je ne m'en suis pas chargée toute seule, comme une grande ?

Je pense qu'au fond de moi, je savais qu'ils les conserveraient. Et que c'est pour ça que je leur ai laissé la responsabilité de gérer tout cela. Je me déteste. Je suis vraiment, vraiment trop conne.

Victor.

Charlotte.

Anis.

La chute dans la piscine.

Les mensonges.

Et maintenant Jacob ?

Mon secret n'en sera bientôt plus un. Et je l'aurais cherché, assurément.

— Mais puisque je te dis que si !

Christophe fait mine de s'énerver, mais un gigantesque sourire lui coupe le visage en deux. Et ce sourire, je vous le donne en mille, il l'arbore dès qu'il croise le fer avec Anis. Ouais. Voilà. Ils ont passé les vacances à se tourner autour, à coups de vannes pourries et de feinte indifférence. Mais c'est aussi gros que mon nez au milieu de la figure : ils se kiffent.

Résultat ? Je suis la troisième roue du carrosse entre mon frère et ma meilleure amie. J'adore.

[Charlotte]
T'as montré mes photos à Christophe ?
Il va pas en revenir comme je suis bronzée.

Je soupire. Elle n'a pas arrêté de me saouler à me faire suivre photos, vidéos et autre où elle se met en scène, essayant désespérément de déclencher une réaction du côté de mon frère. Échec critique : tout ce qu'il m'a dit quand je lui ai passé la première fois le téléphone, c'est : « J'espère qu'il y a des requins dans cette région. »

J'ai ri, je m'en suis voulue, et je ne lui ai plus montré aucun des messages de Charlotte. Elle se voile encore la face, mais c'est mort de chez mort avec lui. Il ne l'a jamais appréciée, jamais trouvée intéressante ou même vaguement jolie. Et puis vu la danse de l'amour qu'il improvise avec Anis, elle peut lâcher l'affaire.

Le tram s'arrête et la rame devient de plus en plus bondée. Je me retrouve écrasée contre la vitre, collée au dos de Christophe, et c'est là que je le repère. Jacob. Je suis trop lente à détourner le regard, et je ne peux plus faire semblant de ne pas l'avoir capté quand il se dirige vers moi. Merde, merde, merde !

Le tram file dans la ville, c'est trop tard pour sortir et rejoindre le lycée à pied. Trop de monde pour m'enfuir discrètement. Je suis coincée.

— Salut, me lance-t-il simplement en se posant devant moi.

— Salut.

Il attrape l'une des barres au-dessus de ma tête, et me fixe très fort.

— Tu m'évites depuis Noël, n'est-ce pas ?

Christophe se décale légèrement dans mon dos, mais ne se retourne pas. Le traître. Il ne doit pourtant rien manquer de notre échange. Je décide de mentir :

— Pas du tout.

— Emma...

— Je te dis que non.

— Ça a un rapport avec les trophées ?

Je me sens perdre pied. Le tram freine au même moment, et je valdingue tête la première dans le torse du gars sur ma gauche qui me réceptionne avec un grand sourire. Je me décolle de lui et de son regard plongeant vers ma poitrine, pour me raccrocher fermement à la barre dans mon dos. On redémarre.

— Désolé, soupire Jacob. Je ne voulais pas te faire stresser, j'ai juste été surpris.

— T'as pas à l'être, je pensais que mes parents avaient jeté ces vieilleries, c'est tout.

Le sourcil gauche de Jacob se dresse, l'autre vient presque occulter son iris.

— Me prends pas pour un con, j'ai vu la date dessus. Tu l'as reçu il y a deux ans.

Et merde.

— Écoute, Jacob, te vexe pas, mais je n'ai pas à te raconter tous mes secrets, OK ? J'apprécierais que tu gardes ce que tu as vu pour toi, et que t'arrêtes d'en faire tout un plat.

— Moi, j'en fais tout un plat ?

— Ouais. Carrément.

Il sourit et manque me rentrer dedans lors d'un virage particulièrement serré. Je ne suis qu'à quelques millimètres de son torse, bercée par son parfum délicieux, quand il me murmure à l'oreille :

— C'est toi qui m'évites, pourtant.

Je soutiens son regard.

— Tu te donnes trop d'importance, je crois.

Il recule et se passe la main dans ses cheveux, libérant une fraction de seconde son front et son visage.

— Si tu le dis.

Son regard se perd au-dessus de ma tête, sur la ville qui défile toujours dehors. Il a beau sourire, il a toujours ce petit quelque chose de triste que j'avais déjà repéré à Noël. Une espèce de ride invisible qui lui tire la commissure des lèvres, malgré tous ses efforts apparents pour faire bonne figure.

— Je suis désolée, je finis par lâcher.

Il quitte la ville pour se concentrer sur moi.

— Pardon ?

— Désolée. Pour Noël, mais aussi pour Cindel.

Il ricane.

— Ouais, enfin c'est pas toi qui l'as forcée à aller voir ailleurs, non ?

J'acquiesce. C'est exactement ce que je pensais.

— Non, mais je les ai surpris il y a quelques semaines et je n'ai pas osé venir t'en parler.

Le sourire disparaît, remplacé par une surprise teintée d'agressivité :

— Pardon ?

— Quand vous révisiez la SVT avec Christophe au CDI, tu te souviens ? Je me suis jetée à votre table... ?

Son regard s'éclaircit, et je peux le voir se remémorer la scène.

— Attends, quand tu m'as grimpé sur les genoux ?

— Holà, doucement, cowboy. J'ai grimpé sur les genoux de personne.

— Ah si, carrément. Avec les deux fesses en plus, je savais plus où me mettre.

— Ça a duré une seconde.

— Une seconde pleine de perplexité.

Je me sens rougir, aussi j'enfonce légèrement ma tête dans mon écharpe.

— Bref. Je venais de me faire courser dans tout le lycée après les avoir surpris aux casiers, et j'ai pas trop réfléchi.

— Tu te fous de ma gueule ?

Je secoue la tête.

— Nan, c'était dingue, je crois que j'ai pété tous vos records au sprint.

— Ils t'ont couru après ? Pour de vrai ?

Je le sens osciller entre l'amusement, la colère et l'effarement.

— Grave. Et si ça peut te consoler, j'ai explosé les couilles d'Amaury en lui balançant mon livre de SVT entre les jambes avant de fuir.

Cette fois-ci, Jacob explose de rire.

— Oh bordel, j'aurais trop aimé voir ça.

— Rigole pas, j'ai trop flippé, il aurait carrément pu me casser la gueule.

— Non, c'est un connard, mais il est pas violent.

— Ouais, enfin, ils m'ont pas couru après pour me faire des poutous.

Jacob acquiesce avec une grimace.

— T'inquiète, t'as pas à te sentir coupable, me rassure-t-il. Je t'aurais sans doute pas crue, de toute façon.

— Comment tu l'as appris, finalement ?

— Christophe m'en a parlé, Jason aussi. Et puis j'ai fini par accepter la vérité quand Amaury a uploadé une photo d'eux deux sur Insta. Il l'a supprimée de suite, m'enfin je glandais sur les réseaux et je l'ai vue aussi sec.

— Merde.

— Ouais. Disons que ça a donné le ton pour des vacances de Noël qui s'annonçaient déjà pourries de base.

Je l'observe, pèse le pour et le contre, puis me lance :

— Pourquoi ?

— « Te vexe pas, mais je n'ai pas à te raconter tous mes secrets. »

— OK. C'est mérité.

— Plutôt.

— T'es con.

Les choses deviennent encore plus bizarres à l'arrêt de tram suivant. Parce que un, Amaury et Cindel montent dans la rame, main dans la main, sans même chercher à se cacher. Je jurerais même qu'Amaury sourit en voyant Jacob, ce que je trouve vraiment mesquin et surprenant – on n'est pas dans une sitcom américaine avec des ennemis mortels ou je ne sais quoi. Et deux, Louis se jette entre moi et Jacob, me serrant dans ses bras si fort que j'en reste abasourdie quelques secondes :

— Emma ! roucoule-t-il à mon oreille. J'ai vu les photos de Christophe, pitié, dis-moi que tu as encore cette robe rouge...

Je le repousse, il se décolle avec moults grimaces.

— Salut, Louis, t'as passé de bonnes vacances ?

— Délicieuses, j'ai beaucoup pensé à toi et à ce décolleté.

Clin d'œil. J'ai envie de gerber.

— OK, j'en demandais pas tant...

— Tu portes ta robe rouge ?

— Je rêve ou tu me demandes vraiment ce que je suis en train de porter ?

Il ricane, j'ai envie de lui crever les yeux.

— Allez, ça n'a rien de sexuel. Je le verrai bien en classe, de toute façon.

Je frémis de dégoût. Le seul fait d'être proche de ce gars me donne envie de me doucher furieusement.

— On était en train de discuter avec Emma, grogne Jacob.

Louis lui balance son majeur dressé à la gueule, puis me sert le sourire le plus ambigu que j'aie vu de l'année.

— Il t'a déjà parlé d'Europa-Park ?

— Europaquoi ?

— Tu connais pas ? hurle-t-il, faisant se retourner toute la rame vers nous.

Je cherche le regard de Jacob, perdue.

— C'est quoi encore ce truc ?

— C'est juste le meilleur parc d'attractions du monde, s'enthousiasme Louis. Et attention, c'est pas un superlatif. C'est vraiment le meilleur parc d'attractions du monde.

Je sèche.

Merde. J'adore les parcs d'attractions, j'adore sentir mon estomac se décoller et hurler à m'en faire grincer les cordes vocales. Je surkiffe les auto-tamponneuses, les tours de la mort où on te fait chuter de dix mètres.

Mais je ne peux pas.

Si la natation est incompatible avec une perruque, alors que dire d'un grand huit ? J'imagine déjà ma Précieuse s'envoler avec les lunettes de mon voisin et la gerbe de vomi du gars derrière qui aura mangé un churros dans la file d'attente.

Puis le regard des gens, médusés, quand la chevelue devant eux au départ se retrouve tondue à l'arrivée. Est-ce que ça générera un mouvement de panique ? Est-ce que je ferai les gros titres des journaux locaux ?

Je peux presque entendre Charlotte me dire que je cherche la merde, et qu'à un moment il faut assumer ses actes. Je soupire.

— Dés...

— Grave, on va y aller.

Je me tourne vers Anis, qui a passé la tête par-dessus l'épaule de mon frère.

— J'ai pas souvenir de t'avoir invitée, grogne Louis.

— Moi je l'ai fait, rétorque Christophe.

— Vous êtes gentils, mais vous ne possédez pas le parc, aux dernières nouvelles, leur rappelle Anis. On a prévu par la plus parfaite des coïncidences de nous rendre à Europa-Park, à la même date que vous.

— Ah ouais ? grogne Louis. Et c'est quand, déjà ?

— C'est quand ? demande-t-elle à Christophe.

— Le onze janvier, pour la fermeture.

— Voilà. Quelle coïncidence !

— N'est-ce pas ?

Ces deux-là ne sortent même pas encore ensemble qu'ils me fatiguent déjà.

— Nan, je reprends, mais ce n'est pas trop mon tr...

— Si, insiste Anis en plantant ses yeux dans les miens.

Elle ne cille pas et me punaise presque à la vitre. Mon front sue de stress.

— Euh, OK ?

— Voilà ! pépie-t-elle. Tu viendras aussi, Jacob ?

Je me surprends à guetter sa réponse. Il sourit, ses yeux papillonnent rapidement dans ma direction avant de se poser sur Anis :

— Oui, carrément ! On va bien se marrer.

Chapitre 16

Je vous ai peu parlé de mon père, depuis le début de ce récit. Et pourtant, comme ma mère, il est central dans ma vie. Non, il ne passe pas son temps à tester des costumes sportifs dans le salon, et non, il ne se résume pas à ses tentatives d'humour pathétiques qui font un flop deux fois sur trois.

Toutes les trois semaines, les aléas d'un calendrier familial complexe veulent qu'on se retrouve en solo, lui et moi, le samedi matin. Ma mère anime des ateliers pour des délinquants en réinsertion, et mon frère part fuseler ses mollets au stade avec ses potes de club. Alors pour mon père et moi, c'est la matinée glandouille par excellence.

Pas de Christophe qui nous fait chier avec ce qu'on mange, pas de maman qui nous sermonne parce qu'on n'est pas habillés. C'est la liberté. On se bourre de céréales au chocolat devant la télé et, pour l'occasion, on quitte même Netflix pour passer sur les chaînes nationales. Pour mon père, voir son émission coupée par des spots publicitaires toutes les dix minutes, c'est presque une madeleine de Proust. En tant que gosse post-2000, je ne peux, selon lui, pas comprendre.

— Y a que les vrais des années 80 qui comprennent cette souffrance, me répète-t-il à chaque fois.

Pourtant je la partage, cette souffrance. Autant pour la qualité de l'image et du son que pour les messages véhiculés : je ne pensais même pas qu'on pouvait encore condenser autant de conneries sexistes passé l'an 2020. C'est terrifiant.

J'en suis à mon deuxième bol de Choco Trésor quand mon père se redresse sur le canapé :

— Oh bordel, marmonne-t-il.

— Quoi ?

— On se fait une fondue ce soir ?

Je quitte du regard l'écran et la nana qui se shampooine le pubis en se dandinant.

— Grave.

Ni une ni deux, on court se changer et on saute dans la voiture. On est comme ça, avec mon père. Spontanés. On n'a jamais de plan pour ces samedis. Mais on finit toujours par faire quelque chose, que ce soit un puzzle, une partie d'échecs ou, comme aujourd'hui, partir à la recherche de fromages à fondue suisse en plein Strasbourg.

Le seul hic, c'est que je n'avais pas prévu les bouchons. Mon père, sans être complètement germaphobe, refuse mordicus de mettre les pieds dans un tram, un bus ou même un métro. La seule idée de toucher une barre à laquelle des centaines de mains se sont agrippées avant lui, y laissant leur dose de matière fécale, de pisse et autre substance, suffit à le faire tourner de l'œil.

Résultat ? Il fait tout en voiture ou en vélo. Ce qui a des avantages – pas de soucis d'horaire, un coffre, et une radio qu'on peut mettre à fond. Et des inconvénients – le trafic, le réchauffement climatique, l'explosion du prix de l'essence.

Même ma mère n'arrive pas à lui faire prendre les transports en commun. Et comme c'est littéralement son job, de soigner ce genre de trouble, bah on laisse faire et on ne s'en occupe pas.

— Tout va bien, ma poupette ?

Je quitte le spectacle déprimant de la rocade strasbourgeoise engorgée pour reporter mon attention sur mon paternel. À quarante-cinq ans, c'est toujours un sacré beau gosse. Il faut dire que son métier et sa passion du sport le maintiennent en bonne forme physique, et qu'il a très bien assumé sa calvitie dès la vingtaine : il a tout rasé et laissé pousser une grosse barbe qui commence à se parer de poils blancs sur les côtés, lui donnant des airs de rocker qui lui siéent à merveille. Ajoutés à ça les tatouages sur son bras, ses grands yeux verts rieurs et ses fringues d'adolescent : vous obtenez le spécimen parfait de DILF – ou Dad I'd like to fuck –, aka la raison pour laquelle je ne laisse pas mon père venir aux réunions scolaires ou me chercher à la sortie de l'école.

Trop chiant à gérer.

— Bah ouais, je lui réponds. On est en route pour chercher de quoi faire exploser un intolérant au lactose, ça me met forcément en joie.

Il se gratte la barbe, ça fait *crrss crrss crrss.*

— T'es sûre ? Je te trouve un peu... absente, depuis la visite de Charlotte ?

Je hausse les épaules.

— Ça m'a fait un coup de la revoir, c'est tout.

— Ça va mieux avec ta mère ?

Bon sang. Mon père et ses grosses bottes de ski, toujours aussi subtil.

— Elle t'en a parlé ?

— Elle n'est pas rentrée dans le détail. Je sais juste qu'il y a eu un désaccord. Et je ne vais pas te mentir, poupette : ça se sent dans l'appart.

Je me mâchonne la lèvre jusqu'à en arracher une peau, presque soulagée quand le goût métallique du sang envahit mon palais.

— Désolée. Je sais que c'est dur pour vous.

— Teu teu teu, ne me fais pas dire ce que je n'ai pas dit. Et puis, arrête de jouer la victime, je te connais comme si je t'avais fait.

Prout. Ça aurait marché avec maman.

— Je joue pas la victime.

— Si, et mal en plus.

Il décide de suivre les conseils de son GPS qui lui suggère de passer par un itinéraire annexe pour contourner la congestion en ville. Je me dis qu'on va rester coincés encore longtemps : mon père et son GPS, c'est R2D2 et C3PO revisités.

— C'est rien. Elle a mal parlé d'Anis, et la pilule a du mal à passer.

Mon père semble si surpris que je ne doute pas que ma mère ne lui ait effectivement rien dit. On a certes le mensonge dans le sang, mais on reste de piètres acteurs.

— Anis ? Notre Anis ?

Je souris.

— Ouais, notre Anis.

— Alors là, je suis très étonné. Ta mère l'adore.

— Ouais, bah pas au début.

— Et pourquoi ? À cause de son style ? Ce n'est pas son genre, pourtant.

Merde. Je suis coincée : je vais devoir parler pénis avec mon père.

— C'est pas ça... la première fois que je suis allée chez elle, j'ai découvert qu'on la harcelait en ligne.

— Pardon ?!

— Ouais, des mecs lui envoient des photos de leur zgeg, et genre tellement souvent que ça ne la choque même plus.

— C'est atroce. Ses parents sont au courant ?

— Non, ils pointent aux abonnés absents. Le cliché des parents maxisuccessful qui vivent dans un gigantesque appart, couvrent leur fille de cadeaux, mais s'en fichent un peu.

— Oh. La pauvre... C'est triste.

— Je ne te le fais pas dire.

— Et donc, qu'est-ce que ta mère a bien pu dire ?

Je ricane.

— Elle m'a demandé de prendre mes distances avec Anis parce que, je la cite : « vous n'êtes plus des enfants et vous savez à quoi vous vous exposez en ligne ».

À dire vrai, je ne sais même plus si je la cite, ou si j'en rajoute en cruauté à chaque fois que j'y repense. Mais je suis en tout cas persuadée qu'en substance, c'est peu ou prou ce qu'elle m'a raconté.

Mon père n'ose plus quitter la route des yeux :

— Tu plaisantes ? me demande-t-il.

— Bah non. C'est pour ça que je suis fâchée.

Il garde le silence. Nous nous engageons dans des artères inconnues de la ville, le genre de coins dans lesquels on n'envoie pas les touristes parce que c'est globalement gris et moche. Le GPS est littéralement en train de nous faire revenir sur nos pas, c'est absolument fabuleux.

— Tu sais... reprend mon père après une éternité. Ta mère a beaucoup souffert de ce qu'il t'est arrivé l'année passée.

— Et c'est moi qui joue la victime ?

— Laisse-moi finir, poupette.

Je me renfrogne.

— Je ne suis pas d'accord avec ce que t'a conseillé ta mère, et je suis content que tu sois restée aux côtés d'Anis.

Je rayonne.

— Mais... je suis cependant d'accord avec elle sur le principe de sécurité. Tu sais, ma grande, l'année dernière a été très, très dure pour toute la famille. On ne pensait pas que tu remonterais aussi vite la pente – et je sais qu'Anis y est pour beaucoup. Je pense que ta mère a simplement paniqué, et s'est projetée dans une situation qu'elle ne se voyait pas maîtriser.

Je ne réponds rien et me contente de coller mon front à la vitre.

— Je ne veux pas mettre sur le même niveau ce que nous avons vécu et ce que tu as vécu, Emma. Que ce soit bien clair entre nous. Mais ça nous a aussi beaucoup touchés.

— J'ai pas demandé à déménager.

Mon père soupire, met le clignotant et se parque sur la première place qu'il trouve, à moitié sur la route, à moitié sur le trottoir, totalement hors la loi.

— Emma, regarde-moi.

Je me tourne vers lui, haussant effrontément les sourcils. Dire qu'on allait juste acheter de la fondue, bordel… !

— Tu sais, on ne devient pas des parents modèles du jour au lendemain, dès que vous naissez. On apprend, on tâtonne. Ta mère a eu très peur. J'ai eu très peur. Cela va faire vingt-quatre ans que nous sommes ensemble, et je peux t'assurer que jamais, je dis bien jamais, elle ne dira d'une victime qu'elle est responsable de ce qui lui arrive, d'accord ?

J'acquiesce lentement, cherchant une échappatoire à cette discussion étrange.

— Et arrête de te torturer avec ce déménagement, OK ? Ce n'est pas pour toi qu'on l'a fait, mais pour nous tous. On avait tous besoin d'un nouveau départ.

Je n'ai bientôt plus de peau à mâchouiller sur mes lèvres.

— Surtout Christophe, reprend papa avec un sourire. Non, parce que je pense que Charlotte allait bientôt le séquestrer, si on restait dans la région…

Un rire m'échappe, mon père reprend la route.

— Et sinon, ça se passe bien à l'école ?

Je gémis et me claque la tête contre la vitre.

— Sérieux… on va se farcir tous les sujets de discussion chiants jusqu'à ce qu'on trouve une foutue fromagerie ?

— Absolument.

— C'est magnifique. J'adore l'école. D'ailleurs, j'y excelle.

— Ça te stresse ?

Mon humour se coince dans ma gorge et m'étouffe.

— Laisse-toi le temps de te reconstruire, me rassure papa. On ne te met pas de pression, tu as le temps de faire des erreurs. Regarde Christophe : on ne l'aime pas moins parce qu'il a redoublé.

— J'ai pas encore redoublé !

— Et quand bien même, on t'aimerait toujours.

— Et puis je suis allée tabasser personne, moi... Y a pas de raison que je repique.

— Ne sois pas vache avec ton frère.

Et voilà. Saint Christophe le retour.

— Je ne suis pas vache avec lui. C'est juste qu'il... il est toujours là.

— Et c'est mal ?

— C'est dur à expliquer, mais... Je ne sais pas. J'ai l'impression que c'est mon éternelle béquille, tu vois ? Et parfois j'en profite, et je me sens coupable. Et d'autres fois, quand il le fait de lui-même, ça m'énerve tellement fort que j'ai envie de le claquer.

C'est mon père qui rit cette fois-ci.

— Oui, je vois tout à fait. Mais à choisir, je préfère un frère présent qu'un éternel absent, nan ?

Je fais mine d'hésiter, mais je sais bien sûr qu'il a raison. Si demain Christophe devait avoir un accident et avait besoin de mes organes, je me les sortirais moi-même du corps pour les lui offrir. Aussi agaçant qu'il puisse être, il est surtout mon roc.

— Je sais pas, je vois pas trop ce que ça ferait s'il n'était pas là. Vous voulez pas l'envoyer en pension quelques semaines pour voir ?

— Je ne sais pas... Si j'y pense sérieusement, tu voudras bien faire la paix avec ta mère ?

— Marché conclu.

On contourne à présent la ville en passant devant l'hôpital. La fromagerie s'éloigne de plus en plus. Je me sens bien, dans la voiture, maintenant que j'ai sorti presque tout ce que j'avais sur le cœur. L'école me stresse. Mon échec me stresse. L'assurance que je vais perdre une année complète me stresse. Mais par-dessus tout, l'idée que mes parents puissent m'en vouloir me rongeait l'estomac. Je me sens libérée. Soulagée. Ne me reste plus qu'un gros papillon sur l'estomac, qui gratte un peu :

— Sinon, avec Jacob, Anis et d'autres élèves, on voulait aller à Europa-Park le week-end prochain.

— Le parc d'attractions ?

— Oui, est-ce que tu es d'accord ?

Mon père se marre, et me regarde avec un combo « sourcil surpris / moustache frémissante » :

— Elle est bizarre, cette question, bien sûr que vous pouvez y aller. Il faut qu'on vous y emmène ?

— Non, non, il y a des cars qui partent depuis Strasbourg, c'est trop loin pour juste vous demander de nous déposer.

— Je pourrais venir avec vous, sinon.

— Non !

Cette fois-ci, il éclate carrément de rire :

— Eh bah merde, Emma ! Si je te connaissais pas mieux, je serais carrément vexé, là. C'est l'idée de passer du temps avec Jacob qui te rend si susceptible ?

Heureusement qu'il conduit, sinon je lui aurais déboîté l'épaule à grands coups de boule.

— N'importe quoi ! C'est juste le pote de Christophe.

— Comme Anis est juste ta pote, oui.

— Tu dis vraiment n'importe quoi...

— Allez, ne me fais pas croire que tu n'as pas remarqué comme Christophe est sous le charme de notre renard.

Mon père avait immédiatement approuvé mon croquis d'Anis sous les traits du petit animal roux.

— Ouais enfin, on joue pas aux Sims papa, on n'a pas tous besoin de terminer en couple, hein.

— Si tu le dis. C'est un chouette garçon, ce Jacob. Moche, ce qui lui arrive.

— Bof. C'est juste sa petite amie de lycée, hein.

— Non, non, pas ça. Mais l'histoire avec son père, tu sais...

J'ai les oreilles qui se dressent. C'est le moment de la jouer finement, si je veux en apprendre plus.

— Ah, ouais... C'est Christophe qui t'en a parlé ?

— Sans rentrer dans les détails, oui. Mais son père qui s'enfuit à quelques jours de Noël, c'est un coup dur. Très dur. Il me fait de la peine, ce petit.

J'en reste sans voix. Son père est parti ? Juste avant les fêtes ? J'essaie de me le remémorer durant notre repas foiré. Je pensais que c'était sa rupture avec Cindel qui l'avait mis tellement à terre, mais il venait en plus de gérer un éclatement familial majeur ? Et dire que je l'avais envoyé bouler comme une vieille chaussette parce qu'il avait eu le malheur de vouloir nous aider avec les cartons...

Oh bordel. Je suis un monstre.

— Et pourquoi est-ce que tu me parles d'Europa-Park ? revient à la charge mon père. D'habitude, c'est le genre de connerie pour laquelle vous arrivez la bouche en cœur trois heures avant de partir pour nous raquetter tout notre liquide.

Je souris. C'est très vrai.

— Je ne sais pas si je dois y aller, en fait.

— Oh ? Mais pourquoi ? Tu adores les manèges à sensations ! Quand tu étais pet...

Il s'arrête. Retient sa respiration. Soupire.

— Ah. Ta perruque. C'est elle qui t'inquiète ?

Je hoche la tête. Sans même me voir, il comprend.

— Là, on retourne directement dans un de ces scénarii dont on parlait avant, tu te souviens ? Quand je te disais qu'être parent, c'est avant tout tâtonner, faire des erreurs, mais surtout faire de son mieux ?

Je grogne un oui.

— Je ne sais pas quoi te dire, ma belle. Mon premier réflexe serait de te proposer de laisser tomber la perruque. Je ne te le dis pas parce que tu es ma fille : mais tu es ravissante le crâne rasé. Attends, attends, laisse-moi finir ! insiste-t-il alors que je m'apprête à lui couper la parole. Je sais que ce n'est pas ce que tu veux entendre et que ça t'énerve, alors je vais arrêter là, mais.... Sinon, il y a plein d'autres manières de profiter d'un parc d'attractions.

— Ah ouais ? Comme quoi, regarder les fleurs ?

— Déjà. Mais aussi profiter des attractions moins violentes en termes de sensations, t'empiffrer de beignets, passer du temps avec Jacob...

— Papa !

— Avec tes amis, pardon.

Il ricane pendant que je me transforme en cocotte-minute.

— Tu peux aussi juste passer un après-midi cool avec ton frère et tes amis, profiter de ton adolescence et... voir ce qui arrive ?

— Tu vas me ressortir ton *carpe diem* ?

Il soulève la manche de son tee-shirt. Contracte son biscotto, faisant saillir le célèbre motto latin. Perdu au milieu de corbeaux et de formes vikings diverses, il fait un peu tâche, mais il est de loin le tatouage préféré de mon père.

— Exact, ma poupette. *Carpe diem*. C'est d'accord ?

Je me tourne vers la vitre. Par miracle, le GPS nous a fait arriver presque à bon port en moins d'une heure de route pour un trajet initialement estimé à onze minutes. Un record.

— OK, OK... je vais y aller. *Carpe diem*.

Le papillon dans mon estomac s'est transformé en bloc de pierre.

Je ne le sens pas du tout.

Chapitre 17

[Charlotte]
Ah ouais mais tu cherches
vraiment les embrouilles,
en fait

[Emma]
Que dalle

[Charlotte]
Perruque ? Manège ?
Y a besoin que je te fasse
un dessin ? Ou tu vas finir
par avouer que tu fais
de la merde ?

Je soupire et pose le téléphone sur mon lit. Dans mon ventre, j'ai un chat qui gronde. Figure de style, bien sûr, ma mère est allergique et jamais, ô grand jamais, nous ne verrons d'animaux passer vivants le pas de notre porte.

Mais j'ai la sensation désagréable que mon estomac ronronne de colère depuis quelques jours, et de plus en plus fort, au fur et à mesure que les jours s'égrènent et que le voyage à Europa-Park se rapproche. Je sens, au plus profond de moi, que je fais une connerie.

Je me mets en danger.

Je jette aux orties ma stratégie du zéro risque.

Et pour quoi ? Des grands huit ?

J'ai sacrifié la natation, et donc potentiellement ma future carrière de nageuse professionnelle, pour cette foutue stratégie qui devait me permettre de vivre une vie « normale ». Je n'avais juste pas réalisé que j'allais garder la trouille chevillée au corps en permanence. Ce n'est plus une faille qu'il y a dans mon plan, mais carrément la fosse des Mariannes.

Je rattrape mon téléphone qui vibre comme une fan face à son idole lors d'une convention :

[Charlotte]
Tu peux me snober autant que tu veux. Tu sais que j'ai raison. C'est pour toi que je dis ça, tu sais. Moi je ne serai pas là, dans l'absolu

[Emma]
Je sais…

[Charlotte]
Et je ne serai donc aussi pas là pour te ramasser à la petite cuillère quand tu te feras découvrir, hein. Je peux pas faire plus que t'avertir que tu fais une connerie

[Emma]
C'est pas ce que je demande

[Charlotte]
Ouais, c'est pas ce
que tu demandes maintenant.
Mais quand ta perruque
se fera coincer par le harnais
de sécurité et que tu te
retrouveras le crâne à l'air,
c'est qui que tu iras voir ?

Je soupire et me plaque les mains sur les yeux. Elle a raison, putain. Elle a tellement raison. Qu'est-ce que je suis en train de faire ? Tout ça pour des beaux yeux chocolat ? D'un gars qui ne joue tellement pas dans la même ligue que moi qu'on pourrait tout aussi bien être les spécimens de deux espèces différentes ?

Je suis conne. Sa dernière copine est si parfaite qu'elle a l'air de se balader avec des filtres constamment activés sur la gueule. Mon nez doit faire l'épaisseur de sa mâchoire, et mes pores sont si larges qu'on dirait un presse-ail.

Cindel est aussi fragile que je suis... massive. La gymnastique lui a sculpté un corps gracieux, qui répond à tous les critères de beauté actuels. Nuque droite, taille fine, petites épaules toutes mignonnes et poitrine élégante.

En comparaison, je suis un char d'assaut. Taillée pour fendre les flots à la force brute. Et chauve. Je suis chauve, chauve, chauve. Grossière, de mes cuisses musclées à mes épaules trop développées, de ma poitrine hors norme jusqu'à mon crâne, râpeux, rugueux, clairsemé. Chauve.

La boule dans mon estomac me remonte dans la gorge et je me cache le visage dans le coude. Bordel, je suis pathétique. À deux doigts de pleurer parce que je me trouve moche, l'adolescente dans toute sa splendeur.

J'ai de la chance, dans mon malheur. Il y a des jeunes de mon âge qui se découvrent des soucis autrement plus graves qu'une calvitie précoce. Je pourrais porter une perruque pour une raison bien plus stressante que ce qui m'arrive. Je ne suis pas si malade, après tout...

Je jette mes bras le long de mon corps et fixe le plafond, en colère et épuisée par toute cette situation. Je vais me déclencher un ulcère si je continue dans cette direction. Je n'ai pas quinze mille solutions à ma portée : me faire harceler ou prendre sur moi et porter la perruque. Devoir faire l'impasse sur la natation et les manèges, c'est peu de choses, finalement, en comparaison de ce que j'ai déjà vécu.

Je dois être forte.

Ça ne fait que quatre mois que j'ai commencé ma nouvelle vie, et j'ai déjà pris beaucoup trop de risques.

Je m'essuie les yeux qui se sont mis à couler sans que je ne leur demande rien, puis je me redresse sur mon lit et attrape mon téléphone :

[Emma]

Salut Rouky. Je vais annuler pour le week-end prochain – je te laisse mon frère, t'en prendras soin, hein ? ;)

Le fait que je sache qu'Anis est actuellement en train de streamer, et qu'elle ne peut donc pas m'appeler pour m'engueuler, n'a rien à voir avec le fait que j'ai décidé de lui envoyer ce message-là, maintenant, tout de suite. Absolument pas.

Ce n'est d'ailleurs pas du tout pour ça que mon estomac fait un salto dans mon ventre quand je vois trois points s'animer presque immédiatement sous mon message.

Merde.

Elle devait être trop occupée pour me répondre ! J'attends, hypnotisée par la danse de cette ponctuation terrible. Vu le temps qu'il lui faut, soit elle me passe le savon de ma vie, soit elle a activé son téléphone avec ses fesses et je serai chanceuse si je ne reçois qu'une suite de symboles sans queue ni tête.

Et puis soudain, le message s'affiche :

[Anis]
Atta.

Ah.

C'est plutôt décevant, on ne va pas se mentir. Je soupire, et jette mon téléphone sur mon lit pour me diriger vers la cuisine. Rien de mieux qu'un gros bol de Choco Trésor devant une sirupeuse série d'amour à la coréenne sur Netflix pour me remettre les idées en place (comprendre : me taper une bonne déprime).

J'entame le huitième épisode – qui n'est autre que, comme tout bon consommateur de drama le sait, celui où IL Y A LE BISOU – quand la sonnette s'excite.

— Emma ! crie ma mère depuis son bureau. Tu peux ouvrir ?

— Non.

— Christophe !

Mon frère quitte sa chambre d'un pas lourd, me jetant son sweat sur la gueule au passage, avant d'aller ouvrir.

— Tu vas finir par fusionner avec le canapé si tu fais pas gaffe, me lance-t-il, comme une insulte.

Je ne relève pas, concentrée sur l'apport calorique de mon bol de Choco Trésor. Je me demande si je ne suis pas en train d'engouffrer pour le goûter ce que les actrices mangent sur l'ensemble de la journée, quand on me colle une claque phénoménale à l'arrière du crâne – heureusement absorbée en partie par mon foulard.

— Hé ! m'exclamé-je.

Je me retourne, prête à balancer mon reste de lait sur Christophe, pour me retrouver face à...

— Anis ?!

— C'est quoi, ton problème ?

— Tu m'as frappée, là ?

— Pourquoi t'annules ?

— Tu devrais pas être en train de streamer ?

Elle hausse les épaules, me foudroyant toujours du regard :

— C'est juste un bouton sur lequel appuyer, hein. T'espérais vraiment que je te laisserais passer entre les gouttes ?

Je soupire et me laisse à nouveau tomber dans le canapé. Les vestiges de mes céréales, à présent transformées en purée couleur boudin noir, me filent soudain la gerbe. Une secousse ; Anis s'installe à mes côtés.

— Tu sais quoi ? commence-t-elle. Je te fous la paix si tu acceptes de venir avec moi. Juste cet après-midi.

Je l'observe, sentant venir le piège.

— Tu vas m'emmener à Europa-Park de force ?

Elle lève sa main droite :

— Je jure solennellement que mes intentions sont mauvaises. Mais pas tant que ça, je te rassure.

***

— Où est-ce que tu m'emmènes ?

Anis observe les maisons défiler depuis les sièges du tram dans lequel nous sommes installées toutes les deux. Nous quittons l'hypercentre pour nous diriger vers le nord de la ville, bien plus loin que je ne suis déjà allée.

— Je t'ai dit que ma mère avait eu un cancer, non ?

— Ouais. Si tu me dis qu'elle est morte et que tu m'emmènes à son enterrement, je pense que je t'assassine.

Elle ronfle de rire et me colle son coude dans les côtes.

— T'es con. T'imagines, ç'aurait été le cas ? T'aurais eu l'air fine.

Elle n'a pas tort. Je me dis cependant que les chances étaient faibles vu qu'elle m'a dit que sa mère était en rémission, et qu'elle streamait avant de venir me kidnapper. Mais c'est vrai que... les gens mentent. Je l'oublie de plus en plus souvent, ces derniers temps. Il va falloir que je fasse quelque chose pour ma mémoire à trous et ma motivation en mousse.

— Et donc, le rapport avec ta mère ?

— Bah, elle portait des perruques.

— Et... ?

— Et je sais pas où tu as acheté la tienne, mais il y a des gens dont c'est le métier, les perruques.

Je me sens attaquée dans ma compétence de chauve.

— Bah merci, je sais. Je l'ai commandée à un perruquier en ligne, je te signale.

— Houlà, range tes griffes Catwoman. Ouais, donc tu l'as pas fait ajuster à ta taille ?

— J'ai pris les mesures de mon crâne. *Avec ma mère.*

Si elle ne comprend pas à quel point c'est sérieux, pour que j'ai impliqué ma génitrice dans le processus, c'est qu'elle est aussi bouchée que les toilettes après le passage de Christophe lors d'une soirée burritos.

— Ouais. Quand même, elle m'a l'air bien lâche.

— N'importe quoi ! Elle bouge jamais !

— Pourtant je l'ai repérée à la piscine, hein...

— Normal. C'est de l'eau.

— Elle ne devrait pas bouger.

— Bien sûr que si.

— Bien sûr que non.

— Bien sûr que si !

— Emma. J'ai une piscine chez moi, et une mère pour qui son corps et son image sont ce qu'elle a de plus précieux.

J'ouvre la bouche, prête à répliquer, mais je ne trouve rien.

Je la referme et me tais.

Merde.

— Et ça va me coûter combien, toutes ces salades ?

— OK, tu nous sors les insultes de vieux, c'est que t'es énervée à combien sur l'échelle Emma ?

— Un bon huit, juste entre « je frappe juste un peu mon frère » et « je tue Victor ».

— Bon, ça va alors. C'est gérable.

On pouffe toute les deux, et je me rends compte à quel point Anis est tendue depuis qu'elle est venue me chercher. Quelque chose dans ses réponses, plus courtes que d'habitude, et dans son sourire, un peu crispée. Elle a l'air à cran.

— Désolée, je chuchote. Je me sens naze de t'avoir fait rater ta journée de stream.

— De ? Pourquoi tu dis ça ?

Mayday. Mayday. Je sens que tu fais la gueule à devoir me gérer comme une enfant, tu n'y prends pas plaisir, ça sonne comment en termes d'immaturité ?

— Euh... Je ne sais pas, tu as l'air un peu contrariée ?

Ouais. Contrariée, c'est bien. Presque neutre, c'est un terme qu'on peut limite sortir au travail pour dire qu'on est d'une humeur de chien. Ça passe.

Enfin, que je crois. Parce que la grimace que me renvoie Anis me met soudain dans le doute.

— Pardon ! « Contrariée » le terme est un peu fort. Je veux dire, t'avais sans doute autre chose à foutre et...

— Panique pas Emma, c'est pas toi, je te rassure. À la limite, je suis presque contente de pouvoir t'aider avec ton problème, tu vois ?

Je redescends d'un cran sur l'échelle de l'hystérie.

— Comment ça ?

Grande respiration ; son corps ondule comme un de ces brins d'herbe tranchants le long des rivières.

— Rien, c'est juste un gars qui ne me lâche pas et je sais pas comment m'en dépatouiller.

— C'est Christophe ?

Ses yeux deviennent deux billes ourlées de khôl, et elle explose de rire.

— Christophe ? Non. À moins qu'il aime photographier sa teub, et qu'elle soit entourée de poils blonds... non. Ce n'est pas ton frère.

C'est à mon tour de me tendre.

Les bites. Encore elles.

— Ça continue ? je ne peux m'empêcher de demander.

Elle grogne avant de me répondre :

— On avait dit qu'on en parlait plus, tu te souviens ?

— Ouais. Et je te rappelle que le pacte c'était : pas de perruque, pas de teub. Sauf que là tu me traînes littéralement au parc animalier de la perruque strasbourgeoise, de un. Et que c'est toi qui as abordé le thème de la quéquette, de deux. C'est difficile de rendre un accord encore plus caduc, hein.

Elle soupire et se concentre à nouveau sur le paysage dehors.

— Ouais, bref. Je gère, t'inquiète pas.

— T'as pas vraiment l'air de gérer.

Elle me tire la langue, prétexte qu'elle s'est en plus engueulée avec son père la veille, et me pousse hors du tram quand nous arrivons à destination. Je tente plusieurs fois de la relancer sur le sujet, mais elle finit par s'énerver et me faire comprendre qu'elle ne veut pas et ne tolérera pas que je m'immisce dans toute cette histoire.

Je trouve que c'est un peu un comble, vu où elle m'emmène. Ce à quoi elle rétorque :

— Ouais, sauf que moi je suis pas paralysée par ce qui m'arrive. Alors que toi, tu fais une croix sur tout ce qui est fun.

Je ne trouve rien à répondre, parce que dans le fond, elle n'a pas complètement tort, même si ça me bute de l'avouer.

La boutique du perruquier est située en bout de rue, et je suis soulagée de constater que personne ne rôde autour, téléphone portable à la main, pour photographier tous les chauves de la société qui se donnent secrètement rendez-vous sur place.

Je crois que je n'ai jamais rien vu d'aussi laid, en termes de devantures. Derrière la baie vitrée sont clouées, sur une grande planche de bois laissée à nu, des dizaines de têtes en polystyrène qui pendouillent dans le vide. Des postiches y sont plantés comme des scalps cérémoniels, certains bombés à la mode des années 70, d'autres lisses et raides comme des rats morts.

Au sol, un tissu rouge parcouru de ficelle argentée tente d'insuffler un peu de gaieté à ce curieux tableau de chasse. Mais c'est raté : on dirait plutôt que le sang de têtes coupées imbibe le sol, et qu'on s'apprête à entrer chez un tueur en série fétichiste des cheveux.

— Je le sens mal... marmonné-je.

— Oui, c'est moche, admet Anis. Mais on s'en fout, un magasin de chaussures c'est pas beau non plus.

— Ouais enfin, j'ai jamais vu de magasin de chaussures qui me donnait l'impression qu'on allait m'égorger.

— Tu connais pas les bonnes adresses.

Elle me pousse d'une main dans le dos, ouvre la lourde porte de l'autre, et me propulse à l'intérieur sans ménagement. Une cloche au plafond annonce notre arrivée dans la boutique en couloir, qui est donc aussi flippante que je l'imaginais. Anis m'empêche de faire demi-tour ; je lui colle un coup de talon dans le tibia, elle me shoote le mollet.

— Mais aïe !

— Attends, je te dis !

— C'est flippant, on se casse !

— Sois pas...

— Bonjour.

Une jeune femme passe la tête depuis le sol, juste derrière le comptoir, et nous étourdit de son sourire extrabright. Queue de cheval tirée qui lui tombe jusqu'aux fesses : elle ne porte pas de perruque, c'est certain. Et je ne sais pas pourquoi, je ne trouve pas ça rassurant. Je veux dire... quand on va chez le coiffeur, on s'attend à être reçu par une personne qui n'aurait pas lâché une grenade dans sa tignasse pour se coiffer le matin, non ? Bah pareil avec mon perruquier. Je m'attends à être reçue par une chauve qui porte ses propres produits. Pas par Miss Occitanie.

Elle extrait son corps avec grâce de la petite cave où elle était cachée, et nous rejoint, les joues roses et les yeux rieurs, les mains dans les poches et l'air décontracté.

— Qu'est-ce que je peux pour vous, mademoiselle ?

Elle s'adresse directement à moi, et je me sens soudain mal. Merde, est-ce qu'elle a immédiatement reconnu l'imposture que je porte sur la tête ? Est-ce si flagrant pour qui sait quoi chercher ?

— Pas de panique, me rassure-t-elle comme si elle lisait dans mon esprit. Votre amie a les tempes rasées, et vous avez exprimé l'envie de vous enfuir. J'en ai tiré mes petites conclusions.

Elle est à deux doigts de me lâcher un clin d'œil de connivence, moi au bord de la syncope. Elle m'a entendue dire que son magasin était flippant, oh bon sang, c'est horrible.

— Mon amie a acheté sa perruque en ligne, intervient Anis, et je pense qu'elle n'est pas à la bonne taille.

La perruquière me demande d'un regard si elle peut toucher mes cheveux, et j'acquiesce, le corps soudain en coton. Je jette un dernier regard vers la porte et soupire de soulagement quand je vois qu'elle est protégée des regards indiscrets par une bâche brun moche.

Miss Occitanie bouge légèrement ma perruque sur ma tête, passe ses doigts au niveau de mes tempes, inspecte le filet cinéma par-dessus lequel repose ma frange.

— Effectivement, elle est un peu lâche. Vous voulez passer dans la zone d'essayage, le temps que je vous règle cela ?

— Euh...

Je réalise que je vais devoir enlever ma perruque devant des gens. Devant Anis.

— T'inquiète, me rassure mon amie. Il ne va rien t'arriver, je te promets.

Je la dévisage un instant, un peu perdue. Je sais qu'il ne va rien m'arriver. Je sais que je ne suis pas vraiment malade. Je sais que je n'ai rien, dans mon corps, qui va me foudroyer. Mais Anis va me voir le crâne nu. Peut-être qu'elle va rire. Peut-être, peut-être que ce sera la fin de notre amitié.

— T'es en train de paniquer ? me questionne-t-elle.

Je secoue la tête.

— Parce que je vais te voir sans perruque ?

Silence.

Anis soupire.

Puis elle me prend dans ses bras, et m'annonce qu'elle va m'attendre dehors. Mais quand elle fait demi-tour, je lui attrape la manche et lui marmonne de rester.

— Toute façon si t'en parles, je sais où tu habites...

Elle ricane.

On va se mettre dans la petite pièce dédiée. Avec mille précautions, la perruquière retire mon couvre-chef et...

— Hannnn ! s'exclame Anis.

Un frisson me parcourt la colonne alors qu'elle me dévisage à travers le miroir placé devant moi.

Pitié qu'elle ne m'insulte pas. Pitié qu'elle ne m'insulte pas. Pitié qu'elle ne m'insulte pas. Pit...

— Mais t'es trop MIGNONNE !

Mon cerveau fait un raté. De quoi ?

— Mais enfin t'es trop belle le crâne rasé comme ça, c'est super propre !

Je me passe la main sur ma boule à zéro, légèrement crissante, carrément glaciale privée de son bonnet de poils.

— Tu dis ça pour me faire plaisir ?

— Mais non ! On dirait Jada Pinkett Smith ! Enfin, sauf que t'es blanche comme un yaourt, quoi...

— Ouais... C'est facile quand ton mec c'est Will Smith et que t'as la quarantaine.

Anis n'a pas l'air d'accord.

— Je pense que c'est jamais simple. Mais en tout cas : t'es canooooon meuf ! Ça fait guerrière badass, je suis trop fan.

Je me surprends à sourire et, pour la première fois, m'observe vraiment dans la glace.

Guerrière badass, vraiment ?

Chapitre 18

J'ai la furieuse sensation qu'on m'a prise pour un jambon, mais je n'arrive pas précisément à mettre le doigt où, quand ou même juste comment.

Laissez-moi vous exposer les données de mon problème :

1) Nous sommes installés dans le bus en direction d'Europa-Park, qui file sur l'autoroute depuis maintenant un quart d'heure, éclairés seulement par les veilleuses du couloir pour ne pas déranger les dormeurs. Information subsidiaire d'importance : il est 07 h 30, et il fait nuit comme dans un four.

2) Anis, qui n'était pourtant pas loin de me faire du chantage affectif pour que je vienne, n'est pas assise à côté de moi. Non. Elle est installée juste derrière, avec *roulement de tambour* : mon frère. Et je peux vous dire que ça roucoule sec là-derrière, en mode je te hais moi non plus, et qu'ils se balancent tellement de vents à la gueule qu'on devrait leur coller une éolienne portative dans le dos.

3) Profitant de ma solitude évidente, Louis a réquisitionné d'autorité le siège à mes côtés, et tente depuis notre départ toutes les approches de drague possibles, qu'il a certainement apprises dans un bouquin du style « La drague pour les nuls » ou « Insister jusqu'à ce qu'elle cède ».

Ce qui nous donne, si je pose l'équation : groupe + abandon = mauvaise compagnie, ou quelque chose du genre.

— T'as déjà visité Paris ?

Je roule des yeux si fort que je les soupçonne d'avoir fait 360 degrés quand ils se posent à nouveau sur Louis. Sérieusement ? Sérieusement ?! Mon gars, je suis française, d'où tu tentes de me draguer à coups de monuments phalliques ?

Oui, je suis allée à Paris. Non, rien de romantique ne résonne en moi quand j'y pense. Le métro sent la pisse, j'ai dû apprendre à slalomer entre les crottes de chien, on m'a volé mon appareil photo et j'y ai mangé les pires croissants de ma vie. Que dire de plus, si ce n'est que la tour Eiffel est gâchée par le furoncle de la tour Montparnasse juste derrière, et que l'air de la ville m'a déclenché une crise d'acné comme je n'en avais jamais fait de ma vie ?

Ouais. À bien y penser, cette ville colle parfaitement à l'image que je me fais de Louis. Se prend très au sérieux, concentre toute l'attention sur un ou deux aspects de sa personnalité, et le reste n'est que déception.

— Je voudrais dormir, Louis... je soupire pour la troisième fois.

— Quoi ? Mais non, allez, c'est excitant ! Dans le noir, juste nous, avec ce qui nous attend aujourd'hui... !

Anis et Christophe lâchent des rires étouffés dans mon dos, et j'entends des bruits humides qui me font frémir. Putain de mauvaise idée de venir. Oui, ma perruque tient maintenant fermement sur ma tête. Mais non, je n'ai pas l'impression que je vais passer du bon temps. Il y a même moyen que je finisse en prison avant la fin de la journée, parce que si Louis continue, je vais ouvrir la porte du bus et le jeter sous les roues de notre véhicule.

— Justement, je me suis levée tôt et...

Il m'attrape la main.

J'en perds mes mots et mon estomac atterrit dans mes chaussettes.

Ce con m'a attrapé la main ?!

Je l'arrache aussitôt, envoyant mes phalanges cogner douloureusement contre la vitre.

— Mais ça va pas, non ?!

Les bruits humides s'arrêtent. Je devine Louis écarquiller les yeux devant ma réaction qu'il juge, apparemment, disproportionnée.

— Je voulais juste...

— Tu t'es demandé si j'étais d'accord, avant ?!

Son sourire s'efface et ses sourcils se froncent. Je crois qu'on va en venir aux mains, et je réfléchis à ma meilleure stratégie pour le mettre hors d'état de nuire – certainement quelque chose de l'ordre des pouces plantés dans les orbites – quand une ombre qui remontait l'allée s'arrête devant nous :

— Louis ? murmure Jacob. Je peux te demander un service ?

Le connard-tactile me lance un dernier regard assassin avant de se concentrer sur son pote :

— Ouais, quoi ?

— On peut échanger nos places ? Amaury et Cindel se sont installés juste devant moi, et c'est dur à gérer.

Louis soupire et passe sa main dans ses cheveux artistiquement bouclés.

— Bien sûr, avec plaisir. Gaffe avec ta nouvelle voisine, apparemment elle apprécie pas qu'on soit courtois.

— Courtois, mon cul, répliqué-je.

— Très élégant.

Il se lève et cède sa place, je lâche un soupir soulagé quand Jacob s'y laisse tomber, les mains dans les poches de son jean et un sourire en coin sur le visage.

— Je viens de lui sauver la vie là, non ? me demande-t-il.

— Pas loin, oui.

Il ricane. Moi, je me sens un peu fébrile parce que l'adrénaline de ma confrontation avec Louis n'est pas encore retombée. Bon, ça, et le fait que la lumière tamisée donne à Jacob un charme à me faire prendre feu. Je sais qu'à dix-sept ans on a les hormones qui nous travaillent et tout ça. Je ne m'attendais juste pas à ce que ce soit aussi... intense ?

— Désolée pour Cindel et Amaury, ça doit pas être super agréable.

Il hausse les épaules et se tourne vers moi, croisant les jambes :

— Bof, franchement, ça m'embêtait au début, mais ça m'est vite passé. Il faut croire qu'on n'était pas faits pour que ça dure.

— Vous étiez ensemble depuis longtemps ?

— Depuis mai. Mais on ne s'est pas trop vus pendant les vacances, rapport à mon accident.

— Ah ouais ?

— Ouais. Apparemment, ça n'est pas drôle de sortir avec un gars qui a un plâtre.

— Première nouvelle. C'était pourtant son unique occasion de te battre à la course.

— Quelle opportunité gâchée.

— Je ne te le fais pas dire.

Il ricane, étouffe un bâillement, puis me demande dans la plus grande décontraction :

— Et toi ? Un copain que t'as laissé derrière dans le Sud ?

Sa question me prend tellement au dépourvu que j'en lâche un éclat de rire par le nez des plus inélégants. Moi ? Un copain ? Et dans le Sud, qui plus est ? Jamais un mec de mon ancien lycée ne se serait approché de moi à moins de vingt mètres, avec mon crâne dégarni et ma réputation de looseuse. Sans compter Christophe qui menaçait de frapper tous ceux qui me cherchaient trop... Non. Non, ma vie amoureuse est aussi fascinante qu'un documentaire sur la reproduction des moules à Cancale.

— Quoi ? J'ai dit une connerie ?

— Nan, nan, du tout. Pas de mec, clairement pas.

— Une meuf ?

Il a l'air étrangement inquiet quand il me pose cette question, et j'ai la sensation qu'il jette un regard rapide à Anis depuis l'interstice entre nos sièges. Mais dur à dire, avec cette lumière de chiotte.

— Non plus.

— Oh, je vois. Nous avons donc affaire à un spécimen de romantique pure et dure. Qui attend de rencontrer l'homme parfait, et tout ça.

— Voilà. Faut qu'on me demande en mariage direct, avec engagement sur trois gosses, vingt ans de vie commune et minimum deux hypothèques pour me draguer.

— Si Louis avait su ça...

On rit comme deux cons. Je ne sais même pas ce qui est drôle dans ce qu'on raconte, mais je me sens fébrile.

Dehors, le ciel se pare doucement de rose alors que l'aube pointe enfin le bout de son nez, donnant des allures spectrales aux champs recouverts de brume que nous traversons. C'est beau, triste, et un peu effrayant.

Il nous reste moins de trente minutes de route, que je passe à discuter avec Jacob.

La journée se présente bien.

***

C'est un cauchemar, je suis débile, et je mérite de souffrir.

Voilà, c'est dit.

Nous sommes arrivés au parc, qui est absolument gigantesque. Et dès le premier pied posé sur le parking, je regrette à nouveau ma décision de venir. L'un des grands huit longe la gigantesque file pour rejoindre l'entrée, et au fur et à mesure que nous progressons dans sa direction, je sens mon estomac se rapetisser pour s'enfuir directement par mon cul.

Toutes les deux minutes, le vrombissement du manège nous assourdit, ponctué par des hurlements dignes des meilleurs films d'horreur de la Terre. Heureusement que le trajet est couvert, parce que ça doit pleuvoir du vomi là-dehors.

Qu'est-ce que je fais là, putain ?

Jamais ma perruque ne supportera l'un de ces manèges. Je n'ai jamais rien vu, rien approché de tel. Je doute même que des vrais cheveux, bien implantés à la racine, résistent à cette machinerie du diable.

Je suis déchirée entre mon envie de me jeter dans la file d'attente pour tester un de ces manèges, et voir si la vie me quitte en chemin. Et une impulsion presque physique de dégainer mon téléphone, appeler mon père, et le supplier de venir me chercher. Quarante-cinq minutes de trajet. Une heure et demie aller-retour. Il ne sera pas content, mais il le fera. Oui, oui... ça peut le faire. À dix heures je serai rentrée, et on pourra se faire un petit déj d'ogres devant ses pubs fétiches à la télé, en pyjama et à l'abri.

— N'y pense même pas, grogne Anis en m'attrapant le bras.

Elle s'agrippe à moi et m'empêche de mettre mon plan à exécution.

— C'est une mauvaise idée...

— Absolument pas. C'est une super idée. Regarde, on est tous surexcités à l'idée d'être là ! Arrête de stresser.

— Tu comprends pas.

Elle s'arrête et me force à l'imiter, toujours suspendue à mon bras, créant un embouteillage dans la file des visiteurs pressés. La foule se fend en deux pour nous contourner, des dizaines et des dizaines de regards courroucés se fixant sur nous à leur passage.

— Écoute, m'ordonne Anis. Tu as le droit de vivre, Emma. Ta vie ne s'est pas arrêtée avec ce qui t'est arrivé, d'accord ?

— Je sais, je ne dis pas que...

— Tu veux vraiment rentrer ? Sans même y mettre un pied, sans même tester ?

— C'est plus sûr.

Elle me lâche, et son regard se durcit un peu. Les gens nous contournent comme si nous étions un rocher au milieu d'une rivière.

— « Plus sûr »... Emma, je t'adore, vraiment. Tu es drôle, plus que je ne le pensais, sympa, mais t'es une putain de lâche.

— Pardon ?!

— Ouais. Une trouillarde. Et j'ai pas envie d'être la pote relou qui te force à faire ce que tu ne veux pas faire. Donc si t'as envie de rentrer, tu fais ce que tu veux. Mais moi, je vais pas me priver parce que t'as décidé de faire machine arrière.

— Je te l'ai jamais demandé.

— Non. Mais c'est sans doute ce que ferait une bonne amie. Et je ne serai jamais cette amie-là, Emma. Celle qui te laisse te complaire et te morfondre dans la piscine de seum dans laquelle tu te noies, qui va te réconforter dès que les choses deviennent un peu difficiles et t'emballer dans du coton pour s'assurer que tu ne te cognes jamais à la vie. Donc je vais rentrer dans ce parc, m'amuser, bouffer toutes les saloperies frites que proposent les Allemands. Et je vais te foutre la paix pour la journée.

Elle me serre dans ses bras, me plaque une bise, puis me laisse en plan et reprend la route vers l'entrée.

— J'espère te croiser dans le parc, Emma.

Elle se fait absorber par la foule, me laissant seule, stupide, engloutie par le monde et par mes sentiments.

« Se cogner à la vie. »

Comment est-ce qu'elle peut dire ça ? Comme si je n'étais qu'une petite chose fragile effrayée par son ombre ?

Est-ce qu'elle a seulement conscience d'à quel point j'ai souffert, par le passé ? De comment je suis passée à un cheveu de ne pas me relever ?

Je suis tellement abasourdie par la violence de ce qui vient de se passer que je n'arrive même pas à en pleurer. Je reste là, débile, plantée devant le tapis de marche qui se déroule sur des kilomètres, incapable de prendre une décision, à juste apprécier chaque inspiration et chaque expiration.

— Tout va bien, Emma ?

Jacob.

Depuis combien de temps est-il là ?

Je n'arrive toujours pas à bouger, je me contente de l'observer, coincée dans un cycle sans fin de questionnements.

— Je ne sais pas de quoi vous parliez avec Anis, mais... ça avait l'air intense. Ça va ?

Je parviens à hocher sporadiquement la tête. Un coup. Deux coups. Je reprends le contrôle de mon corps.

— Je ne suis pas très fan des manèges à sensations, m'avoue-t-il. Je pensais faire une journée un peu soft, sans trop me prendre la tête. Mais je crois que les autres sont partis en mode full guerriers de la gerbe.

Il parvient à me tirer un sourire.

— Pareil, j'arrive à croasser.

Il me tend son coude pour que j'y glisse mon bras, et je m'accroche à lui pour aller de l'avant.

— Full guerriers de la gerbe, hein ?

— Je l'ai trouvée plutôt fine, cette formulation.

— J'irai pas jusque-là.

— Tu veux m'en parler ? me propose-t-il.

J'observe son profil tandis que nous avançons. Lui regarde droit devant nous, la mâchoire serrée et le bout des oreilles rouges. Le froid, ou la gêne, je ne suis pas certaine.

— Non. Engueulade entre copines, rien de particulier.

— OK, se détend-il. Alors, qu'est-ce que t'as prévu de faire aujourd'hui ?

— Je ne connais pas du tout le parc, je pensais suivre un peu le mouvement, mais...

Jacob me secoue doucement le bras.

— T'inquiète, je le connais comme ma poche.

Il agite un plan devant mes yeux. On retrouve notre bande à l'entrée et, quand Anis me voit, elle contient un sourire et fait comme si de rien. Une fois les portes passées, le groupe se scinde et je suis rassurée : tout le monde y va de son petit programme, par paire ou trio, sans que ça ne semble étrange ou ne bloque qui que ce soit.

Christophe nous fait un petit check de la tête, et je le rassure d'un signe : tout est sous contrôle. Avec un sourire de gamin, il rejoint Anis et Jason pour se diriger, je devine, vers les manèges les plus violents.

— Viens, me chuchote Jacob. On se casse avant que les autres ne nous repèrent.

Il m'attrape par le coude et on s'écarte en catimini.

— Hé, Jacob ! crie l'un des potes de Louis. Vous venez avec nous ?

On échange un regard.

— Fonce ! gueule Jacob.

Il m'attrape par le poignet et on se met à courir comme deux zinzins, au travers du parc décoré avec une telle avalanche de boules rouges et dorées, de guirlandes de lumière et de sucres d'orge qu'on pourrait aussi bien se trouver dans un sapin de Noël. Rapidement, on dépasse le gros de la foule et on s'arrête, le souffle un peu coupé pour moi, la pleine forme pour mon flamant rose qui a vraisemblablement bien récupéré depuis son accident.

— Ça va ? me questionne-t-il.

Je m'assure que mon bonnet est bien en place, la Précieuse en sécurité dessous, puis pose mes mains sur mes genoux. À quel point ça pèterait l'ambiance si je crachais un de mes poumons, là, tout de suite ?

— Nickel, je décide de mentir.

Il se fout carrément de ma gueule, une grimace narquoise sur le visage.

— Je te rappelle qu'on n'est pas tous champions de course, je grogne.

— Nan, mais championne de natation, je pensais que tu pouvais gérer un petit sprint à la volée.

Il se fige. Je me fige. On est à l'un de ces moments charnières dont parlent tous les romans. Soit je gueule. Soit je laisse filer.

Je choisis cette dernière option :

— Bah la prochaine fois on s'échappe par la rivière, et je te fous la pâtée de ta vie.

Jacob sourit, et le combo dents blanches un peu de traviole + fossettes + nez rouge me met presque K.-O. Nous commençons par faire le tour du parc avec le train aérien, et je suis abasourdie par l'étendue et la diversité des attractions proposées. J'ai déjà fait le parc Astérix, Waikiki, ce genre de trucs. Mais rien ne m'avait préparée à ça – même

Disneyland à côté me semble un peu fade, tant chaque détail ici est travaillé.

OK. La présence de Jacob à côté de moi rajoute sans doute pas mal niveau féérie, je dois l'avouer. Il détaille avec enthousiasme chaque manège devant lequel nous passons, chaque quartier du parc et de quel pays d'Europe il est inspiré, et nous finissons par rejoindre la Hollande, et l'attraction des Pirates de Batavia que Jacob a subtilement évoquée durant la moitié de nos premières vingt minutes à discuter.

— Tu risques d'être un peu mouillée, s'inquiète-t-il alors que nous nous apprêtons à monter dans la barque après avoir traversé des décors somptueux.

Je freeze :

— Mouillée comment ?

— Quelques gouttelettes. Ça ira ?

Je fais une grimace.

— ... je suis pas en sucre. Je sors même quand il pleut, hein. Tant que personne ne me jette à l'eau.

Jacob se met sur la pointe des pieds et regarde autour de nous ; je repère bien sûr les filles juste derrière qui le dévisagent comme si elles planifiaient de le kidnapper et de le fourrer dans leurs sacs pour le ramener à la maison. L'une d'elles me détaille même des pieds à la tête, et je fais de mon mieux pour l'ignorer. De toute évidence, je ne passe pas le check de sexabilité.

— Tu fous quoi, là ? je demande à Jacob.

— Je m'assure que Louis n'est pas dans le coin.

— Sale con.

Il rit, et me fait une révérence pour que je m'installe sur le banc de la barque avant lui. Quand il se glisse près de moi, il penche son visage très près du mien et me chuchote à l'oreille :

— Mais promis, si tu tombes, je plonge te récupérer. Je voudrais pas laisser une championne de natation se noyer, ce serait embarrassant.

Il recule, je ne trouve toujours pas quoi répondre. On était littéralement à quelques millimètres l'un de l'autre, ses lèvres à un *duckface* des miennes, nos yeux si proches que nos cils ont certainement dû fricoter. J'ai le cœur qui bat à toute blinde, assourdissant, étouffant tous mes sens.

Nous passons la matinée à nous chercher, et je pense pouvoir assurer sans me tromper qu'il flirte avec moi. Soit ça, soit c'est le gars le plus friendly de la Terre et il faudra que quelqu'un lui explique son pouvoir sur les gens, parce qu'on a déclenché des guerres pour moins que ça.

Mais à la limite, ce n'est pas ça, le plus surprenant. Non, le plus surprenant, c'est que je suis très à l'aise avec lui. Il est drôle, avec son rire de hyène et son humour pince-sans-rire, et on partage la même passion pour la pop culture, MCU en première place. À vrai dire, je suis encore plus calée que lui. On discute de tout, surtout de rien, on enchaîne les manèges avec plus ou moins de succès, on mange des churros en se réchauffant les mains sur les papiers gras.

Et je passe sans doute la meilleure journée de ma vie.

Des churros, des manèges et un garçon.

Il faut croire que je suis une fille simple, après tout.

En milieu de matinée, je reçois un SMS d'Anis qui s'excuse de ses mots durs. Elle me demande si je m'amuse, et ce que je fais.

— Ah ! sourit Jacob. Tout est bien qui finit bien.

— Ouais. C'est l'occasion ou jamais, si tu veux te débarrasser de moi.

Je secoue mon téléphone devant son nez, lui laissant une échappatoire. Je ne suis pas teubée ; je comprends bien qu'il ne fait aucun manège pour ne pas me laisser tomber.

En guise de réponse, il se saisit de mon téléphone, en active l'appareil photo et m'attrape par les épaules, me collant à lui. Sur les premiers selfies qu'il prend, j'ai l'air d'une chouette éblouie par un spot industriel.

— Allez, souris ! se moque Jacob.

Je m'exécute, rouge de froid, de confusion et de plein d'autres choses, puis j'envoie le plus réussi des clichés à Anis en guise de réponse. Jamais de ma vie je n'effacerai aucune de ces photos, je vais même monter un autel à leur gloire dans mon armoire ou un truc du genre.

— Euh...

Jacob, qui scrollait au travers de ma galerie pour récupérer les images, devient soudain très rouge.

Minimoment de panique où je me demande si une photo de ma perruque pourrait me trahir – ce qui prouve quand même à quel point je peux être con, parce que mon téléphone n'approche ni de près ni de loin ma calvitie et je le sais très bien.

Et puis, il me tend l'écran.

Je manque mourir de honte / de rire devant la réponse d'Anis.

— Quoi ? je ricane sans parvenir à regarder Jacob. T'aimes pas la ratatouille ?

Une myriade, que dis-je ! Une armée d'émojis aubergine, gouttelettes, abricot et visage en sueur s'affiche sur mon téléphone. Il nous faut quelques minutes pour surmonter notre gêne, sûrement même un peu plus pour moi parce que mon esprit d'adolescente frustrée blindée d'hormones se demande jusqu'où ils sont déjà allés, avec Cindel.

À midi, nous prenons la direction de la Norvège pour rejoindre le groupe et manger un morceau. C'est là, alors que nous flânons autour d'un lac artificiel, au milieu des décors de contes et de Noël, qu'il me parle de sa famille. Mon père m'avait dit que le sien avait quitté sa mère ; il ne connaissait vraisemblablement qu'une petite partie de la vérité :

— Il a mené une double vie pendant presque dix ans, m'explique Jacob. Sans qu'on n'ait le moindre soupçon, ma mère et moi. Une autre femme, un autre fils. Un autre travail et même un autre nom...

Je reste silencieuse, complètement sur le cul. Pour moi, ce genre de choses n'arrivent que dans les films. Qui peut faire ça ? Aussi bien nerveusement que moralement que logistiquement ? Le niveau d'emmerdements que ça doit être, de gérer tout ça...

— Et puis ma mère a fini par se poser des questions. La régularité avec laquelle il s'absentait un week-end sur deux. Les vacances, pareil, séparées entre nous et son bénévolat. Jusqu'à ce que mon père laisse traîner – c'est vraiment débile – un ticket de caisse. Le truc con, insignifiant, même... mais avec un décompte de points de fidélité, alors que le magasin se trouve dans le Berry, où on n'a jamais mis les pieds.

— Bordel. C'est dingue, comme histoire.

Jacob lève la tête et tente de sourire, mais échoue tristement. Son souffle forme un nuage blanc autour de lui, et il enfonce ses mains dans ses poches avec conviction, avant de se tourner vers moi, le nez coincé dans son écharpe.

— Ouais. Carrément. Quand maman lui a demandé des explications, il lui a tout balancé. Comme ça, simplement. Deux heures plus tard, il était parti rejoindre son autre famille, sans me dire au revoir. Et je ne l'ai pas revu depuis.

— Pardon ?

— Ouais. C'est fou, hein ? Je veux dire... J'ai toujours senti une certaine distance avec mon père, tu vois ? On faisait un max de choses ensemble, mais je n'ai jamais senti aucune envie, ou aucune fierté de son côté. J'avais l'impression qu'il cochait des cases, et je me suis même demandé l'année passée s'il était pas sociopathe, avec un problème d'empathie qui l'aurait empêché de créer des liens avec moi, ou quelque chose. Quand j'ai eu mon accident cet été, il n'est pas rentré de son « séminaire » par exemple. Il m'a appelé vite fait un soir, et ça s'est arrêté là. C'est à ce moment que j'ai commencé les recherches en ce sens, parce que je me demandais si c'était moi qui pouvais... enfin, qui avais pu générer cette réponse non-émotionnelle, tu vois ?

Je vois surtout que cette histoire lui laisse le cœur écorché et l'âme à vif. J'acquiesce cependant, parce que ce serait insulter son intelligence que de lui dire qu'il n'est pour rien dans tout ça. Bien sûr, qu'il n'y est pour rien, et bien sûr qu'il le sait. Qu'une fille qu'il connaît à peine le lui soutienne ne lui apportera rien qu'un sentiment creux et dévastateur.

Je peux au moins lui épargner ça.

On avance entre des cannes à sucre de plusieurs mètres de haut, sans échanger un mot, pendant quelque temps.

— Ça m'a fait du bien d'en parler. Merci de m'avoir écouté.

Je lui souris.

— C'est normal. Je suis triste pour toi, c'est injuste.

Il hausse les épaules et s'ébroue soudain, comme pour chasser sa tristesse au loin.

— Ouais, mais c'est la vie.

Il tente un regard vers moi, avant de continuer :

— J'ai l'impression qu'elle t'a pas trop épargnée toi non plus, je me trompe ?

J'ai une drôle de sensation dans l'estomac. Comme s'il chauffait et se dilatait en même temps.

— T'en fais pas, reprend-il. Juste que tu saches... si un jour tu veux en parler, je serai là, OK ?

J'acquiesce, mais je sais que c'est un mensonge.

Jamais je ne pourrai lui dire que je suis chauve.

Chapitre 19

Le retour à la routine habituelle me donne presque l'impression d'avoir rêvé cette journée à Europa-Park.

Contrôles que je foire ; Cindel passive-agressive ; Louis en rut ; Anis trop honnête ; Christophe trop présent ; père trop comique ; mère trop coincée ; Jacob trop craquant. Ma vie est un enchaînement d'hyperlatifs.

Cela étant dit, trois choses me permettent de tenir la pression de l'échec de mon année scolaire :

1) Mes photos avec Jacob que je scrute religieusement tous les soirs, comme pour me persuader que ça m'est bel et bien arrivé.

2) La sortie scolaire qui est prévue dans quelques jours avec monsieur Kovac, et qui va nous faire manquer deux heures de maths, une heure d'allemand et, si tout se goupille bien, une heure de civisme.

3) Les cours de sport, parce que c'est ping-pong, que je ne risque rien avec ma perruque, et que je peux donc laisser libre cours à ma folie de compétition sous le regard enthousiaste de monsieur Schaeffer. Il faut dire que ça faisait des mois que je ne m'étais pas sentie aussi motivée pour quoi que ce soit.

Ce matin, on joue en double (parce que l'école n'a pas assez de tables à disposition, mais quelle SURPRISE...). Alors Anis s'est dévouée pour faire équipe avec moi. Comprendre : elle se met sur le côté et me laisse gérer toute seule l'équipe adverse.

On est en fin de mini tournoi, et je me retrouve confrontée à Amaury et Louis, que je surnomme les Cavaliers de l'Apocaloose. Amaury a clairement envie de me dépecer vivante, et je me demande avec quelle force je lui ai tapé dans les burnes pour que sa rancune soit si tenace. Louis persiste à me faire des sourires charmeurs et je me questionne vraiment sur son intelligence, parce qu'à un moment, pour qu'il n'imprime aucun « Non, jamais » ou « Arrête », c'est qu'il doit y avoir une défaillance neurologique quelque part.

— On va être cool avec toi, me promet Louis. T'es désavantagée, avec Anis.

Anis, installée en tailleur un peu plus loin, ne lève même pas la tête de son bouquin. Christophe et Jacob, debout derrière elle, se donnent des coups de coude et se racontent des conneries à l'oreille en regardant mes deux adversaires ; je souris.

— Merci, c'est sympa. Pour la peine, je vous laisse le service, les gars.

Amaury renifle son mépris.

Sert au ras du filet.

Je lui claque un revers qui envoie la balle lui exploser sa seconde couille.

— Put...

— Un pour l'équipe des filles, claironne le professeur.

C'est Louis qui sert pour leur deuxième essai. Comme je suis un peu sympa, je leur laisse croire le temps de quelques échanges qu'ils sont à mon niveau. Un, deux, trois, je croise le regard de Christophe, goguenard.

PAF.

Un smash, qui fuse à quelques millimètres de la raquette de Louis et envoie la balle se perdre dans le gymnase. Mes heures dans le jardin à Orange à battre papa et Christophe paient enfin.

— Ça, c'est ma sœur ! braille mon labrador de frangin. Laissez tomber les gars, j'ai beau tenter, je marque jamais contre elle.

— En même temps, ses bras font la taille de mes cuisses, m'agresse Amaury. Les anabolisants pour cheval, ça devrait disqualifier direct.

Seule Cindel se marre. Mais quand elle réalise que personne ne la suit, elle ravale son rire et se contente de se frotter les coudes. Amaury a le bon goût de rougir, encore plus quand le professeur lui indique de le rejoindre dans son bureau à la fin du cours.

Monsieur Schaeffer vérifie d'un regard que je suis en état de continuer, et je le devine surpris quand j'acquiesce, sûre de moi. Sérieusement. On a utilisé ma tête pour récurer des chiottes l'année passée. On m'a cognée avec des bouquins, on faisait des concours de lancer de boulettes de viande sur mon crâne.

Que le gars remarque que j'ai des muscles, seule partie de mon corps que j'ai activement travaillée, pour obtenir ce résultat précis, ça ne va pas me mettre à terre. Au contraire. Je les aime, moi, mes bras. J'ai bossé pour eux, j'ai souffert pour eux.

Je termine la partie et je les lamine, en bonne et due forme. Histoire de leur foutre la honte jusqu'au bout, j'annonce même le nombre de coups qu'il me faudra pour que je les batte avant chaque reprise. C'est Christophe qui finit d'ailleurs par gueuler des nombres en l'air au hasard, jusqu'à ce que Louis et Amaury partent, grands perdants, la queue entre les jambes.

— Si tu envisages la compétition, Emma, m'interpelle le professeur, n'hésite pas à venir m'en parler. On a un club très performant, en ville.

Et je crois que c'est là que je réalise, en fait.

Peut-être que rien n'est terminé.

***

— Toc toc ?

Je soupire et laisse mon livre tomber sur le lit.

— Ce serait quand même rudement plus efficace si tu toquais pour de vrai avant d'ouvrir la porte, tu sais ?

Ma mère ne se départ pas de son sourire, et se contente de se vautrer sur mon matelas en mode Vénus : sur un coude, ses longs cheveux bouclés en explosion sur son crâne. Si on demandait à des inconnus qui la croiseraient dans la rue quel métier ils l'imaginent exercer, je pense que 90 % des interviewés répondraient prof d'espagnol. Rapport à sa passion pour les fringues Desigual aux motifs criards un peu moches, et à la feutrine sous tous ses aspects.

— Comment tu vas ?

— Super. Comme tu le vois, je révise pour un contrôle de SVT qui va me rapporter, si je m'y mets vraiment de tout mon cœur, au moins un sept.

Le sourire de ma mère se fane un peu. Pas parce que je lui annonce une nouvelle catastrophe scolaire, mais parce qu'elle me sent tendue, encore et toujours. Elle est thérapeute, je l'ai déjà dit, et elle est même étonnement douée, de ce que j'en sais. Ce qui n'est pas très surprenant : je n'ai jamais rencontré quelqu'un avec un don d'empathie comme le sien.

C'est une vraie éponge émotionnelle, capable avant même qu'on puisse mettre les mots dessus de nous dire dans quel état nous nous trouvons. La première fois que je l'avais remarqué, c'était après le décès de mamie : elle avait accompagné mon père tout au long de son processus de deuil avec une perfection si chirurgicale qu'on aurait cru voir de la magie.

Elle avait aussi servi de tampon à mon frère et moi, pour que nous puissions nous-mêmes faire notre propre cheminement sans nous calquer sur celui de notre père. Je me demande, avec tous les efforts qu'elle a dû déployer, quand elle a eu le temps de le faire, son deuil à elle. Ses parents sont morts depuis longtemps, et elle connaissait ma grand-mère depuis quinze ans quand elle est décédée. Elle faisait partie intégrante de son monde.

Je me radoucis à cette pensée.

Mon père me disait que maman aussi avait beaucoup souffert avec ce qui s'était passé l'année passée. Et je sais que ce n'est pas une figure de style. Oui, tout parent doit sans doute trembler à l'idée de voir son enfant se faire harceler. Ma mère, elle, a dû en plus absorber toutes les émotions qui suintaient de mon mal-être.

Elle a d'ailleurs pris quelques kilos en l'espace d'un an. Cinq, selon ses dires. Dix, selon mon estimation personnelle – et les données enregistrées dans la balance connectée.

— On se concentrera sur les notes plus tard, d'accord, ma chérie ?

Je lui souris faiblement et pousse le livre de mon pied.

Mais je me sens coupable. Parfois, et je ne m'explique pas pourquoi, j'aimerais qu'on me pousse un peu plus, et qu'on soit un peu moins complaisant avec ma situation.

— Tu n'as pas chaud, avec ton foulard ?

— Non. Au contraire, c'est agréable.

Quand je ne porte pas la perruque à la maison, j'ai toujours un foulard enroulé autour de la tête. Comme ça, si des invités arrivent à l'improviste – et surtout si cet invité s'appelle Jacob – j'ai une excuse toute prête à leur servir : masque hydratant, huile de coco, bain de chaleur et tout le tralala girly des filles qui ont des cheveux. Ni vu ni connu.

Si Jacob a pu gober l'histoire du pubis Joconde – ou plus vraisemblablement le fait que je sois une femme-singe qui passe vingt minutes à se raser les jambes – pas de risque qu'il doute de ce mensonge-ci.

— Comment vas-tu, ces derniers temps ?

Ouch.

Depuis notre grosse engueulade, le dialogue est comme cassé avec ma mère. On a du mal à entamer les discussions, comme le prouve cette tentative foireuse pleine de creux et de poncifs.

— Merveilleusement. Et tu as vu comme le ciel est bleu ?

Le sourire radieux de ma mère, celui qui lui dessine plein de pattes d'oie aux coins des yeux, refait son apparition après des mois aux abonnés absents.

— C'est dur, hein ? remarque-t-elle. De réparer ce qui a été cassé ?

Je soupire et m'adosse à la tête de lit, ramenant mes genoux contre ma poitrine tant bien que mal.

— Ouais. Mais je pense pas que ce soit cassé, tu sais. Juste un peu rouillé.

Ma mère quitte sa position de sirène et se laisse tomber sur le matelas, les bras en croix et les yeux au plafond. J'hésite, quelques instants, et la rejoins, mes jambes dans la direction inverse, concentrée sur les fissures et tâches suspectes autour de ma lampe.

— Comment va Anis ? se lance-t-elle enfin.

— Je crois qu'elle fait semblant d'aller bien, et qu'elle a fini par s'en persuader.

— Elle se fait aider ?

Je nie d'un hochement de tête, puis réalise que ma mère ne peut pas me voir. Chiotte, je vais être obligée de mettre des mots sur tout ça :

— Non. Comme je t'ai dit, elle est certaine que ça va et qu'elle peut gérer. Difficile de demander de l'aide quand on ne voit pas qu'on coule, tu sais.

Maman grogne un OK.

— C'est triste, ce qui lui arrive...

Là, elle m'énerve un peu.

— Marrant comme ton discours a évolué, depuis la dernière fois qu'on en a parlé.

Elle se tend, mais n'attrape pas le gourdin géant que je lui offre pour m'assommer avec.

— Oui, répond-elle simplement. C'est fou, n'est-ce pas ? Comme les gens sont capables d'évoluer et d'apprendre de leurs erreurs.

Je me retourne vers elle, la faisant rebondir sur le matelas.

— Ah ! Donc tu admets que tu as commis une erreur.

— Oui. Non. Je ne regrette pas de t'avoir dit de te protéger.

— Mam...

— Laisse-moi finir. Je ne regrette pas de m'être inquiétée pour toi. Jamais. Je regrette la manière dont ça s'est exprimé.

Je garde le silence.

— Anis n'est en rien responsable de ce qui lui arrive, continue-t-elle. Aucune victime ne l'est jamais. Ce sont ceux qui outrepassent les consentements qui sont responsables. Mais les dégâts qu'ils occasionnent sont considérables. Et je ne veux pas que tu aies à encaisser de nouveaux coups...

Je me laisse à nouveau tomber sur le dos et me secoue pour repositionner le nœud de mon foulard qui me fait une bosse au niveau de la nuque.

— Mouais. On va dire que c'est mieux que rien.

— Tu sais, je connais plusieurs associations spécialisées dans ces questions de harcèlement. Est-ce que tu voudrais qu'on regarde ensemble ?

Nos regards se croisent au-dessus des bourrelets de ma couette couverte de fleurs bleues. Ça, c'est surprenant.

— Oui. Oui, je voudrais bien.

Retour du sourire à pattes d'oie.

— Et sinon, reprend ma mère d'un ton enjoué, comment va Jacob ?

Tout mon corps se tend comme si on tirait une ficelle. Le plafond me semble soudain à nouveau foutrement intéressant, et je lutte de toutes mes forces pour que le sang qui me remonte à la gorge et aux joues reste concentré dans mes orteils.

— Bah je sais pas. C'est plus à Christophe qu'il faut demander ça, hein. C'est lui son pote.

— Ah oui ?

Sur un dernier clin d'œil, elle se lève et quitte ma chambre.

Chapitre 20

Je ne sais pas vous, mais moi, avant chaque sortie scolaire, je suis prise d'une espèce de fièvre de « et si, et si », qui se termine invariablement en nuit blanche.

Après tout, il y a des faits, mesurables et établis avec une rigueur scientifique parfaitement irréprochable (bon, ou presque), qui ont mené à la rédaction de la « règle de sortie scolaire », dont les articles sont les suivants :

Article 1
En sortie scolaire, un couple toujours se formera.

Article 2
En sortie scolaire, un drame toujours se jouera.

Article 3
Si à ton crush tu ne parles pas, un.e autre le fera.

Article 4
Pire ou meilleur jour de ta vie cette date sera,
selon ton courage relatif à l'Article 3.

Voilà. Scientifique.

C'est ainsi que va le monde, et ce n'est pas moi, Emma, meuf lambda à perruque lambda, qui va le faire changer d'axe. Je dois donc, comme tout mortel, me plier à ces règles. Et bien sûr, la pression est forte. Très forte.

D'autant que mon crush à moi, c'est le crush d'approximativement tout le lycée, voire des lycées alentours. Que je cache un secret aussi gros que le crâne de Bruce Willis sous ma moumoute. Et que Jacob n'est autre que le meilleur ami de mon frère, ce qui complexifie quand même un peu la donne.

— Moi je dis, ça va se bécoter sévère... ! roucoule Louis sur le chemin vers le Vaisseau, le centre des découvertes des sciences et des techniques à Strasbourg.

Ça ricane et ça rougit dans la file des élèves qui se pressent sur le trottoir. Tous – on a tous – pensé à ces règles tacites qui vont régir la journée. C'est les *Battle Royal* du cœur, le point charnière de l'année où il faut tenter le tout pour le tout pour entamer une relation qui sera à son paroxysme en été. Aka la saison la plus sexy de l'année.

Je pars carrément avec un train de retard ; les autres filles de la classe se sont fringuées en bombes pour l'occasion : jupe courte, collants texturés, bottines à talons très hauts et très fins. Elles sont canons.

Rouges et grelottantes de froid, certes. Mais canons.

Perso, j'ai opté pour un pull à col roulé, une grosse veste et des bottes plates parce que [rayer les mentions inutiles] :

— je suis conne et je n'ai pas du tout pensé à me mettre en valeur ;

— je me dis que vu le sujet de la visite, ça ne sert pas à grand-chose de sortir la robe à paillettes ;

— j'ai encore assez d'amour-propre pour ne pas me foutre à poil et exécuter la danse de la reproduction devant Jacob.

Bon. Sans surprise, c'est un gros mix des deux premiers, que je tente d'adoucir en me mentant sur le point 3 (parce que les autres ne sont ni à poil ni en train de danser, juste plus sexys que moi et ça me bouffe).

Mais j'ai essayé de garder la tête froide ce matin, à défaut de me les peler cet aprèm.

Je veux dire... nous allons visiter une exposition dont le thème est la privation sensorielle. Une installation au cœur du Vaisseau, qui a pour objectif de faire vivre et expérimenter aux visiteurs ce qu'est la vie, au jour le jour, avec un handicap visuel. Ce qui veut dire que nous serons plongés dans le noir tout du long, et que plus le rapport longueur de jupe / de talon se rapprochera de zéro, plus on aura de chance de se ramasser la binette et de passer pour une tourte (Article 2 des règles de sorties scolaire).

Je n'avais juste pas réalisé que l'exposition en elle-même ne consisterait qu'en une partie de l'après-midi. J'ai la sensation d'être venue à la boum du collège en après-ski, c'est fabuleux.

C'est à ce moment précis que Charlotte, que je soupçonne d'avoir des antennes à détresse, m'envoie un message :

[Charlotte]
Gaffe dans le noir avec la *chose dont on ne doit pas prononcer le nom*. T'imagines, quelqu'un l'attrape sans faire exprès et part avec xD ?

Je remballe à toute vitesse mon téléphone. Trop de monde curieux autour pour que je prenne le risque de répondre

– et puis, pour répondre quoi ? Oui, je vis avec cette trouille au ventre tous les jours. Pas la peine de me le rappeler, même si c'est pour faire de l'humour...

— Ça va ? me demande Anis à mes côtés.

Elle aussi, elle a sorti le grand jeu aujourd'hui. C'est la première fois que je la vois se la jouer aussi classe : combinaison rouge, chaussures de cuir noir, rouge à lèvres assorti et tellement de Khôl sur ses yeux que leur marron habituel semble s'être transformé en ambre. Elle est phénoménale.

Bordel. Et moi, mon col me gratte.

— Ouais, t'inquiète, je la rassure. Je répondrai plus tard.

Anis fait un drôle de bruit avec sa langue, mi-aspiré mi-claqué.

— Cette meuf est toxique, Emma. Sérieux... je pige même pas pourquoi tu la tolères.

— Vous parlez de Charlotte ? intervient Christophe qui nous suit avec Jacob.

— Ouais, grogne Anis avant que je puisse répondre. Je dis à ta sœur de la virer de sa vie.

— J'en ai pas appelé aux votes, hein. Je suis encore assez grande pour savoir quoi faire.

— T'es sûre, minipouce ?

Christophe colle son coude sur mon épaule ; je lui flanque le mien dans le bide. Quand il est plié en deux, je le domine de bien trente centimètres.

— Qu'est-ce qu'on a dit sur la violence ?! s'énerve-t-il pendant que je m'éloigne.

Anis reste avec lui, à moitié morte de rire à moitié outrée. Jacob, lui, se place à mes côtés et fait un signe d'adieu à mon frère :

— Tu l'as cherché, aussi.

— Traître !

On ricane.

— Te traiter de minipouce, franchement... commence-t-il. Alors que tu fais au moins un mètre soixante.

— Soixante-trois, je le corrige.

— Voilà. T'es minimum un grand ficus.

— Il est de quel côté, ton rein préféré ?

Il préfère ignorer la menace, et dirige la conversation sur un terrain qu'il pense moins glissant :

— Charlotte, c'est la fille blonde qui est venue fin octobre ?

— Ouaip, la seule et l'unique.

— Elle est au courant pour ton frère et Anis ?

— Houlà non. Tant qu'il n'y a rien d'officiel, je le garde pour moi. Elle serait capable d'envoyer des tueurs à gages et de lancer une vendetta officielle contre ma famille.

— Eh bah. On en veut tous, des potes comme ça.

Le pire, c'est que je plaisante à moitié. Il va falloir que je la joue très, très fine, le jour où je vais briser le cœur de Charlotte... Parce que niveau munitions contre moi et ma famille, elle n'est pas en rade.

Un groupe de filles de la classe, toutes plutôt sympas, se précipitent dans notre direction alors que nous nous approchons de l'entrée du Vaisseau. Avec elles se trouvent Louis, Amaury et Cindel, comme des loups infiltrés au milieu de doux agneaux.

— Tu viens avec nous ? demandent-ils à Jacob.

Pas un regard n'est jeté dans ma direction.

Bon.

Je sais reconnaître quand je suis de trop. De toute façon, je sentais que je ne partais pas gagnante avec ces conneries de règles des sorties scolaires... J'ai perdu dès que j'ai enfilé mon col roulé. Stupide cerveau qui ne fonctionne pas au réveil, et foutue flemme qui m'a empêchée d'y réfléchir hier soir.

Je fais un salut de la main à Jacob, un signe des sourcils en mode « bon courage », et je rejoins la porte de l'exposition dépitée, défaite et passablement déprimée. De toute façon, c'est sans doute mieux comme ça. Je me retourne une fois, l'air de rien, pour voir Jacob avec un grand sourire, porté aux nues par ses potes comme le dieu grec et rabatteur qu'il est malgré lui. C'est bien simple : tous les gens cools de la classe gravitent autour de lui.

Christophe et Anis se joignent à moi le temps d'attendre notre créneau de visite, et je tiens une nouvelle fois la troisième roue du carrosse, ou autre expression consacrée. J'en profite pour répondre à Charlotte.

C'est notre tour d'entrer.

Des rideaux de velours rouge nous séparent de l'exposition, et une jeune femme toute vêtue de noir nous accueille, récitant un texte sans doute voulu captivant, mais qui me déclenche presque une crise d'angoisse.

— Vous allez vivre une expérience nouvelle, susurre-t-elle. Écoutez, touchez. Découvrez. Et surtout, ne vous inquiétez pas. Dans chacune des pièces à parcourir se tiendra, tapie dans l'ombre, une personne à votre disposition pour venir vous aider en cas de difficulté. Nous vous souhaitons une belle immersion dans le Palais des quatre sens.

Des personnes tapies dans l'ombre ?! Alors que nous, on ne verra rien ? Mais c'est quoi ça, le concours du discours le plus anxiogène de l'année ?

— Allez, viens Emma !

Anis m'attrape par le coude, et je freine des quatre fers.

— Euh, je t'avoue que...

— Je peux me joindre à vous ?

Je me cogne dans un torse dur et me prends une rasade d'eau de Cologne masculine qui me fait basculer direct dans un paradis olfactif inespéré.

— Jacob ? (Je regarde derrière lui.) Bah, tu restes pas avec les autres ?

Il hausse les épaules, un sourire presque timide lui rosit les pommettes.

— Bof. Sont chiants, ils vont faire les cons et on pourra pas profiter de l'expérience. Ça va ? T'as l'air d'avoir la trouille ?

Je me sens soudain très con.

— T'as pas entendu le discours de madame (je me tourne pour lui faire face) – pardon, madame, il est très bien mais un peu flippant quand même.

Elle m'ignore.

Jacob, lui, m'offre son bras et je m'y accroche en retenant mon souffle.

Anis a déjà rejoint Christophe derrière les rideaux et nous le traversons, Jacob et moi, sans trop savoir ce qui nous attend. Derrière, le niveau de lumière baisse progressivement jusqu'à ce que, bientôt, nous ne voyions presque rien.

— Wooh, chuchote Jacob à mes côtés. C'est... c'est impressionnant. Ça va, toi ?

Je déglutis un peu trop bruyamment, puis lui confirme que pour le moment, la crise de panique ne m'a pas encore tuée.

— C'est quoi, ces bruits ? je demande.

Je ne sais pas trop pourquoi nous murmurons. Je lui tiens le bras aussi fort qu'il le serre contre son flanc. Chaque pas est tâtonnant, chaque parole bruyante. J'ai l'impression de m'enfoncer dans un rêve et que je vais bientôt tomber du matelas et me réveiller en sursaut.

— Des bruits de circulation, non ?

Nous continuons de progresser dans un couloir. Puis nous nous retrouvons dans un espace plus évasé, incapables d'en deviner la taille. Tout n'est que pénombre et nous entendons partout autour le bruit de la ville.

— Il faut que vous traversiez.

La voix sur ma gauche me prend tellement par surprise que je lâche un hurlement strident qui fait presque tomber ma perruque.

— Pardon, s'excuse l'inconnu avec trop de rire dans la voix pour que je le crois sincère. Dans chaque salle, le responsable vous guidera dans l'exercice à mener. Traversez la rue. Continuez votre chemin.

— Traverser la rue ? questionne Jacob. Comment on fait ça ?

Silence.

Le gars doit sans doute passer un moment délicieux à terroriser tous les imbéciles qui passent par ici.

— Ok, avançons, propose Jacob.

À peine fait-il un pas qu'il manque se rétamer, je le rattrape de justesse avant qu'il ne s'étale je ne sais où, dans je ne sais quoi.

— Ça va ?

Il se met à rire.

— Ah ouais. J'aime déjà.

L'exercice est simple et en même temps d'une complexité à laquelle je n'avais jamais réfléchi. On se mange des poteaux. Je m'explose le genou dans une portière de voiture. Les klaxons couvrent le bruit des feux de signalisation. Une ombre nous bouscule, à un moment, et je perds Jacob. Je reste debout, débile, à me tenir la perruque d'une main, les yeux écarquillés comme si ça pouvait m'aider, et à tâtonner en direction de la voix de Jacob.

Quand nous nous rejoignons, je me mange son doigt dans l'œil, lui mon poing dans le menton, et nous explosons de rire comme deux cons perdus dans le noir.

— Je me permets, chuchote-t-il alors que je reprends mon souffle.

Et soudain, je ne ris plus.

Sa main se glisse contre la mienne.

Ses doigts, timides et tâtonnants, s'emmêlent aux miens et je suis estomaquée de la violence du frisson qui me parcourt. Glacial et brûlant.

Il a la peau douce. Il a les mains fraîches.

C'est la sensation la plus exquise que j'aie jamais ressentie, et je me demande à quel point le fait que nous nous retrouvions privés de la vue, à cet instant, impacte cette sensation.

— Toujours vivante ? me demande Jacob.

Je peux sentir dans sa voix qu'il est un peu troublé, lui aussi.

— Ou... oui.

Il resserre une fraction de seconde ses doigts autour des miens, comme pour me confirmer que tout ça est bien réel, puis nous repartons à l'aventure dans le noir. Une fois la route traversée, un nouveau couloir nous avale. Nous débouchons dans une forêt, et je frappe par réflexe le monsieur qui me souffle dans l'oreille d'attraper une pomme en suivant le chemin de gravier. Jacob en meurt presque de rire, moi je me répands en excuses face au vide.

Nous commençons à prendre de l'assurance ; s'enchaînent alors les espaces d'expérimentation. Un bureau. Une chambre. Un restaurant. Un bar. Je commence doucement à m'habituer à la présence rassurante de Jacob, à sa main dans la mienne, et à affûter mes sens pour avancer.

Alors que nous marchons dans du sable, avec le bruit de l'océan sur le côté, un souffle frais et salé sur le visage, je déguste le moment. Le pouce de Jacob trace des cercles sur ma paume, doucement, m'envoyant des décharges électriques dans tout le corps. Je ne veux jamais sortir d'ici.

Il aurait pu s'écouler des heures ou dix minutes depuis que nous sommes enfermés dans l'exposition tant je n'ai plus aucune notion du temps qui passe. Mais malheureusement, tout rêve a une fin. Quand nous quittons la plage pour le couloir suivant, je soupire de déception lorsque la lumière refait une douce apparition.

— C'était... c'était ouf, non ?

Je me tourne vers Jacob, dont je devine à peine les contours pour le moment.

— Tellement... J'ai adoré.

Une minute plus tard, nous sortons du Vaisseau par la porte arrière, où les autres élèves ayant terminé l'aventure patientent. Je ne comprends pas immédiatement pourquoi Anis trépigne, ni pourquoi Christophe affiche un smile à faire flipper le Joker, et puis...

Je réalise.

Jacob me jette un regard curieux, en coin, sans me lâcher la main. Comme une question, LA question, celle de l'article 1. Merde, c'est moi qui vais décrocher la récompense de l'article 1 ?

Je souris.

Il sourit.

Je crois que je sors avec Jacob.

Chapitre 21

— C'est lunaire ce que tu me racontes.

La voix de Charlotte m'arrive à moitié déformée dans le téléphone, et je l'entends farfouiller dans des pots en verre pendant que nous discutons. Pour l'avoir déjà vue faire, elle doit être en pleine séance de manucure du samedi. Le **bip* agressif de sa machine UV qui me transperce les oreilles toutes les trente secondes me laisse de toute façon assez peu d'autres options à envisager, à moins que Charlotte ne soit passée en mode full sorcière, et qu'elle fasse cuire Hansel et Gretel dans son four. Mais j'en doute, quand même.

— Je te jure ! C'était... c'était dingue. Et quand il m'a pris la main, j'avais des papillons dans le ventre. Et quand on est sortis, il...

— Tu lui as dit ?

La question me coupe dans mon élan, et me fait atterrir plus efficacement que la pesanteur le ferait d'un sac de béton.

— Ah... soupire Charlotte. À ton silence, j'en déduis que non. T'emballe pas trop, ma belle.

Je fais un 180 degrés sur mon lit, me calant le ventre sur le matelas.

— Non, non, je m'emballe pas, je...

— Franchement, je l'ai vu ton Jacob. Le gars, il lance un compte TikTok, il est repéré direct par toutes les agences de mannequinat de l'hexagone. Et en plus intelligent ? Et sportif ? Non. Ça pue. Ça pourrait être un pari, tu penses ?

— Mais de quoi tu parles ?

— Qu'il sorte avec toi. Je lui ai pas trop parlé, mais franchement c'est louche. T'as vu son ex ? Vous jouez pas vraiment dans la même catégorie. En fait, on dirait même pas que vous jouez au même jeu hahahahaha. Nan ! Nan attends, je crois que j'ai compris !

J'ai une boule coincée dans la gorge, et je ne sais même plus quoi répondre.

— En fait, il sait ! Il sait déjà que t'es chauve et que t'as une moumoute de cancéreuse ! Mais oui c'est ça ! Et il a fait le pari avec ses potes que tu lui diras avant de passer à l'acte. Meuf, s'il t'emmène dans sa piaule, tu la fermes, tu profites, et puis tu lui dis après hein. Histoire que t'y gagnes quelque chose, toi aussi.

— Bordel, mais Charlotte, t'es immonde !

Je peux sentir son enthousiasme se doucher à 800 kilomètres de distance.

— Oh ça va, c'est que du sexe, madame la timorée.

J'ai envie de gueuler. J'ai envie d'exploser. Pourquoi ? Pourquoi elle fait tout le temps ça ? C'est quoi, son problème, à la fin ? Est-ce qu'elle a besoin que les gens souffrent, pour avoir l'impression que sa vie vaut quelque chose ?

Je prends une grande respiration. Une deuxième. Et me dégonfle, comme toujours. Je ne suis pas conne. Je le sais, qu'elle est pas très saine, comme nana, et que *de facto* notre relation ne l'est pas non plus. Mais... mais Charlotte, c'est mon enfance. Le dernier fil qui me relie aux quelques chouettes années dont je me souviens avant que tout parte en couilles.

Alors, j'invente une excuse pour couper court. Je lui dis que ma mère a besoin d'aide pour les courses, et je raccroche précipitamment.

Un jour. Un jour, je lui dirai qu'elle me fait du mal.

Mais pas aujourd'hui.

***

J'ai l'impression d'être l'héroïne d'une de ces séries américaines, où la meuf tombe amoureuse du quarterback de son lycée, et vient l'encourager sur le podium lors d'un match interscolaire. Le petit ami parfait, yeux pétillants, dents blanches, cheveux gominés, lui lancerait alors un baiser brûlant depuis le gazon, ravivant la colère de toutes les filles autour.

Pour des tas de raisons, j'ai toujours trouvé ces séries connes. Déjà, parce que le principe « *good girl* vs *bad girls* » m'a toujours agacée, et semblé un (gros) brin paresseux, intellectuellement parlant. Ensuite, parce que je n'ai jamais compris ce délire des Américains avec leurs joueurs de rugby déguisés en armoires normandes, ou encore leurs guerres périscolaires à coups de défilés de pom-pom girls et de checks virils. Et enfin, je ne ressens pas le besoin d'asseoir ma relation au vu et au su de tous pour la rendre réelle. Ça me va, moi, la discrétion.

D'ailleurs, en ce qui concerne ce dernier point, c'est déjà un peu foiré. Bien sûr, notre classe présente à la sortie de l'exposition au Vaisseau nous a captés. Et après cela, il n'a fallu que quelques heures pour que touuuut le lycée soit au courant. Ce que je n'avais pas prévu, débile comme je suis, c'est que plus ton copain est dans le top de la liste « à choper », bah plus il est scruté.

Non. Je ne suis pas le crayon le mieux taillé de la trousse.

Bref.

Tout ça pour dire que je ne suis plus à un cliché près, et que je me trouve donc présentement sur un gradin, à encourager mon copain – et accessoirement mon frère, dans la même équipe – lors des épreuves de qualification d'athlétisme, et que Jacob vient de me faire le « coucou du copain » super embarrassant.

— Ça a l'air d'aller, pour vous, roucoule Cindel dans mon dos.

Je ne pige pas ce qu'elle fabrique encore ici, vu que son mec actuel n'est pas dans l'équipe d'athlétisme, qu'elle-même fait de la gymnastique et donc n'a pas, en toute logique, d'intérêt à être ici, alors qu'on se pèle les miches façon royale.

— Ouais, je grogne. Super. Et toi et Amaury ?

Elle hausse les épaules et se penche en avant, avançant sa tête au niveau de la mienne comme dans une reconstitution d'*Alien*.

— C'est fini. Il me trompait. Avec Céline de première C, tu te rends compte ?

Non. Je ne sais pas qui est cette Céline et, franchement, je m'en tape.

— Dur, je me contente de répondre.

— Ouais, surtout avec l'été qui approche. Je vais devoir me trouver un nouveau mec.

On enchaîne tellement de clichés que je me demande si on ne va pas être coupées par le générique d'un instant à l'autre.

— Bah euh... bonne chance.

— Hmmm, grogne-t-elle. Vous en êtes à quelle étape, avec Jacob ?

Cindel. Reine du lycée, et aussi de la subtilité de toute évidence.

— C'est super perso, comme question, pour une meuf avec qui j'ai pas échangé plus de trois phrases de toute l'année, tu ne trouves pas ?

Elle semble au premier abord surprise de ma réponse, puis son sourire se réchauffe.

— Ah, je vois. Vous en êtes au bisou-câlin, sans dépasser la... première base ?

MAIS ÇA SUFFIT LES MÉTAPHORES SPORTIVES AMÉRICAINES !

Jamais compris cette histoire de première base ! Selon les romans ou Webtoon, c'est soit le petit bisou mignon, la grosse pelle baveuse, voire carrément le pelotage sous les vêtements. Il me faudrait un glossaire clair, parce que je suis perdue.

— Encore une fois : trop intime, Cindel.

Elle ricane et saute sur le siège à mes côtés. Genre littéralement, comme une gazelle ou une princesse de conte de fées.

— Je suis surprise, continue-t-elle. Jacob a toujours été plutôt direct avec moi, et on n'a pas trop perdu de temps en préliminaires, si tu vois ce que je veux dire.

Oui. Je vois ce qu'elle veut dire, et je n'ai absolument pas envie de réfléchir aux implications derrière. Oui, je me doute que Jacob n'est plus vierge. Et oui, je le suis autant qu'il est possible de l'être. C'est déjà lui qui m'a dépucelée du tenage de main... alors pour le reste, forcément que je n'y suis pas encore.

Et puis quoi ?

J'ai dix-sept ans, toute la vie devant moi. Pourquoi je devrais me précipiter ?

— Je vois ce que tu veux dire. Par contre, je ne vois pas où tu veux en venir.

Elle ricane.

— Rien. Je vais juste récupérer mon mec.

Oh non. Non non non non non.

Non. Je ne vais pas me lancer là-dedans. Sérieusement ? C'est fini les années 90. C'est bon, là. Je soupire :

— Je ne sais pas trop ce que tu cherches à déclencher, Cindel, mais franchement : je m'en fous. Drague-le si tu veux, concrètement il ne m'appartient pas et s'il décide un jour de revenir vers toi, grand bien lui fasse. Mais bordel : respecte-toi un peu. On ne va pas se lancer dans une guerre débile pour les beaux yeux d'un garçon. En tout cas moi, j'ai autre chose à faire.

Je me lève et lui fais un salut de la tête, auquel elle ne répond pas, la bouche ouverte en une grimace sceptique, un tic nerveux au coin des lèvres, et un son inarticulé qui crépite depuis le fond de sa gorge.

Ça me saoule, qu'on réplique encore ce genre de schéma. Si Jacob me trompe un jour, c'est à lui que je péterai la gueule, parce que c'est lui qui aura pris la décision de me faire du mal. Je ne vais pas considérer toutes les femmes ou tous les hommes intéressés par mon copain comme des rivaux. Personne n'a ce genre d'énergie à disposition. En tout cas, pas moi.

Je déambule sur les gradins à la recherche d'une place à l'écart quand un éclair bleu attire mon regard. Je me contorsionne, mais pas de doute possible : Anis est là !

J'enjambe une rangée de sièges avec bien moins d'élégance que Cindel, bouscule un couple au passage qui m'assassine du regard, puis attrape les épaules de mon amie et lui crie « BOUH » dans les oreilles.

Elle ne sursaute même pas.

Au lieu de ça, elle se contente de me montrer son écran de téléphone : en mode selfie, elle a filmé toute ma périlleuse descente pour la rejoindre, avec la grâce d'un éléphant en rut.

— Ah ouais, grogné-je en m'installant.

— T'es la discrétion incarnée, se moque Anis.

Elle n'a pas tort, alors je décide de ne pas relever.

— Qu'est-ce que tu fous là ? Dehors, dans le froid, à regarder du sport ?

Anis rougit.

Anis rougit !

— Mais... Ça y est ?! C'est officiel ?

Elle rougit *et* sourit maintenant.

— Je dois t'appeler comment : belle-sœur ? frangine ?

— Arrête, arrête, me coupe-t-elle. C'est... officiel sans l'être. Il m'a proposé de venir le voir aujourd'hui, alors je me suis dit pourquoi pas.

— Hou hou ! Christophe qui prend une initiative, c'est assez nouveau ça.

— On est aussi doués l'un que l'autre. Avec un peu de chance, on aura avancé avant nos trente ans.

— Tu me dis si t'as besoin que ta future belle-sœur t'arrange le coup, hein.

— C'est glauque.

— « Emma, entremetteuse familiale. »

— Pire que glauque.

— Excuse-moi, mais tu es un super atout à notre branche génétique. Intelligente, et ça, on en manque chez les Martin, riche, on en manque aussi, de fric, et bientôt célèbre. T'es plutôt jolie aussi dans le genre grunge.

— C'est pas grunge, bordel.

— OK, OK ! Alors redneck XXIe. Mieux ?

— À peine.

La course de relais démarre enfin, et nous nous taisons quelques instants pour hurler nos encouragements à nos copains respectifs. Ils sont forts. Très forts, même : on dirait qu'ils volent sur la piste. J'ai déjà vu Christophe courir, bien sûr, et j'adore observer comme son corps se déplace et se transforme quand il est transporté par l'effort et la concentration.

Mais je n'ai d'yeux que pour Jacob aujourd'hui – désolée, frangin. Pour ses jambes musclées, ses bras fuselés, son visage tendu vers la ligne d'arrivée. Bon, pour ne rien vous cacher, il y a peut-être un côté voyeuriste en moi que j'ignorais, et qui se repaît du minimalisme des tenues de sport. Les shorts ne tiennent du vêtement que le nom : on dirait plus des slips très moulants, qui ne laissent plus grand-chose à l'imagination. Les tee-shirts leur collent tellement à la peau que je peux presque compter les tablettes de chocolat sur le torse de Jacob. Quant au reste de leur corps : rien ne les recouvre. Vraiment, c'est un festin pour les yeux.

— Tu peux arrêter de baver, me taquine Anis quand la course se termine.

— Ils ont gagné ?

— Sérieux ? T'as même pas compris comment ça fonctionnait ?

Je m'enfonce la tête dans mon écharpe et y cache mon sourire.

— Nan, j'ai juste arrêté de m'y intéresser quand Jacob a filé le relais à l'autre.

— ... L'autre ? Tu veux dire : ton frère ?

— Ouais, celui-ci, là.

Elle me colle un coup de coude dans l'épaule et glousse avec moi.

— Pourquoi tu ne m'as pas dit que tu venais ? je décide de la questionner après avoir fait tourner la question en boucle dans ma tête.

Je garde pour moi que ça m'aurait en plus évité l'échange désagréable avec Cindel. Si ça se trouve, Anis n'a juste pas envie qu'on soit tout le temps collées ensemble. Peut-être qu'elle trouve mon histoire avec Jacob chiante. Peut-être qu'elle me trouve chiante.

— Oh je... j'y ai pas pensé. Ça s'est fait sur un coup de tête.

Quelque chose dans le ton d'Anis me fait cesser ma spirale d'auto-apitoiement.

— Ça va, Anis ? Il s'est passé quelque chose ?

Tout son corps se contracte, ses mains attrapent ses coudes, sa poitrine disparait dans son torse, et sa nuque à angle droit vient briser sa silhouette comme une fracture.

— C'est… c'est compliqué.

J'ai vu juste.

Elle se passe une mèche bleue derrière l'oreille, me fuyant du regard. Je soupire et pose mes mains sur le banc – geste que je regrette aussitôt quand mon doigt s'enfonce dans une substance molle que je refuse d'identifier.

— Anis. Dis-moi ce qui ne va pas. Tu as été là pour moi, je veux l'être aussi. Qu'est-ce qu'il se passe ?

Elle se détourne et fouille dans son sac ; je crains d'ailleurs un instant qu'elle ne décide de simplement se lever et se casser, me laissant seule avec mes doutes et mes questions.

Mais non. À la place, elle me tend une enveloppe blanche, toute conne.

Dessus, un cœur tracé au stylo bille, et rien d'autre.

— J'ai trouvé ça dans ma boîte aux lettres, m'explique-t-elle.

J'ouvre l'enveloppe, tendue comme une arbalète, et en sors une lettre, illisible, couverte de ratures, de pattes de mouche et de cœurs. Des cœurs partout.

— J'ai été doxée, soupire Anis.

— Doquoi ?

— Doxée. Mes infos personnelles ont fuité sur le net, et ce gars est venu directement chez moi poser sa lettre…

Je lui rends l'enveloppe, inquiète.

— Anis, t'es sûre que…

Mais je n'ai pas le temps de finir ma phrase qu'elle s'est déjà levée, profitant de la fin officielle des épreuves pour prendre la fuite.

Chapitre 22

Pour fêter sa qualification aux championnats régionaux, l'équipe d'athlétisme a organisé au pied levé une petite sauterie, comme disent les vieux. Que de l'imprévu et du spontané – en même temps, ça ne se planifie pas une victoire ; c'est un coup à se coller la poisse.

Malgré l'ambiance festive, la soirée est en demi-teinte, parce que je n'ai toujours pas réussi à parler avec Anis de son problème de harceleur, et elle déploie des techniques dignes du GIGN pour m'éviter. Quand la course s'est terminée, elle a presque pulvérisé les records de l'équipe sur le terrain pour rejoindre Christophe et les autres, cherchant visiblement à mettre le max de distance possible entre elle et moi. Depuis, impossible de l'approcher sans qu'elle ne s'échappe comme de l'eau dans un bain d'huile.

Les petites amies du groupe ont été conviées à la fête, et cela fait donc deux heures que nous jouons à ce jeu du chat et de la souris débile, accompagnées de nos copains extatiques et complètement aveugles à ce qui se trame.

— Matez-moi ce cul musclé, mais MATEZ-MOI CE CUL MUSCLÉ !

Ça, c'est Jason qui hurle en pointant des deux mains les fesses de Christophe devant nous. Toujours moulé dans son mini-short, il improvise une série de génuflexion pour mettre en avant sa merveilleuse festulature (oui, néologisme de mon cru que je vous offre). Je fais semblant de vomir, Anis est à deux doigts de s'écrouler de rire devant le spectacle.

Mais ça ne prend pas avec moi. Je la vois, la lueur de panique dans son regard, qui se rallume quand elle pense que personne ne la regarde. Elle a la trouille, et à raison : un mec a trouvé son adresse, lui a écrit une lettre, qu'il a ensuite déposée chez elle. On flipperait pour moins que ça.

J'ai effectué des recherches sur comment tuer un homme, quand je pensais que Victor serait un problème. Ne me reste plus qu'à comprendre comment remonter la trace d'une lettre non signée, non cachetée. Mais il y a une centaine de romans policiers dans la bibliothèque de ma mère... Je finirai par trouver comment faire, si Anis accepte enfin mon aide.

— Ça va ? me questionne Jacob.

Je réalise que j'ai complètement zoné, perdue dans mes planifications de meurtre et de vengeance. Je serre sa main dans la mienne et lui souris :

— Oups, oui pardon ! Je pensais à Anis, elle a eu quelques petits soucis.

— C'est grave ?

Je dodeline de la tête, indécise.

— C'est pas à moi d'en parler, je décide de trancher. Mais je suis inquiète, en tout cas.

Jacob soupire, puis tire sur ma main jusqu'à la glisser dans la poche de son manteau avec la sienne. Ce qui nous rend rudement, rudement proches, tous les deux.

J'aurais une once de fibre poétique dans l'âme que je vous parlerais des nuages de nos souffles qui s'entremêlent pour former des volutes d'amour dans l'air. Ou encore, des perles de pluie glacées qui se sont posées sur les cils de Jacob, parant son regard de mille étoiles. Peut-être que j'évoquerais sa peau de nacre, son nez rouge, ou sa bouche vermillon. Ou que je vous chanterais la sérénade que ses boucles me composent sur son front.

Mais je ne me sens pas l'âme poète. Non. Ce soir, elle est fiévreuse.

Cette proximité me mange et me brûle le corps.

Les paroles de Cindel tournent en boucle dans ma tête, accompagnées des images de Jacob en train de courir. De son torse. De ses bras. J'ai l'impression que je n'aurai jamais assez de lui, et cette sensation fugace et passagère me terrasse, avant que mon cerveau ne lâche, réalisant sans doute que nous allions droit vers la folie.

— Très confortable, cette poche, je me contente de remarquer, espérant que Jacob n'a pas saisi le trouble qui m'habitait une fraction de seconde plus tôt.

— Et chaude, susurre-t-il à mon oreille.

Je frissone ; il ricane à quelques centimètres de moi, très satisfait de son petit effet. Le groupe arrive finalement sur la place de la cathédrale, et nous restons silencieux devant sa magnificence, alignés sur le parvis, la tête levée vers les étoiles et sa flèche orpheline. J'ai beau venir la voir religieusement toutes les semaines, sa beauté me subjugue toujours autant.

— Je suis content que tu sois venue, aujourd'hui, me chuchote Jacob.

— Me peler le cul pour te voir courir en minishort ? Ça valait carrément le coup.

Il éclate de rire, avant de se plaquer la main devant la bouche. Jason lui jette un regard courroucé, les autres restent dans leurs bulles. Alors, doucement, Jacob vient se placer face à moi, son visage auréolé par la rosace de la cathédrale, et il passe ses deux mains dans mon dos, me rapprochant de lui. Il ne force pas, ne tire pas, me laisse l'occasion de me dégager si je le souhaite. Je ne le souhaite pas. Alors, je noue mes bras autour de son cou, nous soudant presque l'un à l'autre.

Soudain, il ne fait plus froid du tout. On brûle, même, dans notre cocon intime.

— Tu es spéciale, comme fille.

— Gaffe, c'est ce que disent mes parents quand ils n'ont pas toute latitude pour dire que je suis un échec ambulant.

Son front est à quelques centimètres du mien ; mes joues, proches de l'autocombustion, doivent lui envoyer des vagues de chaleur dans les yeux.

— Non. Tu es spéciale. Géniale.

Son nez caresse doucement le mien. Je ravale un gémissement d'impatience avant qu'il ne franchisse mes lèvres, parce que ce serait gâcher inutilement ce qui m'attend.

Je le sais. On y est.

— Je peux ? me demande Jacob.

Son souffle me caresse les lèvres quand il me questionne, et je vous jure que jamais de ma vie je n'ai imaginé ou vécu ou rêvé de moment aussi intensément érotique et sexy.

Je hoche la tête, nos regards se croisent, il fonce sur moi autant que je décolle vers lui.

Quand nos bouches se percutent, je suis d'abord déboussolée. C'est froid et humide, et bizarre, mais une sensation brûlante se répand dans mon corps quand on recommence, plus doucement. Un éclair chaud me réveille, et je comprends que c'est sa langue, timide, qui vient toquer à ma porte. Alors, bien éduquée comme je suis, je la laisse entrer.

J'ai mal de plaisir des pieds jusqu'au nombril, j'ai envie de lui manger le visage, mais aussi de le couvrir de tout petits baisers. Je suis haletante et pleine de souffle, perdue et ancrée, et je flotte dans un océan en pleine tempête.

Jacob m'embrasse. J'embrasse Jacob.

Je n'ai aucune idée de qui fait quoi, de si je fais les choses bien, mais je m'en cogne. J'adore, je profite, c'est grisant et excitant.

Jusqu'à ce que ses mains quittent mon dos et remontent, doucement, inexorablement vers la barrière à ne pas franchir. Déjà, ses doigts glacés se posent sur ma nuque.

Je réagis instinctivement et le repousse de toute mes forces.

— Emma ?

Merde.

J'aurais tout donné pour ne pas avoir à supporter ce regard triste et perdu, et la lueur de gêne qui les traverse m'achève : il se demande s'il a bien compris. S'il m'a forcée.

Je lui prends les mains avant qu'il ne recule encore plus, et essaie de rattraper ce qui peut l'être de ce moment.

— Pas les cheveux, je murmure.

Quand il fait un pas vers moi, je suis rassurée. Il aurait pu carrément s'enfuir en courant, vu comme je l'ai envoyé bouler. Mais il semble curieux.

— De quoi ?

— Ne touche pas mes cheveux, s'il te plaît.

Il fait une drôle de tête, entre la grimace et le sourire, et je sens qu'il attend la chute de ma blague.

— Je sais, je suis bizarre, mais... mais ne pose pas de question, s'il te plaît. Juste... ne touche pas mes cheveux. Ou mon crâne. Ou ma nuque.

Cette fois-ci, il sourit pour de bon.

— D'autres zones interdites ?

— Non. Juste... pas les cheveux.

— Les sourcils, je peux ?

— Je peux tolérer un fétichisme chelou des sourcils.

— Les pieds ?

— On dérive vers le bizarre, mais pourquoi pas.

— Les joues.

— OK pour les joues.

Ses mains se posent en coupe sur ces dernières, ses pouces font des va-et-vient sous mes yeux.

— Les cils ?

— OK.

— La bouche.

— S'il te plaît, oui.

Il m'embrasse à nouveau, tout doucement, mon visage chaud dans ses paumes.

— Tu es une fille bizarre.

— Tu l'as déjà dit.

— J'adore ça.

La soirée continue, et nous passons de lieux touristiques en lieux touristiques, allons manger des tartes flambées, boire des bières et beaucoup de limonade. Si la nuit est fraîche, l'ambiance, elle, est chaleureuse. Alors que nous quittons le restaurant pour nous installer sur les quais, écouter de la musique et juste être tous ensemble, je parviens enfin à me rapprocher d'Anis. Un regard à mon frère et il déguerpit, me laissant la voie libre – dix-sept ans que je le pratique, je n'ai même plus besoin de parler maintenant.

— Tu m'as eue, grogne Anis.

— Eh ouais. Je suis une vraie chasseuse.

— Ouais ouais ouais, loveuse, surtout. Tu crois que je vous ai pas vus vous bécoter toute la soirée ?

— Tu fais diversion, là.

— Carrément. Alors, c'était aussi bien que tu l'espérais ?

— Mieux encore. Mais c'est pas le sujet.

Anis soupire et tape dans un caillou, l'envoyant valser contre la portière d'une voiture qui n'avait rien demandé.

— Oups, merde, grogne-t-elle.

— Anis... Est-ce que t'en as parlé à tes parents ?

Elle enfonce ses mains dans ses poches et s'obstine à éviter mon regard.

— Non.

— An...

— De toute façon, ils ne sont pas là. Mon père est en Suisse, ma mère quelque part entre Dubaï et le Qatar. Je me vois mal les appeler pour leur dire que j'ai un admirateur secret, ils vont me dire des trucs du genre « Mais c'est parce que tu es adorable, ma lapine » ou « Internet c'est dangereux. On coupe tout ».

— Ouais, enfin s'ils savaient pour les messages privés que tu reçois depuis des mois...

— S'ils savaient, on serait retournés à l'âge de pierre à la maison et ça, c'est hors de question.

On s'affronte du regard un instant ; qu'elle accepte de me parler me semble déjà être une victoire, alors je lui laisse remporter cette manche.

— Tu as pensé à porter plainte ?

Elle renifle.

— Pour quoi et contre qui ? Ça sert à rien, de toute façon.

— Je ne suis pas d'accord. Anis, il faut que tu fasses quelque chose, tu ne peux pas rester terrorisée, comme ça.

— ... facile à dire. Et je fais quoi ?

— Est-ce que tu m'autorises à t'aider ?

Elle hésite.

Elle hésite, et c'est douloureux d'attendre. Je ne peux pas la forcer, comme elle ne m'a pas forcée à entrer dans le parc. Je suis présente, je suis là, elle le sait : j'ai la main tendue. Maintenant, il faut juste qu'elle accepte de la prendre, et de se reposer sur quelqu'un d'autre.

— D'accord... Mais je ne vois pas ce qu'on peut faire.

Je me sens toute grande à l'intérieur, comme une version humaine du Tardis[5].

— OK, tu m'en voudras pas, mais j'ai parlé de ce qui t'arrive à ma mère...

— Emma !

— Oui bah désolée ! Depuis que j'ai vu cette photo, je vois des pénis partout !

---

5. Ou Temps À Relativité Dimensionnelle Inter-Spatiale, soit la machine à remonter le temps du Dr Who, la série de SF un peu dinguissime qui tourne depuis 1963 (!!).

— ... Pardon ?

Merde. Christophe et Jacob, qui n'étaient qu'à quelques pas devant nous, s'arrêtent soudain, les yeux ronds.

— Comment ça, tu vois des pénis partout ? grogne mon frère.

— C'est bon, Christophe, lâche-moi.

— Qui envoie des photos de son pénis à ma sœur ? C'est toi ?!

Jacob lève les bras en l'air quand Christophe l'accuse d'un doigt pointé.

— Wooh wooh wooh ! Jamais de la vie je ferais ça, hein !

Mais Christophe a bu la bière de trop (il n'en a pris qu'une, mais il a le métabolisme d'un chiot de trois jours) et s'est mis en mode « homme du XVIIIe », décidé à venger l'honneur de sa sœur qu'il traite pourtant d'idiote un jour sur deux.

— Calme-toi, s'énerve Anis. La photo n'était pas destinée à ta sœur, mais à moi...

Ça a le mérite de le faire redescendre de son cheval, qui partait déjà en croisade.

— Quoi !? Pourquoi Jacob t'enverrait une photo de son pénis ?

— Mais gars, arrête ! J'envoie la photo de mon pénis à personne. Il est bourré, ou quoi ?

— Un peu, j'acquiesce.

— Pas du tout ! s'énerve Christophe. Il se passe quoi, ici ?

Anis hésite. Elle hésite, vraiment, au moins dix bonnes secondes. Puis le barrage cède, ses vannes s'ouvrent, et elle lâche tout, dans un torrent d'informations décousues trempées de peur et d'inquiétude, habitée par des mois de stress et d'angoisse.

Les autres sont partis depuis longtemps, on ne les entend plus, on ne les voit plus, et on s'en fiche. Nous sommes tous les quatre, debout dans la rue, sous la lumière d'un réverbère en sale état, à côté de la voiture bugnée par Anis, devant des poubelles qui dégueulent leurs déchets sur la chaussée. Et on l'écoute, on la laisse nous raconter sa peine, la partager pour la première fois.

Quand elle a terminé, Christophe a dessaoulé.

— Qu'est-ce qu'on peut faire ?

Je répète :

— Il faut porter plainte.

— Ça me semble... difficile... soupire Anis.

— Non. On a regardé le protocole à suivre avec ma mère. Il faut juste s'y mettre et monter les dossiers.

Anis flotte toujours un peu. Sans doute parce qu'elle sait ce que je vais dire, maintenant :

— Et il va falloir prévenir tes parents de ce qui t'arrive.

— Nan, vraiment ça n'est pas...

— Tu es terrorisée, Anis. Juste pour ça, il faut que tu leur en parles. Ils ne vont pas t'en vouloir parce que tu t'es fait agresser.

— Qu'est-ce que t'en sais ?

— ... J'en sais rien du tout.

On commence à grelotter sur place, et on reprend doucement notre marche, sans but, serrés les uns contre les autres.

— Déjà, on va commencer par le commencement. Je reste chez toi ce soir, et on monte les dossiers demain.

Christophe et Jacob s'arrêtent simultanément.

— Ça va pas, non ? s'énerve Christophe.

— De quoi ?

— On va pas vous laisser toutes les deux ! Et si le gars revient ?

— Bah, on lui explose les couilles.

Anis ricane. Christophe se renfrogne. Jacob grimace.

— Emma... soupire mon frère. Je peux pas vous laisser faire ça.

— Mais on te demande pas ton accord, hein.

— Je reste avec vous.

— Et moi aussi, assène Jacob.

Je lève les yeux au ciel.

— Christophe, arrête avec ton complexe du sauveur, franchement c'est ridicule. Deux ou trois, ça change quoi ?

— Y a pas de complexe du sauveur, et me sors pas ta carte féministe. Tu serais mon petit frère que ce serait pareil, Anis serait un pote que ce serait pareil : je ne vous laisserai pas gérer ça à deux, pendant que je rentre chez moi me rouler dans ma couette.

J'échange un regard avec Anis – je vois que l'idée la rassure plus qu'elle ne l'inquiète.

— Bon, sourit-elle. Alors si je pige bien, c'est pyjama party ce soir ?

Je la serre rapidement dans mes bras, et on bifurque pour prendre la direction de son appart.

Jacob est déjà au téléphone avec sa mère.

Christophe, bon prince, me laisse l'honneur d'appeler nos parents pour les avertir que nous découchons ce soir. Avec nos copain et copine respectifs.

Ils vont adorer.

Chapitre 23

Un choc sur ma joue me réveille en sursaut.

Je reste quelques secondes hébétée, le cœur dans les oreilles et l'estomac noué, à observer ce plafond qui n'est pas le mien. Pas de fissures. Pas de tâches d'insectes écrasés. Du blanc, de la moulure, et une lampe (Dieu merci : éteinte) en laiton.

Je suis où, putain ?

La chose molle et chaude sur ma joue se rappelle à mon bon souvenir et je quitte le plafond des yeux pour me retrouver...

À quelques centimètres seulement du visage de Jacob endormi.

Je suis lovée dans ses bras comme un bébé loutre.

Anis.

La pyjama party.

Le flou dans lequel je baignais jusqu'à présent se dissout pour me laisser entr'apercevoir des fragments de la soirée de la veille.

Après avoir convaincu nos parents de nous laisser dormir chez Anis (ça avait été moins compliqué que prévu ; un bon mensonge par omission avait fait passer la pilule à notre mère), nous avions rejoint son appartement. Et quatre jeunes entre dix-sept et dix-huit ans, dans un mégapenthouse sans surveillance parentale... Forcément, on a fait la fête.

Je me souviens des parties de jeux en co-op sur l'écran géant du salon d'Anis ; des cris enthousiastes de Christophe devant l'installation de streaming de sa copine ; des litres de glaces recouvertes de chocolat, d'amandes et de marshmallows ; du karaoké improvisé aux premières lueurs de l'aube ; et des cocktails d'Anis (oui, c'est mal).

Il y a beaucoup de trous dans mes souvenirs. Par exemple, j'ai encore de la peine à me remémorer comment on s'est retrouvés tous couchés dans la chambre d'Anis sur un montage maladroit d'oreillers. Un truc en rapport avec un fort... comme me le confirment les draps qui pendouillent lamentablement entre les chaises, et qui recouvrent les visages d'Anis et de Christophe, toujours endormis plus loin.

Jacob gémit ; je me crispe comme une biscotte.

Sa main, avant posée sans délicatesse sur mon visage, se déplace vers ma taille et il me rapproche de lui et de sa chaleur.

J'adore.

Je panique.

Pour deux raisons : la première, c'est que je crains d'avoir fait une connerie hier soir, du genre que je ne me pardonnerais pas. Mais une vérification express me permet de souffler : je suis encore habillée, lui aussi, tout va bien dans le meilleur des mondes. Hors de question que j'échange mon premier baiser à dix-sept ans, pour perdre ma virginité dans la foulée quelques heures plus tard, complètement embrumée par l'alcool. Ce serait vraiment débile.

La deuxième raison de ma panique, je ne vous la présente même plus. Mais RAS de ce côté-là : ma Précieuse est toujours sur ma tête. Aussi discrètement que possible, je la recale d'une petite traction (le secret : quatre doigts sur le front, de la naissance des sourcils jusqu'au filet), puis je la réajuste en me servant des clapets près des oreilles.

Elle doit ressembler à un nid de pie, mais elle est en place.

Tout va bien.

Je respire.

— Je n'ai jamais vu quelqu'un aussi obnubilé par ses cheveux, me murmure une voix rauque à l'oreille.

Je sursaute et tente de m'enfuir, mais Jacob ne me laisse pas faire et me serre contre lui.

— Pardon, chuchote-t-il. Je ne voulais pas te faire peur – tu es juste trop mignonne, à lisser ta frange comme ça.

— Ça fait longtemps que tu es réveillé ?

Il me plaque un bisou sur le front.

— Je sais pas... dix secondes ?

Il n'a rien vu. Je me détends et colle ma tête dans la chaleur de sa gorge. C'est divin, absolument, terriblement, divin, et j'y dépose un petit baiser discret. Il est brûlant de sommeil, et je ne résiste pas à glisser mes mains sous son tee-shirt pour en profiter autant que possible. Quand il se met à grogner, je me décale pour l'observer et ricane :

— J'ai les mains froides ?

— C'est... pas vraiment ça le problème.

Je ne comprends pas. Jusqu'à ce que...

Oh.

OH.

Je rougis si fort que je pourrais foutre le feu au drap si je ne faisais pas attention.

— Je... je vais aller préparer le petit déj, OK ?

Jacob s'enroule dans une couette et cache sa tête dans un des oreillers improvisés en matelas.

— Désolé.

Je ne sais pas quoi lui dire, et « merci » me semble inapproprié. Alors je lui tapote l'épaule comme si on était *buddies* sportifs, et je me lève avant de lui foutre encore plus la honte. Détour dans la salle de bains, check final sur la perruque qui, effectivement, ressemble à une couronne de paille, et je me dirige vers la cuisine.

Je commence par boire un litre d'eau, bien entraînée aux gestes qui sauvent face à une gueule de bois grâce aux séries que je consomme sans modération, et j'en profite pour m'en balancer une rasade sur le visage afin de faire descendre ma température. Puis je me force à penser à autre chose qu'à Jacob et à ce qu'il vient de se passer.

T'es là pour une bonne raison, Emma ! Concentre-toi !

Par où allons-nous commencer aujourd'hui ? Quoi faire ? Comment s'organiser, et à quel point m'impliquer ? Je ne veux pas qu'Anis ait l'impression qu'on lui force la main : c'est déjà de là que vient le problème initialement, du non-respect de son consentement. Avoir des bonnes intentions ne nous donne pas le droit d'outrepasser son libre arbitre, même si on estime qu'elle fait une connerie.

Elle a été claire, hier. Elle ne veut pas impliquer ses parents, et elle ne le fera pas tant qu'elle n'y sera pas forcée. Le souci, c'est qu'elle est encore mineure, et qu'elle ne pourra donc pas porter plainte. Elle peut cependant déjà déposer une main courante, ce qui lui servira pour porter officiellement plainte après ses dix-huit ans, dans quelques semaines.

— Ça va ?

Christophe, tout décoiffé, vient se poser sur le tabouret face à moi. Je ne vais pas vous dire qu'il a une sale gueule, parce que c'est pire que ça : on dirait qu'on vient de le déterrer du cimetière du coin, et que ses organes peinent à reprendre leurs fonctions. Bouffi, flétri, doubles cernes sous les yeux, il est en plus couvert de plaques rouges.

— Tu nous fais la varicelle ? je me moque gentiment.

Il vide son verre cul sec.

— Nan. Faut croire que je fais une intolérance à l'alcool comme Maman.

— Ouh, moche.

Il soupire. Se ressert un verre d'eau. L'éponge.

— Ouais. Le pire, c'est que je vais pas pouvoir en parler aux parents et que je vais devoir revivre ça...

— T'es majeur.

Il grommelle :

— Ouais, pas toi.

J'observe mon frère sous un angle nouveau. Peut-être que c'est de le voir tout fripé comme ça, ou que c'est l'alcool dans mon propre sang qui parle, mais j'ose lui poser la question qui me taraude depuis des mois, voire des années :

— Pourquoi tu me protèges comme ça ?

Visiblement, il n'est pas assez frais pour philosopher. Les doigts sur les tempes, il appuie de toutes ses forces pour faire cesser ce que je devine être une migraine martelante :

— Putain, Emma. T'en as d'autre des questions cons, comme ça ?

— Nan, je suis sérieuse. Orange. Puis dès qu'il se passe un truc en classe... Genre quand j'ai dessiné la prof d'anglais. Ou à la piscine, quand tu m'as repêchée. Et puis ta réaction, hier, quand j'ai dit que je dormais chez Anis. Et là, maintenant, les parents pour pas qu'ils apprennent que je me suis pris une cuite. Pourquoi tu fais ça ?

Il me fixe comme si j'étais la personne la plus stupide de la Terre :

— Mais parce que t'es ma sœur.

— Ça suffit pas, « je suis ta sœur ». T'as pas à tout prendre pour moi, hein.

— Bah si.

— Bah non.

Gros soupir de Christophe, qui le remet droit sur son siège. Derrière ses bourrelets de fatigue, ses yeux brillent comme avant une compétition, et je me surprends à me redresser en miroir.

— Profite bien de ce que je vais te dire, grogne-t-il, parce que même sous la torture je nierai avoir jamais prononcé ces mots, mais : Emma, tu es forte, drôle, intelligente – enfin, quand tu te décides à faire un effort. Et tu as vécu des choses qui auraient laissé la majorité du monde à terre. Mais toi, tu t'es relevée. Tu as avancé, continué. Je t'entendais pleurer le soir, tu sais. Et je me sentais nul. Et je trouvais que le monde était nul. Et c'est pas toi que j'ai défendue, Emma. C'est moi, c'est pour moi que je suis allé cogner ce mec, parce que je suis pas aussi fort que toi et que j'ai pas tenu la pression. Alors, sors-toi de la tête que je fais des choses « pour toi », que je prends des punitions « pour toi ». T'es ma frangine, je t'aime plus que tout, je prends les coups quand je peux, pour que tu puisses respirer, te relever, et on avancera ensemble, comme on l'a toujours fait. Ça te va, comme réponse ?

Quand la première goutte tombe sur ma main, je réalise que je chiale comme une madeleine. Je contourne le bar et je me jette dans les bras de mon frère, qui tente de me repousser pour la forme. Mais un coup de poing dans le torse suffit à faire céder ses barrières, et c'est lui qui me serre contre lui une seconde plus tard.

— Alors ? T'arrêtes avec tes questions cons, maintenant ?

— Je sais pas... marmonné-je. J'en ai peut-être encore une.

— Quoi ?

— Pourquoi tu schlingues comme ça ? T'as dormi dans la poubelle, ou quoi ?

Je brise le charme, et on se chamaille comme toujours quand Anis et Jacob nous rejoignent dans la cuisine.

— C'est donc ça, une relation frère-sœur, s'étonne mon amie.

— Je lui disais qu'il puait un peu le phoque.

— Et je lui répondais que c'était une conne.

— ... Elle a pas tort, cela dit.

Christophe n'aurait pas l'air plus blessé si Anis lui apprenait être Lex Luthor.

— Pardon ?!

— Bah je pense que les cent pompes avant de dormir ont pas aidé...

— Ah... marmonne Christophe. Ceci explique les douleurs aux bras.

Anis lui propose de prendre une douche et le conduit hors de la cuisine, nous laissant seuls Jacob et moi, face à l'immensité du plan de travail en granit et de notre gêne.

Je décide de rompre le silence après une dizaine de secondes insupportables.

— OK, désolée si j'ai rendu ça bizarre ce matin, c'est juste que... juste que... bah, euh. Enfin, je n'ai jamais, tu vois...

Je fais le symbole universel de la baise, à savoir : un index qui se glisse dans un rond formé par les doigts de mon autre main.

Les yeux de Jacob lui sortent presque de la tête, et il explose de rire tellement fort qu'Anis revient en courant de la salle de bains, paniquée.

— Ça va ?!

Jacob reprend son souffle. Moi, je vide mon cinquième verre d'eau comme si de rien, me demandant à partir de combien de liquide ingéré je me transformerai officiellement en mammifère aquatique.

— Nickel, nickel, la rassure mon petit ami en se frottant les yeux. Juste Emma qui est... bah Emma.

— Ben quoi ? C'est pas pour rien que la vue d'une seule photo de bite m'a hantée pendant des jours.

Jacob sourit, contourne le comptoir et vient me serrer dans ses bras, prenant bien garde à ne pas toucher mes cheveux.

— Tu es complètement tarée, me souffle-t-il dans l'oreille avant de m'embrasser. Complètement. Tarée.

***

La deuxième partie de la journée est moins joviale, et mon problème de monobite n'en est bientôt plus un. Au contraire, je finis par en voir tellement, sous tellement d'angles différents, que je peux presque les identifier.

« Ah, c'est celle de Pervers-08 celle-ci, je reconnais la tache de naissance » ou « Penche-à-droite, c'est pas celui qui avait une alliance sur une autre photo ? »

On se transforme en détectives de la teub, et si on était tous super gênés la première heure, on est vite passés au-dessus. Je crois que le plus surprenant, c'est que Jacob et Christophe ont encore plus de mal à se faire à l'idée que tout ça est bien réel, et pas un gigantesque canular super malsain qu'on aurait mis en place pour je ne m'explique quelle raison.

— Mais les gens sont fous, souffle Christophe.

— Nan, le corrigé-je. La folie, c'est une maladie et ça n'a rien à voir. Ça, ce sont juste des connards qui aiment asseoir leur domination sur une adolescente.

— Mais pour quoi faire ?

— Qu'est-ce que j'en sais, moi ?

Jacob, préposé à l'imprimante, est occupé à dresser les dossiers en petit tas.

— Donc on a déjà séparé 14 harceleurs, nous apprend-il. Dont un qui aurait changé plus de sept fois de compte, et qui en rouvre un après chaque signalement à la plateforme.

— Trop de temps à perdre, soupire Anis.

— La majorité utilise des pseudos, continue Jacob, mais on a quand même trois personnes qui y sont allées sans cacher leurs noms.

— Ah ouais ?

Christophe se lève du bureau et vient se poster devant les petits tas de papier, pas loin d'avoir de la fumée qui lui sort des oreilles. Il sort son téléphone, pianote...

— Mais ce gars est marié ! s'exclame-t-il. Deux gosses ! Un chien ! Bon sang, il indique même le nom de son employeur ?!

— Christophe... grogne Anis.

— Quoi ?

— Tu fais rien, c'est bien d'accord ?

Un son grinçant échappe de la gorge de mon frère.

— ... Même pas juste un petit mail à l'entreprise ?

— Non.

— Mais pourquoi ?!

— Parce que. Je veux gérer ça à ma manière.

— La manière chiante ?

— La légale.

Christophe marmonne quelque chose ; Anis le foudroie du regard. Il se tait, elle gagne.

— On passe à Twitter ? je propose à Anis.

Elle acquiesce, mais elle est encore plus pâle que d'habitude. C'est ce réseau qui la fait flipper. Celui où elle est le plus en galère. Et quand elle ouvre son navigateur, je comprends pourquoi : des centaines de messages non lus. Que des hommes sur les photos de profil. Plein d'annonces de médias en pièces jointes.

C'est un carnage.

Je me retiens de soupirer, puis pousse gentiment sa chaise pour prendre sa place. Elle est déjà assez forte comme ça, je peux bien encaisser quelques photos le temps qu'elle respire.

Je réalise alors le parallèle avec ce que m'a dit Christophe ce matin, et je me surprends à sourire en ouvrant le premier message.

« Votre stream de dimanche était très chouette, ms + de decolleté – de blabla politique, c'est pas ce kon demande d'une meuf sur twitch lol merci <3 »

OK. Un gros con, mais pas de photos, ou quoi que ce soit qui mérite qu'on lui accorde plus qu'une seconde de notre temps.

J'ai moins de bol avec le deuxième message.

Capture d'écran. J'imprime. Jacob réceptionne.

— Ah ! chantonne-t-il. Je l'ai déjà vue, celle-ci.

On continue notre ménage des messages pendant un temps indéfini jusqu'à ce que, enfin, la boîte se vide.

— Anis ? Est-ce que tu me permets de faire un tour dans les réglages de ton compte ?

— Oui, pourquoi ?

Paramètres et confidentialité. Puis Confidentialité et sécurité. Message privé : gérer les personnes qui peuvent vous envoyer des messages privés... bingo.

— Tu as laissé la possibilité aux gens que tu ne connais pas de t'envoyer des messages. Tu vois cette option ? Si tu la décoches, seules les personnes que toi-même tu suis seront en mesure de t'écrire. Ça va déjà pas mal limiter les spams.

— Oui, oui... je sais. J'avais désactivé le filtre pour pouvoir recevoir les propositions de sponsors potentiels et de partenariats médias.

Je me tourne sur ma chaise, agrippée aux accoudoirs.

— Il doit sans doute y avoir un autre moyen pour qu'ils te contactent, non ?

— Ouais, une adresse mail, mais c'est pas forcément plus sûr...

— Et un site web ? intervient Christophe.

On se tourne vers lui.

— Comment ça ? lui demande Anis.

— Un site web de présentation, avec tout ce que tu fais, qui tu es. Et une page contact, qui redirige vers un compte mail prévu juste pour ça... Et puis surtout, sur laquelle on désactive la possibilité d'envoyer des images.

Alors là. Je suis la première sur le cul.

— Mais je sais pas faire de site web, moi, s'inquiète Anis.

— C'est tout con ! lui assure Christophe. C'est moi qui avais fait celui de l'équipe d'athlétisme à Orange, on peut s'en occuper à l'occasion, si ça te dit.

Anis ne répond rien, mais acquiesce.

Ses boîtes de réception sont vides.

Elle ira porter avec Christophe les dossiers en fin de journée à la gendarmerie.

Des solutions se profilent pour qu'elle puisse continuer son activité.

Elle a l'air épuisée, mais plus légère.

Quand on quitte son bureau pour se faire une dernière partie de *Mario Kart*, on l'est tous.

Chapitre 24

Cela va faire maintenant cinq semaines que Jacob et moi sortons ensemble, et la curiosité de l'école semble enfin être rassasiée : plus de regards chelous à la cantine, plus de gens qui se retournent sur nous quand nous passons dans les couloirs. Même Cindel est sympa, ce qui est méga surprenant. À croire que notre petite discussion dans les gradins lui a donné matière à réfléchir. Ou alors, elle a prévu de m'assassiner dans les jours qui viennent, et cherche juste à me faire baisser la garde.

Il faut dire qu'une nouveauté chasse l'ancienne, et qu'un couple inattendu fait des gorges chaudes dans le lycée ces derniers jours. Je parle, sans surprise, d'Anis et Christophe, qui n'ont donc pas mis trente ans à officialiser quoi que ce soit. À dire vrai, ils ont même été SUPER rapides. Trois jours après le dépôt des dossiers à la gendarmerie, mon frère apprenait aux parents qu'il sortait avec ma meilleure amie. Moi, j'étais restée comme une gourde avec ma fourchette devant la bouche, pendant que mes spaghettis tombaient dans mon assiette en faisant splouch, à observer la décontraction avec laquelle il avait fait cette annonce.

Merde. Pourquoi est-ce que moi, je ne parviens pas à faire pareil avec Jacob ?

C'est étrange, non ? Pourtant, je n'ai pas honte. Mais je ne sais pas, peut-être que c'est différent pour une fille ? Ou alors, je suis juste une trouillarde, et je n'ai pas envie d'entendre la mise en garde de mes parents le jour où j'officialiserai tout ça avec eux. Je veux dire, Christophe y a eu droit. Peu de chance que j'y échappe.

— Je suis ravie pour vous, avait souri ma mère. Et je profite de cette bonne nouvelle pour te rappeler que le tiroir de la salle de bains est plein de préservatifs, que nous ne les comptons pas, et que nous sommes là si tu souhaites en parler.

Christophe avait ravalé son sourire et terminé ses bolognaises sans rien dire de plus.

Au lycée, c'est toujours un peu la cata. Je suis définitivement mauvaise en classe, et même avec l'aide d'Anis, je peine à remonter mes notes. Pourtant, ça va vers le mieux... mais je doute parvenir à passer mon année, et je me prépare déjà psychologiquement à repiquer. Christophe, lui, commence à trouver son rythme de croisière et devrait passer ric-rac en terminale. Je suis contente pour lui ; un deuxième redoublement, je pense qu'il aurait eu du mal à assumer. Même si pour le premier, ses compétences scolaires n'étaient pas vraiment remises en cause. Mais ça lui a foutu un drôle de coup derrière la nuque, et il lui a fallu du temps pour remonter la pente.

Bref. Tout ça pour dire que nous sortons tous, petit à petit, la tête hors de l'eau pour aller vers le mieux. Comme le printemps qui reprend sa place, progressivement, une fleur à la fois, une couche de vêtement en moins semaine après semaine.

Aujourd'hui, nous sommes début avril.

Nous avons terminé les cours depuis une bonne heure, et j'ai accompagné Jacob au stade pour qu'il s'entraîne. Et pendant qu'il enchaîne les tours sur la piste, je le croque dans mon carnet. C'est devenu notre occupation du jeudi soir : juste tous les deux, dehors, à profiter de nos passions respectives.

Mais quand j'observe le résultat de mes essais artistiques, je réalise alors que les flamants roses qui s'alignent sur ma page sont plus stressés, plus agressifs que d'habitude.

— Tiens… je grogne en relevant la tête. C'est étrange.

J'observe alors Jacob – force est de constater qu'il a l'air, en effet, différent des autres jours. Il ne sourit pas quand il court. Il n'a pas l'air d'être libéré, mais de fuir quelque chose. Il semblerait que la capacité d'empathie de ma mère me soit tout de même parvenue, au final : je l'ai remarqué sans même en prendre conscience.

Quand il termine ses derniers tours de pistes, il me rejoint à petites foulées et se jette à mes côtés, suant comme une plaque de beurre restée sur le plan de travail trop longtemps.

— Ça va ? je le questionne.

Il grogne un oui et vide sa gourde, avant de se laisser tomber à terre, les bras en croix, la tête dans le gazon. Je ne peux m'empêcher de le dévorer du regard. Sa poitrine qui monte et se baisse, rapide, encore toute tressautante de l'effort qu'il vient de produire. Ses bras dorés, musclés, luisants. Sa mâchoire carrée. Sa pomme d'Adam, adorable. Sa bouche, entrouverte. Ses yeux… tristes. Fin de la session fantasme.

Je pose mon carnet et me dandine pour me poster à ses côtés, en tailleur, tirant sur ma jupe pour qu'il n'ait pas une vue directe sur ma culotte.

— T'as l'air un peu stressé, aujourd'hui.

Ses paupières se ferment et il serre les dents.

— Désolé. Je voulais pas t'inquiéter.

— T'as presque réussi. Mais mon sixième sens a frappé, tu ne peux rien me cacher.

Sa main tâtonne pour venir m'attraper le genou, qu'il caresse de son pouce distraitement. Ses yeux se rouvrent, sa tête se tourne, et il accroche mon regard avec un sourire.

— J'ai jamais rien voulu te cacher. C'est juste que ça vient de me tomber dessus, et je sais pas trop comment gérer le truc.

Je change de position et me mets à plat ventre sur le sol, le visage sur mes poings, mes coudes plantés à quelques centimètres de Jacob.

— Tu veux m'en parler ?

Il hésite. Et je ne sais pas pourquoi, mais je trouve ça un peu douloureux.

— Tu vas trouver ça con, grogne-t-il.

— Je vis avec Christophe, lui rappelé-je. Tu vas devoir te surpasser pour le battre.

Il laisse échapper un rire de façade qui ne fait qu'exacerber la tristesse qu'il transpire.

— OK. Tu te souviens de mon père ?

Je fais les gros yeux. Non, non. J'ai complètement oublié le moment où il m'a parlé de son père et de son histoire digne d'un reportage Netflix.

— Ouais... marmonne-t-il. Tu t'en souviens. Bah, il m'a écrit à midi.

— Oh ? Sérieux ?

— Hmm hmm.

Je sens la fragilité de l'instant. La facilité avec laquelle je pourrais briser sa confiance avec un mot mal choisi ou mal pesé. C'est le moment de faire gaffe. J'opte pour une réponse facile :

— Qu'est-ce qu'il t'a dit ?

Jacob se redresse en équilibre sur un coude, son visage à quelques centimètres du mien.

— Que son fils – mon frère – souhaiterait me rencontrer.

Bon sang, j'ai l'impression de nager dans une mer d'œufs.

— Quel âge il a ?

Le front de Jacob se plisse, et je crains un instant d'avoir dit une bêtise.

— Sept ans.

Je ne parviens pas à cacher ma surprise. Sept ans ?! Il a un petit frère de sept ans, dont il a appris l'existence voici seulement quatre mois grâce à un ticket de caisse oublié ? Mais quelle horreur ! J'observe Jacob, et mon cœur saigne un peu de voir toute sa confiance se fissurer ainsi.

— Comment tu le sens ? lui demandé-je.

Il se laisse à nouveau tomber par terre, et je pose ma main sur son bras, doucement, pour le lui caresser pendant qu'il réfléchit.

— Je ne sais pas, avoue-t-il. D'un côté, mon frère n'y peut rien, si notre père est un connard. Et j'ai toujours été triste d'être le seul dans ma famille, tu vois ?

— Je te file Christophe quand tu veux.

Jacob rit, mais pour de vrai cette fois-ci.

— Ça prend pas avec moi, t'adores ton frère et il t'adore lui aussi. Et, ouais... ça m'a toujours manqué, ce genre de relation.

— Je comprends, oui.

— Mais d'un autre côté, mon père est un monstre qui ne mérite pas que je lui réponde, et je ne veux pas lui laisser penser que parce que j'accepte de voir mon frère, il peut à nouveau débarquer dans ma vie comme si de rien.

— Tu penses que c'est ce qu'il veut ?

Jacob se trémousse et sort son téléphone de sa poche arrière. Il farfouille dedans un instant, puis me le tend :

[connard de paternel]
Salut Jacob. Ton frère te
réclame beaucoup depuis
quelques semaines. Est-ce que
tu souhaites le rencontrer ?
Bisou

J'en reste sur le cul. « Salut Jacob » ? « Bisou » ?! Aucun « je suis désolé, je vous ai fait souffrir », ou même aucune proposition de rencontre pour discuter de vive voix de toute cette histoire ? Le gars a juste détruit une famille, potentiellement deux, et continue sa petite vie comme avant ?

— Wow. C'est...

— Lunaire ?

— Carrément.

Je lui rends son tél, et me retiens de sourire lorsque notre première photo ensemble à Europa-Park me flashe au visage quand je le verrouille au passage.

— Donc… je ne sais pas quoi faire. Rayer de ma vie tout ce qui est lié à cet homme, et faire comme si de rien. Ou… rencontrer mon frère. Construire quelque chose avec lui. Et faire de mon mieux pour ne pas croiser mon géniteur.

— Compliquée, comme décision. Tu en as déjà parlé à ta mère ?

Jacob acquiesce.

— Ouais. Selon elle, ce serait idiot de me priver d'un frangin à cause de mon père. Mais je ne sais pas à quel point elle a dit ça parce qu'elle ne voulait pas m'influencer. Elle est cool, ma mère, mais il faudrait qu'elle apprenne à penser un peu plus à elle.

— Tu veux faire un tableau des pour et des contre ?

Jacob m'attrape par le coude et me fait tomber tête la première sur son torse. Je l'escalade, sécurisant mes deux jambes autour de sa taille, et l'observe. Il me passe sa main sur les joues, puis me serre contre lui en soupirant.

— Déjà fait. Les pour l'emportent, carrément. D'autant que je sais que la blessure avec mon père est à vif aujourd'hui, mais que je saurai un jour faire le deuil de lui et de ce qu'il représente. Et je ne veux pas réaliser dans dix ans que j'ai perdu l'opportunité de faire partie de la vie de mon frère à cause de ce connard.

— Hmm hmm. Donc… ta décision est plus ou moins prise, en vrai ?

Il grogne, et les vibrations passent dans mon ventre.

— Ouais. Faut juste que je me retienne de casser la gueule de mon père quand je le verrai.

— T'y arriveras ?

— Ça va dépendre de lui. S'il tente de refaire partie de ma vie, ou essaie de jouer au père, ou juste... juste, je sais pas, me sourit ou une connerie comme ça. Il y a moyen que je lui pète les dents.

— Et il l'aura bien cherché.

Il ricane ; je rebondis contre son ventre.

— Ouais. Je supporte pas les mensonges et les dissimulateurs. Franchement, c'est sans doute la chose que je hais le plus sur terre. Je ne pige même pas comment tu peux aimer quelqu'un et garder des secrets pour toi. Comment il pouvait imaginer que ça ne lui exploserait pas à la gueule un jour ?

Je me tends. On est en train de dévier sur un sujet qui me met très mal à l'aise.

— Oui, carrément... Après, il y a mensonge et mensonge. Je ne sais même pas si ce que ton père a fait rentre encore dans cette catégorie... C'est tellement énorme.

— Franchement ? Je sais pas. Un mensonge mène toujours au suivant, puis au suivant, de plus en plus gros, jusqu'à ce que tu te retrouves dans une merde que tu peux plus gérer. Je suis sûr qu'au début, mon père a pas réalisé dans quoi il s'embarquait. Puis il a passé son temps à se couvrir, puis à couvrir ses mensonges, et c'est devenu sa nouvelle réalité. Non. Un menteur reste un menteur. Un mensonge reste un mensonge.

Doucement, je me dessoude du ventre de Jacob et me laisse tomber sur l'herbe à ses côtés. Il se tourne vers moi, surpris.

— Ça va ?

— Oui, oui, marmonné-je. Une petite crampe, c'est tout.

Il me sourit. Moi, je suis en train de couler. Ce que je lui cache est bien sûr sans commune mesure avec ce que son père lui a fait. Et bien sûr que j'ai prévu de le lui dire un jour... dans un futur hypothétique. Je veux d'abord voir comment notre histoire évolue, laisser le temps au temps, prendre confiance. Ne plus me retourner dès que quelqu'un rit. Réfléchir à la meilleure manière d'aborder ma maladie et ma laideur naturelle.

J'y pense même tous les matins, et puis j'enterre religieusement ma culpabilité en enfilant ma perruque et en jouant la meuf normale. Je redécouvre la vie, j'ai le droit, j'ai besoin de ce temps. Mais... est-ce que je ne suis pas en train de la lui faire à l'envers ? Est-ce qu'en prenant le temps dont moi, j'ai besoin, je ne suis pas en train de creuser un énorme fossé dans le capital confiance de notre couple ?

Merde. Si je lui dis maintenant, il s'imaginera forcément que je le fais à cause de cette discussion. Ce ne sera pas sincère, mais calculé. Et si je lui avoue dans un mois, deux mois, ou plus... Ce ne sera pas trop tard ? « Je t'ai dit que je haïssais les menteurs, et tu as gardé ça pour toi tout ce temps ? » Comment on gérera ça ? Comment, moi, je pourrai gérer ça ?

Je lui mens.

Je lui mens depuis des semaines, sur tous les sujets possibles et inimaginables.

— Ça va, Emma ? T'es toute pâle ?

Jacob se redresse sur son coude et m'observe, sincèrement inquiet.

Bordel. Mais même ce moment, je le lui vole ?! Il me parle de son père, et je ramène tout à moi. Je fais mine que tout va bien, me colle une mèche derrière l'oreille, la rabat sur mon visage en réalisant que je risque d'exposer ma perruque ce faisant, me déteste, bats l'air de ma main.

— Oh, non... T'inquiète, je...

Je bugge.

Je bugge carrément, complètement. J'en suis arrivée à un stade où je ne sais même plus quel mensonge lui servir pour m'en sortir.

« Je hais les menteurs et les dissimulateurs. »

J'ai du mal à respirer ; je crois que je fais une minicrise de panique.

— Emma ?

— Ça va, ça va... pardon, j'ai juste...

« J'ai respiré un moucheron », « J'ai eu un vertige », « J'ai pas assez mangé à midi ».

Et voilà que douze mensonges me viennent naturellement à l'esprit, en moins d'une seconde. Je suis complètement cassée, vidée de toute once d'honnêteté.

— J'ai un secret.

C'est sorti tout seul, sans que je le maîtrise. Jacob se fige, et je l'observe, muette, à l'affût du moment où il se lèvera pour me laisser en plan. Une brise soudaine agite ses cheveux, et je crains qu'il me quitte quand ses yeux se ferment.

Je l'aurais bien mérité, après tout.

Mais il n'en fait rien. Au lieu de ça, il m'attrape la main et la serre dans les siennes.

— Je me doute, me dit-il. Je ne suis pas idiot, tu sais... Tu veux m'en parler ?

— Je ne sais pas.

Il s'assied à son tour, nos genoux se touchent. Mais il a lâché ma main.

— Comme tu le sens, Emma. Je ne vais pas te mettre la pression. Juste... ne t'inquiète pas, OK ? Si tu as besoin de moi, je suis là. Si tu veux en parler, je suis là.

— Je prends note. C'est juste que tu risques d'être... surpris ?

— Surpris ?

Je suis à deux doigts de pleurer, mais j'ose lever les yeux vers lui. Il a l'air perplexe, un peu paumé.

— C'est grave ?

Est-ce que c'est grave ? Oui pour moi. Non sinon. Peut-être pour lui ? C'était clairement le cas pour tout mon précédent lycée. Mais est-ce que je vais en mourir ? Non. En tout cas, pas directement.

— Non. Enfin, je ne crois pas.

Il soupire de soulagement.

— OK. Alors ne panique pas, et tu m'en parleras quand tu te sentiras prête, OK ?

Je souris, juste un peu.

— OK. OK, un jour...

— Oui. Et t'inquiète pas, vraiment. Après ce que j'ai dû encaisser avec mon père, je te jure que je suis blindé, niveau surprise !

— Ça, c'est pas dit, je grogne.

Il rit et me plaque un bisou rapide sur la bouche.

— Franchement, Emma, tant que tu ne m'apprends pas que tu es une extraterrestre, que tu as une jumelle maléfique avec laquelle tu m'échanges ou que tu caches une tonsure monastique, tout me va !

Chapitre 25

Black-out complet.

Je ne me souviens même plus de comment je suis rentrée chez moi.

Un instant plus tôt, j'étais face à Jacob qui mettait sur un pied d'égalité le fait que je lui annonce être une extraterrestre ou être chauve, et le suivant j'étais enfermée dans ma chambre, à chialer comme une madeleine.

J'ai des flashs qui me reviennent.

Tout est devenu blanc.

J'ai dit à Jacob que j'étais malade.

Appelé Christophe.

Pris le tram.

Me suis enfermée chez moi.

Je ne suis pas sortie de ma chambre depuis hier dix-huit heures trente. Soit presque un tour de cadran complet. Mon plafond est devenu mon meilleur ami, mon téléphone : un ennemi à abattre. Je l'ai coincé sous mes oreillers, stressant à chaque fois qu'il vibrait sans pour autant parvenir à l'éteindre.

Christophe a toqué plusieurs fois à ma porte. Jacob aussi.

Mais je n'ai laissé entrer personne. Pas même mes parents, qui sont pourtant morts d'inquiétude. Je suis en train de crever de faim et de honte, et je me demande ce qui me tuera en premier. Sûrement la honte, parce qu'elle me bouffe l'estomac depuis hier soir et que je ne pourrai de toute façon plus manger avec le trou qui est en train de s'y creuser insidieusement.

« Tant que tu ne m'apprends pas que tu caches une tonsure monastique, tout me va ! »

Les larmes remontent une fois de plus, et je plaque mes mains sur mon visage, détruite. Je le savais, que tout ça était trop beau pour être vrai. Comment est-ce que j'ai pu me laisser berner ? Comment j'ai pu ne serait-ce qu'espérer pouvoir sortir avec un mec comme Jacob ? Personne ne veut d'une fille chauve. Personne, jamais. Quelle drôle d'idée, franchement.

Si au moins j'étais intelligente, ou drôle, ou douée dans quoi que ce soit... Mais non. Je suis la débilos de la classe, celle qui ne comprend pas un cours sur deux, pour qui le summum de la compétence c'est de gribouiller des animaux anthropomorphiques, et qui a plus de poils sur le ventre que sur la tête. La chelou aux gros seins qui tombent, aux muscles saillants, à la taille solide, au crâne dégarni.

La chauve moche.

La chauve.

Je suis chauve, ce qui n'est apparemment pas mieux que d'être une extraterrestre.

Pourquoi, pourquoi est-ce que c'est si dur ?

Qu'est-ce que j'ai fait, bordel, pour mériter ça ?

On toque à la porte.

— Emma ? m'appelle Christophe. T'es là ?

— C'est bon, grogné-je. Je suis vivante, tu peux faire ton rapport aux parents.

— ... Sois pas con. Ouvre, je t'apporte à manger.

— J'ai pas faim.

— T'as toujours faim.

— BAH PAS AUJOURD'HUI !

Je balance un oreiller sur la porte pour la forme, mais il tombe à terre sans faire de dégâts, mou et sans intérêt. Comme moi.

— OK... Je te laisse le plateau dans le couloir.

J'entends des bruits de vaisselle qui s'entrechoque. Les pas de Christophe qui s'éloignent... pour se rapprocher à nouveau. Un *toc toc* timide me fait soupirer.

— Quoi ?!

— Est-ce qu'il faut que je casse la gueule à Jacob ?

— Et pourquoi tu ferais ça ?

— Il est venu pour s'excuser. J'en déduis qu'il a merdé.

— Nan. Pas la peine de lui casser la gueule, il y peut rien.

Je peux sentir mon frère hésiter sur le palier, mais je garde le silence. Bientôt, il s'éloigne et je peux enfin reprendre le cours de ma détestation personnelle, en laissant mon corps et mon esprit dériver vers le grand vide. Je suis fatiguée. Vraiment, vraiment fatiguée.

Je me suis menti depuis tellement longtemps, sur tellement de sujets, que je peine à retrouver qui je suis vraiment. Je suis une coquille déguisée, trouillarde et pleureuse.

La vie me manque. *JE* me manque. La natation, les manèges, ne pas me sentir toujours en danger... J'en ai assez, je suis épuisée et vidée...

Un *ting* résonne sous mon oreiller, et me sort de ma torpeur. Avec mes parents, seule une personne peut passer le mode « ne pas déranger » de mon téléphone. Je me tourne sur mon lit et l'attrape sous mon oreiller.

[Charlotte]
Tu vas me ghoster longtemps ?
C'est la première fois que je te
vois bouder aussi longtemps !
Et je te connais depuis
la maternelle, meuf !

Malgré moi, je souris, et je suis surprise de sentir mes muscles faciaux se détendre.

[Emma]
Désolée. J'ai pas trop la tête à ça.

[Charlotte]
Ouais, bah moi non plus. T'es
ma pote, je comprends pas
que t'aies pu me faire ça…

[Emma]
??

[Charlotte]
Chris vient de poster une
photo sur insta. Avec Anis, ta
« copine » aux cheveux bleus.
C'est quoi cette blague ?!

[Emma]
C'est pas moi qui gère le carnet
de bal de Christophe.
Et je te dis que j'ai pas la tête à ça.

[Charlotte]
Mais je m'en fous ! tu me dois
bien des explications !

Je me redresse sur le lit, tirée par la colère.

[Emma]
Pardon ?

[Charlotte]
Mais ras le cul de ton
nombrilisme là ! C'est quoi
l'embrouille avec Anis ?

[Emma]
Y a pas d'embrouilles,
ils sortent ensemble.

J'ai à peine envoyé le message que mon téléphone vibre dans ma main. Je décroche :

— Quoi ?

— Tu te fous de moi ?!

Charlotte est vraisemblablement au bord de l'hystérie. Et, étrangement, ça me rassure : je ne suis pas la seule.

— Non. Ils sortent ensemble depuis quelque temps. Désolée.

— Désolée ? T'es désolée ? Mais putain, comment tu peux me faire ça ?!

— Eh, oh, redescends d'un ton, tu veux ? T'as pas à me gueuler dessus comme ça.

— Mais tu plaisantes ? Des mois que je te supporte, toi et ton seum, et t'es même pas capable de me tenir au courant ? C'est littéralement tout ce que je te demandais, putain, et t'es même pas capable de faire ça !

— Mais de quoi tu parles ?

— DE CHRIS ! Tu lui as montré les photos que je t'ai envoyées, au moins ?

— Pas toutes, mais...

— OK je vois. T'es vraiment une égoïste de merde, Emma. T'as tout saboté, mais je l'ai bien senti, que ça te faisait chier qu'il se passe un truc entre moi et ton frère. T'es une égoïste, égocentrique, mauvaise et pathétique. C'est ça, ce que tu es.

Je me sens couler. Chaque mot prononcé par Charlotte fait écho à ce que je ressasse depuis des heures.

— T'es la pire pote du monde, j'en reviens pas. Après ce que j'ai fait pour toi ? Après les risques que j'ai pris pour toi ? Putain, j'aurais dû écouter Samia et te laisser en plan, t'en vaux pas la peine. Je pige même pas qu'on ait pu être potes, toi et moi. Sale conne.

— Waho.

— Ouais. Sale conne. Et tu sais quoi ? Ça va te retomber dessus.

Sa remarque me fait l'effet d'un coup de poing dans le ventre. D'un électrochoc. C'est ridicule. Charlotte, tout ce qu'elle dit, tout ce qu'elle représente, est ridicule.

— C'est une menace ?

— Je t'explique juste comment fonctionne le karma.

Je prends une grande respiration. M'attrape les chevilles.

— Tu sais quoi, Charlotte ? Je suis ravie que tu me parles de tout ça. Je suis contente qu'enfin, tu mettes les mots sur ce que je ressentais depuis toujours. On n'est pas potes, toi et moi. On n'est pas même vaguement copines. Tu pensais que je serais ta porte d'entrée vers Christophe et *guess what* ? Il te déteste. Depuis toujours, il te déteste. T'es mauvaise et toxique. Et si je suis pourrie de l'extérieur, toi t'es pourrie de l'intérieur, ma « belle ». T'es une enflure, et jamais, mais JAMAIS tu pourras finir avec une crème comme Christophe.

— Je...

— J'ai pas fini. T'es un monstre toxique, un poison, un virus. À cause de toi, je flippe depuis un an. Tu prends du plaisir à me faire souffrir, ça te fait rire de jouer avec mes nerfs. Mais j'en ai marre. J'ai vraiment d'autres chats à fouetter, et j'ai plus le temps d'être ton petit punching-ball personnel. J'espère sincèrement que le karma que tu agites devant moi viendra te trouver, et que tu récolteras ce que tu as semé. T'es une connasse.

— Tu...

— Je t'emmerde. Ne m'appelle plus. Et fous la paix à mon frère : il te hait, de toute façon.

Je lui raccroche au nez. Jette mon téléphone sur mon lit.

Me lève.

J'en ai marre.

La fatigue est remplacée par une vague d'énergie nouvelle, que je n'avais pas ressentie depuis presque un an. Je n'en peux plus, d'être cette fille molle et craintive. J'en ai marre, de me cacher derrière des mensonges et des petites victoires. J'ai dix-sept ans, je ne vais pas tenir comme ça les cinquante prochaines années de ma vie.

Impensable.

Je n'ai plus le choix.

Maintenant, il faut que ça cesse.

Je prends mon téléphone et appelle Anis, qui décroche dans la seconde :

— Emma ? Comment tu vas ? J'ai essayé de...

— J'ai besoin de ton aide.

Elle garde le silence un instant.

— Tout va bien ?

Je souris :

— Franchement ? Aucune idée.

Chapitre 26

J'ai la sensation d'être à poil.

Complètement à poil.

On a tous entendu parler de ces cauchemars, où les gens s'imaginent tout nus à l'école. Perso, ça ne m'est jamais arrivé. La nudité en soi ne me terrorise pas – peut-être parce que la piscine est l'endroit où je me sens le plus moi et que ça m'a décomplexée de ce côté-là.

Mais aujourd'hui, c'est différent.

Je me sens nue.

Pourtant, je porte un jean slim. Des bottines hautes. Une chemise blanche. Je le sais que je suis habillée ; je sens mes fringues. Mais je suis complètement nue, parce que je ne porte pas ma perruque.

— Respire, me sourit Anis. T'es juste parfaite.

Je grimace.

— Si c'était aussi facile, on se baladerait toutes le crâne rasé.

— Je t'ai proposé de me tondre, t'as pas voulu.

— Je vois pas trop en quoi ça m'aiderait, sans vouloir manquer de respect à ton élan chevaleresque.

Elle réfléchit.

— Sans doute à rien, mais ça doit être agréable, en été.

Je me passe la main sur le crâne et prends une grande respiration quand je sens l'angoisse remonter.

Nous sommes lundi matin.

On est dans le tram en direction du lycée.

Je ne porte pas de perruque.

On a passé plus de temps à me préparer ce week-end avec Anis et ma mère que je ne le pensais possible. C'est bien simple : on a fait la totale.

Gommage. Masque. Tondeuse. Pizza. *Twilight*. Massage. Pédicure. Manucure. Re-tondeuse. Glaces. Chocolat. *Coup de foudre à Nothing Hill*. Le combo complet de tout ce qu'il peut y avoir de plus cliché dans une situation comme la mienne. Enfin, tout sauf la pote qui décide de se tondre – j'ai arrêté Anis avant qu'elle ne se taille une autoroute sur le haut du crâne.

Perso, je n'ai jamais compris ce délire et ça m'a toujours mise rudement mal à l'aise. Je souffre – pourquoi tout le monde devrait souffrir avec moi ? Elle l'avait bien pris, et avait choisi de se faire un sidecut un peu plus assumé que son précédent.

On avait ramassé les poils, lancé l'aspirateur robot pour faire disparaître les derniers vestiges de mon entre-deux-vies. Puis j'avais passé la nuit avec Anis, lovée contre elle sur mon matelas, à parler de tout et de rien. Surtout de rien, en fait. Anis avait fait de son mieux pour me rassurer, parce que l'excitation extrême dans laquelle je me trouvais à l'idée de ce que j'allais faire aujourd'hui était jalonnée de moments de doute et de panique si forts que j'en avais des sueurs froides.

Je suis tarée.

Mais c'est nécessaire.

Mais je suis tarée.

Mais je ne peux pas continuer comme ça.

Mais je cherche la merde.

Plusieurs fois, j'avais presque pu entendre Charlotte me ricaner aux oreilles, et me dire que j'aimais décidemment trop souffrir. Plusieurs fois, j'avais même dit à Anis que je ne le sentais pas, et que je n'étais pas prête.

Tant et si bien qu'elle avait fini par appeler mon frère, qui s'était retrouvé de corvée « sécurisation de la perruque ». Il l'avait prise avec lui dans sa chambre, m'avait promis de l'emmener dans son sac le lendemain, que je puisse encore changer d'avis si je le souhaitais.

Mais à peine avais-je mis le pied dehors que je savais que c'était trop tard. Les dés étaient jetés.

Mon crâne avait vu le soleil. Ce qui voulait dire que techniquement, quiconque regardait dans la rue au même moment m'avait vue. Mon mensonge était éventé, je ne pouvais plus rien cacher.

Le voyage vers le tram a sans doute été le plus étrange de ma vie. Dès que je croisais quelqu'un, j'avais l'impression de perdre dix années de vie tellement je stressais. Et en même temps, j'avais une envie de rire féroce. Envie de leur dire « Oui, je sais. Et alors ? »

Quand les portes de la rame se sont refermées derrière nous, je me suis dit que ça faisait une super métaphore de ma vie. Je coupe. Je pars vers le nouveau. Je laisse tout le reste à quai, derrière moi.

Puis des élèves lève-tôt nous ont rejoints.

Et l'enthousiasme dont je faisais preuve a commencé à montrer des signes d'érosion.

— T'es parfaite, me répète Anis. Une bombe, franchement.

Il faut dire qu'on a mis le paquet sur tout le reste, pour compenser la perte de mon attrait féminin principal.

Mon maquillage est parfait, discret mais assumé, avec un travail fabuleux sur les yeux que je dois à Anis. Elle m'a d'ailleurs promis de m'apprendre à tracer des traits de liner qui ne ressemblent pas aux pâtés d'un gamin de cinq ans. Ma mère m'a prêté ses boucles d'oreille fétiches, des grandes créoles dans lesquelles pendouillent des pierres bleues. La chemise flatte ma poitrine tout en simulant des hanches qui ne sont pas vraiment là. Et le combo pantalon et talons me dessine des jambes galbées mettant en valeur ma musculature sans me faire ressembler à un taureau.

Je suis au top de ma beauté.

Sauf que je n'ai pas de cheveux, le crâne rasé presque à blanc, quelques solitaires points noirs ombrant encore la surface.

— Jacob ne répond pas, je grogne pour la dixième fois.

— C'est normal, me rassure Christophe. Il oublie toujours de désactiver le mode « ne pas déranger ».

— J'aurais dû lui dire plus tôt...

Anis et Christophe haussent les épaules. Elle pense que non, lui pense que oui. Perso, je suis un peu perdue. Je n'ai pas réussi à l'appeler hier soir pour lui en parler. J'avais besoin d'avancer, pour moi, et j'avais – c'est moche à dire – peur de sa réaction.

Et s'il me disait qu'avec la perruque, ça allait ? En me faisant comprendre que le crâne nu, ce n'était pas possible, mais que si je me cachais, ça pouvait le faire ?

Et s'il m'avait quittée, est-ce que j'aurais eu le courage d'aller comme ça en cours aujourd'hui, de tout reprendre ?

Peut-être. Peut-être pas. Dans tous les cas, je fais ça pour moi.

Sa réaction m'importe. Ses sentiments m'importent. Mais là, je ne peux plus laisser personne me dissuader.

Ce n'est pas un cancer. Ce n'est pas une maladie grave.

Mais je vais devoir gérer cette tête toute ma vie, ce crâne toute ma vie. Des décennies, et des décennies. La perruque, ça va un temps. Mais ça gratte. Mais ça chauffe. Mais ça bouge. Mais ça tombe. Mais, mais, mais...

Quand le médicament est pire que la maladie, il faut faire un choix. Nous avions décidé de ne pas tester les traitements qui pouvaient déclencher des AVC, pour des raisons évidentes. Pourquoi est-ce que je m'impose un simulacre de solution qui m'empêchera de vivre pour de vrai jusqu'à ma mort ?

Je quitte le tram quelques arrêts avant le lycée, Anis et Christophe m'encouragent en levant leurs pouces en l'air. La porte se ferme sur eux, et je reste seule à quai, le cœur qui palpite à mille à l'heure et une boule au ventre de la taille d'un avion de chasse.

Voilà.

On y est.

Mon cerveau arrête de fonctionner, je passe en mode automatique, qui me porte jusque devant l'immeuble où vit Jacob. Je ne sais pas combien de temps j'attends. Une minute. Deux ou dix.

Mais quand la porte s'ouvre et qu'il dévale les quelques marches menant à l'entrée, j'ai pris racine. Je n'arrive plus à bouger, à sourire, à rien faire. Alors je reste juste là, plantée comme la plus chelou des sucettes roses, et j'attends.

Oh, pas longtemps.

Il suffit qu'il lève la tête pour me voir. Ce qu'il ne tarde pas à faire, et alors, pour de vrai, le temps s'arrête.

On est là, séparés par une route à sens unique et une Clio déglinguée, et pourtant, c'est comme s'il fallait traverser un océan pour nous retrouver. Je suis surprise quand je réalise que je continue à respirer, surprise quand il fait un pas vers moi et plonge dans le bitume.

Un pas, deux pas, six pas, il est face à moi. Immobile.

Je vous jure, je suis à deux doigts de me casser en un million de petits morceaux. Un souffle, une grimace, une inflexion de sourcil trop soutenue de sa part, et je m'écroule.

— Tu vas mieux ?

Je ne comprends pas immédiatement qu'il me pose la question, et il doit la répéter pour que je réalise qu'on a quitté l'étape « silencieuse » de notre confrontation.

Le hic, c'est que je m'étais préparée à plein de choses, mais... pas à ça.

— Si je vais mieux ?

— J'ai essayé de t'appeler tout le week-end. Je suis venu plusieurs fois chez toi. Tu vas mieux ?

Là, c'est moi qui ne parviens pas à retenir une grimace dépassée. Sérieux ? Il ne le voit pas, mon gros crâne rose ?

— Euh... oui ?

— OK, très bien.

Il m'attrape la main. M'invite à le suivre, calmement, en direction du tram. Je trottine, à moitié tractée par Jacob, et me ressasse tous les scénarii que je m'étais imaginés. Et la situation ne correspond à AUCUN d'entre eux.

Je n'ai pas le choix : ça va partir en confrontation directe.

Je plante mes talons dans le sol et le force à s'arrêter, puis lui libère la main, passablement énervée maintenant :

— Sérieux ? Tu vas rien dire ?

— Bah quoi ? Je vais pas te dire comment te coiffer, non ?

— Putain, Jacob !! Tu vas rien dire ?

— Mais je dois dire quoi ?!

— J'en sais rien ! Mais quelque chose !

— OK. Pourquoi tu ne m'en as pas parlé ?

Silence.

Ma colère se plie dans ma gorge et se fraie un chemin dans ma trachée, douloureuse et honteuse.

— Ah, remarque Jacob avec un rire triste. Je vois. C'est plus facile de me faire passer pour le méchant de l'histoire, j'imagine ?

— Pardon ?

— Je t'ai blessée. Tu te venges en me faisant comprendre que j'ai été un connard.

Je reste là, la bouche ouverte, à essayer de comprendre dans quelle sombre ruelle son esprit s'est égaré.

— Mais de quoi tu parles ?

— Je plaisantais, Emma ! Je plaisantais ! Quand je t'ai dit... quand je t'ai dit tu sais quoi. Je pouvais pas savoir que t'étais malade, comment j'aurais pu ?

Son visage se casse un peu, et je perçois autre chose derrière sa colère. Allez, super empathie, fais ton travail.

— Mais j'aurais dû deviner. Comprendre. L'interdiction de faire du sport. Tes cheveux. La manière dont Christophe te couve... Je.. Je savais pas que t'étais malade. Et je me sens minable, tu comprends ?

Il s'attrape le visage dans les mains et fait demi-tour, les épaules voûtées.

— Et merde... grogne-t-il. Et je suis en train de te gueuler dessus, en plus. Je suis le pire mec de la Terre, je...

— Respire, Jacob. Respire.

— Mais je...

— C'est pas un cancer.

Au lieu de respirer, comme je lui ai pourtant poliment demandé, il reste purement et simplement coincé sur place, la bouche ouverte.

« Hein ? » est sa seule réaction. Je soupire. Me frotte le crâne – grimace quand ça crisse sous mes doigts – et lui explique :

— Ce n'est pas un cancer. C'est une maladie, mais elle n'est pas mortelle. Juste... emmerdante capillairement parlant ?

— C'est... c'est vrai ?

J'acquiesce. Mon menton redescend à peine qu'il me serre déjà dans ses bras.

— Ô bordel, je suis tellement soulagé. Donc tu vas bien ?

Je lui attrape le tee-shirt dans son dos.

— Super. Sauf que t'es en train de me niquer une vertèbre, mais sinon nickel.

Il rit.

— Pourquoi tu ne m'as rien dit ?

On est toujours enfouis l'un dans l'autre, nos visages camouflés, nos cœurs à vif :

— C'était... trop difficile.

— Je m'en fous, moi, de tes cheveux.

— Mais pas moi.

Il me serre encore un peu plus contre lui.

— Et qu'est-ce qui t'a fait changer d'avis ?

Je regarde le ciel qui se découpe au travers des pommiers en fleurs. Le bleu. Les oiseaux. Le soleil.

— Je ne veux plus vivre cachée.

***

Quand on arrive au lycée, je me sens un peu fiévreuse.

Jacob me tient fermement la main, et je m'y agrippe si fort que je l'entends gémir deux-trois fois sur le trajet jusqu'au portail. Mais rien à faire ; à peine je desserre qu'un regard de travers me crispe, et c'est Jacob qui paie.

— Désolée.

— Pas grave, ricane Jacob. Heureusement que je suis coureur de fond et pas pianiste, hein.

— Je peux t'écraser un pied, si tu veux vraiment pouvoir te plaindre.

— Sans façon.

Je déglutis, incapable de tenir notre petit duel vocal quand je réalise que je suis le centre de l'attention. Pour de vrai, sans exagérer, et je me sens soudain revenue deux ans en arrière. J'attends les insultes. J'attends les moqueries.

Je guette les regards qui se posent sur moi, craignant cet instant où la curiosité va se muer en dégoût.

— Ça va bien se passer, me rassure Jacob.

Il m'attrape le bras, y accroche le sien, et me force à avancer.

Les rires ne viennent pas. Mais la nausée, elle, me tenaille.

Surtout quand, face à nous, sous le préau, je repère Cindel. La reine du lycée, qui me hait, qui veut récupérer Jacob : je lui sers sur un plateau une maximassue pour me décalquer la gueule. Ses yeux sont si ronds qu'on dirait deux boules de billards. Elle tape le bras de la fille avec laquelle elle parlait jusqu'à ce qu'elle se taise et la rejoigne dans la contemplation de ma personne.

Puis Cindel sourit. Et vient vers nous.

Je comprends mieux comment ma mère a pu se faire sauter un plombage de stress : mes molaires sont clairement mises à rude épreuve.

— Eh bah, siffle Cindel quand elle arrive à notre portée. C'est couillu.

Jacob se crispe. Moi, je reste comme une conne, tremblante sur mes jambes, à attendre que tombe le verdict : me harcèlera, me harcèlera pas.

Mais l'uppercut ne vient pas. Le visage de Cindel se transforme quand un sourire le traverse, sincère et chaud, comme je ne lui ai jamais vu en arborer.

— Ça te va grave bien, assène-t-elle.

Je respire enfin. J'ai presque envie de chialer.

— Merci, c'est gentil, je lui lance en grimaçant.

Elle hausse les épaules et me sourit. Un vrai sourire.

— Bah c'est sincère. Ta petite frange là, ce qu'elle pouvait m'agacer, je te jure. En plus t'as un beau crâne. On mange ensemble à l'occase ?

Mais que se passe-t-il ? J'accepte, elle rejoint ses copines tandis qu'Anis et Christophe nous rejoignent.

— S'est passé quoi, là ? je leur demande.

— Je crois que tu viens d'être socialement approuvée, observe Anis. Ça fait quel effet ?

— C'est nouveau pour moi.

— Décris-moi ça mieux, j'attends toujours que ça m'arrive.

On rit sans vraiment rire, et elle profite que Jacob et Christophe discutent pour désigner mon copain des sourcils.

Je ne sais pas si Jacob a repéré son manège, ou si ça se fait naturellement, mais c'est ce moment qu'il choisit pour me passer un bras autour de l'épaule et me caler un énorme bisou sur la joue.

— Alors ? me questionne-t-il. J'ai le droit de la toucher, ta tête, maintenant ?

Je fais la moue.

— Fétichiste des crânes chauves ?

Jacob me fait un clin d'œil.

— Ça se pourrait bien.

Chapitre 27

Cette fois-ci, je ne rêve plus.

Le slip qui me rentre dans les fesses et me coupe le boule en deux est là pour me l'assurer. Il faut croire que quelques mois sans sport ont suffi pour que je m'empâte, ce que mon maillot s'empresse de me rappeler.

Niveau poitrine, la sensation est étrange, presque nouvelle. J'ai pris l'habitude de la laisser vivre comme elle le mérite, sans la compresser. Ma garde-robe, de sport comme de jour, n'allait que dans ce sens avant l'épisode perruque : la rendre la moins volumineuse possible. Résultat : j'achetais toutes mes fringues trop petites. Résultat annexe : mon maillot est à deux doigts de craquer, et j'en ai le souffle coupé quand j'avance le long du bassin aujourd'hui.

OK. Deuxième résolution de la nouvelle Emma : dès demain, je traîne Anis dans une boutique de sport et je prends un maillot adapté à ma taille. Hors de question que je m'impose un régime ou que je simule un corset pour me rentrer la poitrine dans les poumons. Ce n'est pas comme ça que le corps marche.

— C'est qu'on a pris du cul !

J'envoie un doigt à Christophe qui m'attend près du bassin avec mes parents, Anis et Jacob. J'ai essayé de les dissuader de venir, mais c'était mission impossible. À peine avais-je évoqué la possibilité de faire un test en natation avec monsieur Schaeffer qu'ils avaient sortis cotillons, paillettes et tee-shirts à mon effigie (j'exagère à peine, je vous jure).

Mon père avait lâché sa petite larme ; ma mère son meilleur « je le savais » de psy ; Christophe m'avait offert la dernière Danette chocolat. Quand j'avais vu Jacob quelques heures après, je lui avais demandé ce qu'il en pensait.

— Qu'est-ce que tu risques ?

— En vrai ? Pas grand-chose. À part de découvrir que j'ai perdu un an, et qu'il va m'en falloir autant pour rattraper mon niveau d'avant.

— Il ne te faudra pas un an.

— C'est possible.

— Peu probable. Mais même si c'était le cas... il vaut mieux s'y remettre de suite, ou attendre dix ans et n'avoir plus que des regrets ?

Je l'avais fixé avec une grimace. Je sais que Jacob est un peu trop bien pour être réel. Que c'est agaçant, ces mecs bien foutus, profondément gentils et respectueux, et que si je le collais dans un livre, on me dirait : « Ce personnage manque de méchanceté, et si tu en faisais un doux salopard qu'on adore détester ? » Mais il est comme ça, mon Jacob. Sauf que s'il s'entête à rajouter la corde « philosophe » à son arc, je ne pourrai rien faire pour lui.

Cela dit, il avait sans doute raison. C'était la trouille qui parlait.

Ce que m'avait très clairement dit Anis.

— Putain, mais sors de ta coquille. Il faut quoi, qu'on te pousse à l'eau, maintenant ?

Sa franchise est aussi vexante que rafraîchissante.

J'avais appelé monsieur Schaeffer. Lui avait demandé si on pouvait utiliser la piscine avec mes parents pour faire un test. Il s'était directement proposé pour le conduire, et avait appelé dans la foulée le responsable de l'équipe de natation junior de la ville.

Ça aurait dû me foutre la pression. Mais ça m'a surtout collé une patate d'enfer.

La compétition, c'est comme le ménage pour mamie. Mon carburant.

Je secoue mes muscles, debout sur le plongeoir.

Toute ma famille et mes amis m'entourent et je ne peux m'empêcher de sourire. Je me sens bien, genre vraiment bien, avec l'eau qui clapote à quelques centimètres sous mes pieds. Je me délie la nuque et les épaules, puis installe mes lunettes sur mon nez. J'ai prévenu Jacob que je ressemblerais à un hamster sous cortisone pendant et après la course, et qu'il y a sans doute peu de pratiques sportives moins sexys pour les filles.

Il m'avait dit que j'étais conne, et que si j'acceptais de lui faire des câlins alors qu'il puait la mort après ses tours de piste, il pourrait bien faire un effort pour une marque de lunettes sur ma gueule. Bon point pour lui.

— Prête ? me demande monsieur Schaeffer.

Je n'ai jamais été aussi prête de ma vie.

Je me positionne sur le plongeoir, la tête penchée en avant, les jambes en tension.

— Prête !

On y est.

Tout autour de moi ralentit, et je me concentre sur les battements de mon cœur, un peu rapide, un peu affolé, surtout surexcité à l'idée d'y retourner.

— C'EST PARTI !

Je me jette, je fuse, mes cuisses relâchant la pression de onze mois d'attente en une poussée phénoménale. Je fends les flots, et je reviens à la vie.

Pendant une fraction de seconde, j'ai envie de chialer. Tout mon corps retrouve ses réflexes et se contracte, mes bras, mes jambes, mon ventre et ma colonne s'alignant pour me donner la forme d'une dague. Une dague ondulante, musclée, entraînée.

Mon plongeon me donne assez de poussée pour traverser la moitié du bassin sans effort, et j'enchaîne avec un crawl libérateur. Quand j'atteins le muret, je plonge. Fais une roulade. Me propulse à nouveau de toute la force de mes jambes, les bras tendus devant moi pour fendre la matière.

Quand je touche le muret sous le plongeon, je suis un peu essoufflée. Mais je mets plus cela sur le coup de l'excitation que de l'effort : je pourrais faire ça toute la journée !

— Alors ?

Je tire mes lunettes pour les poser sur mon bonnet de bain, parce que ma sexyness n'a aucune limite.

Monsieur Schaeffer, accroupi devant le bassin, observe son chronomètre. Ma mère et mon père se tiennent dans les bras l'un l'autre. Christophe rayonne. Anis zone sur le gradin derrière. Et Jacob a l'air profondément choqué, la bouche qui pendouille et tout le tintouin.

— C'était si mauvais ?

— Du tout, du tout, me rassure monsieur Schaeffer. Une minute et treize secondes, c'est... c'est excellent, Emma.

Je fais la grimace.

— Je faisais une minute quatre, avant.

— Il va falloir reprendre les entraînements, c'est certain. Mais ton plongeon était parfait, et je ne doute pas que tu pourras rejoindre la section sport-étude l'année prochaine. Rémi sera ravi de récupérer une nageuse de ta trempe pour les prochaines compétitions... Ça te tente ?

Un sourire me fend le visage.

Tu parles, que ça me tente... !

***

Le temps s'accélère, on arrive déjà à la fin mai.

En quelques semaines, j'ai eu le temps de vivre plus d'aventures que je ne pensais possible de le faire.

Les 18 ans d'Anis ont été d'enfer, et j'ai passé la meilleure soirée de ma vie, avec mon frère, ma meilleure amie et mon petit ami, dans une piscine sur les toits de Strasbourg, à manger de la pizza et jouer à des jeux débiles.

J'ai accompagné Anis transformer ses mains courantes en plaintes le lendemain, puis elle est rentrée chez elle où l'attendaient ses parents pour célébrer sa majorité. Ça n'était pas prévu, ils pensaient lui faire une surprise. Alors, plutôt que de souffler les bougies, elle leur a parlé de ce qui lui arrivait. Le harcèlement. Le doxing. Les plaintes. Son père a super bien réagi et fait installer des systèmes d'alarme dans la maison. Il s'est aussi pris d'une vraie passion pour la chaîne de sa fille qu'il regarde religieusement tous les jours, entre deux interventions. Mais la relation avec sa mère s'est un peu creusée, et elles se sont encore éloignées l'une de l'autre.

Anis en a pris un coup. Mais elle va la retrouver à Dubaï pendant les vacances d'été, pour mettre tout ça à plat. Elle me manque déjà.

Jacob a rencontré son frère. Une fois, deux fois... on a arrêté de les compter. Il n'a pas reparlé à son père, et je doute qu'il le fasse. Mais il a des milliers de photos de son frangin dans son téléphone, et me parle de lui constamment. Il ressemble à un petit louveteau, tout mignon et tout fou ; j'en ai des pages complètes de croquis. Jacob a grandement gagné au change, entre un père qui était incapable de s'intéresser à lui, et la fratrie dont il a si longtemps rêvé sans oser le dire. D'ailleurs, on l'embarque avec nous à Europa-Park la semaine prochaine, ce qui promet d'être épique. Comme le dit Christophe : ils ne savent pas ce qui sera le plus dur à gérer entre un gosse de sept ans et moi, qui vais pouvoir tester absolument tous les manèges sans angoisse.

Et quant à Christophe... Rien. C'est toujours un imbécile de labrador hyperactif. Mais c'est mon labrador hyperactif à moi.

Nous sommes jeudi. Il fait plus chaud dehors que dans un four et, dans les couloirs du lycée, les effluves d'aisselles et de monoï entrent en compétition avec la puanteur de centaines de cerveaux en surcharge : les épreuves du bac sont en cours. On ressemble à une horde de zombies sous coke, oscillant entre crises dépressives sévères et surexcitation alimentaire. Je n'ai jamais autant bouffé de noix que ces derniers jours ; j'ai dû en gober assez pour nourrir un petit royaume d'écureuils.

— Alors ? me questionne Anis.

Je remercie le ciel d'avoir fait tomber la perruque quand on s'enfonce dans les couloirs sans aération ni air conditionné du lycée. Je pue la vieille chaussette, elle sent la rose. J'ai le visage qui a fondu sous le coup du stress, tandis qu'elle est toujours aussi fraîche que quand on est entrées en salle d'examen ce matin. La magie de la génétique à l'œuvre.

— Je pense que ça a été.

Et le pire, c'est que je ne mens pas. Je pense sincèrement que je m'en suis sortie, ce qui est lunaire parce que je parle de maths. Et que moi et les maths, ça fait trois.

— Sérieux ?

— Bah on verra ça dans quelques semaines, mais... ouais. Moins dur que je ne le pensais.

Anis se pare de son petit sourire de renard, celui qui lui plisse le nez et qui lui envoie des marques de joie partout sur les joues.

— Ça a du bon, de sortir avec le premier de la classe.

— Et d'avoir la première comme meilleure pote.

— Sur les maths, je laisse les honneurs à Jacob.

C'est vrai que c'est lui qui a pris le relais sur mes cours du soir. En partie parce qu'Anis a absolument zéro patience, et que je pense qu'elle aurait fini par me dépecer vivante si je n'apprenais pas plus vite et mieux. Mais aussi parce que ça s'est fait assez naturellement ; lui-même révisait beaucoup en cette fin d'année, on voulait passer du temps ensemble. Le CDI est devenu notre royaume, à la plus grande stupéfaction de mes parents, de Christophe, et même de la Emma de dix ans qui doit m'observer quelque part depuis l'intérieur de ma tête.

Chauve et qui fait des maths sur son temps libre.

On est très loin de l'exploratrice sexy que je projetais de devenir. Et c'est bien mieux comme ça.

— Prête pour le dernier de la journée ? me motive Anis.

Les examens se sont étalés sur plusieurs jours, voire sur différentes semaines selon les spécialités. Mais dans notre cas, le sadisme scolaire a atteint son paroxysme en cumulant deux épreuves à quinze minutes d'intervalle.

Je veux dire ; on n'a même pas le temps d'aller aux toilettes, qui sont prises d'assaut par les stressées et les déprimées. Mais ça n'est pas grave. Si les maths se sont bien passées, alors cette épreuve devrait être du gâteau.

Et pourtant... je stresse plus pour elle que pour toutes les autres réunies. Je veux dire : SVT, maths, physique – il n'y a rien de personnel, là-dedans. On se contente de prouver qu'on a bien assimilé les concepts qui nous ont été enseignés pendant l'année. On montre qu'on est capable d'appliquer théorème et réflexion, qu'on a deux sous de jugeote et qu'on a passé vingt heures sur YouTube à apprendre le fonctionnement de notre foutue calculette scientifique.

Mais là ? C'est différent.

On a mis beaucoup de choses personnelles, très personnelles, dans notre projet d'arts plastiques avec Anis. Et alors qu'on avance vers la salle où nous attend le jury, je me demande même si on n'en a pas mis trop. J'ai vu les dossiers de nos camarades ; la majorité se sont contentés de faire des reproductions de manga. De tester une ou deux techniques nouvelles, comme la litho ou la sculpture pour une meuf particulièrement motivée. Mais même ainsi, leurs projets restent très superficiels, dans une recherche du paraître qui me semble cohérente, finalement, avec notre âge et notre expérience de la vie.

Et c'est aussi ce qu'on voulait faire au début, avec Anis. S'amuser, rester légères, faire des expérimentations et moi gribouiller des lapins en guise de prof. Et puis elle a porté plainte pour agression. Et puis j'ai fait tomber la perruque et brisé une relation toxique. Et puis on s'est rendu compte qu'on avait toutes les deux une colère, une énergie qu'on avait gardées enfouies en nous, et qu'on s'était retenues de l'exprimer depuis trop longtemps.

Tout ça pour dire qu'on a entièrement revu notre projet de fin d'année un mois avant la présentation devant le jury. Le précédent nous semblait trop fade pour nous représenter honnêtement.

Nous descendons les marches menant au bureau du professeur d'arts plastiques, et c'est plus étrange encore que d'habitude de se retrouver dans cette immense salle, sans personne.

Enfin, si : les trois membres du jury sont installés derrière un montage de tables d'étudiants, assis sur des chaises d'école trop petites pour eux, pliés par ce que j'imagine être le mal de dos du siècle.

— Mademoiselle Corbero et mademoiselle Martin ? nous demande de confirmer la plus imposante des femmes présentes.

On acquiesce.

— Alors ? Qu'allez-vous nous présenter ?

J'échange un regard avec Anis, puis nous enlevons nos vêtements, plus aussi sûres de nous que ce matin, quand nous avons enfilé nos combinaisons de coton avec enthousiasme.

Les jurés se font silencieux, nous observent, nous scrutent.

— On peut s'approcher ? demande enfin l'une d'entre eux.

Je me retiens de soupirer. S'ils sont curieux, c'est plutôt bon signe.

Il faut dire qu'on a passé un sacré temps à travailler nos costumes, si proches du corps qu'on pourrait tout aussi bien être à poil.

La femme vient vers moi, m'observe, me demande :

— Vous vous êtes rasé la tête pour l'occasion, mademoiselle Martin ?

Je pourrais mentir. Gagner des points en plus, peut-être.

Mais non. Je ne veux plus user de cet artifice-là ; je n'en ai pas besoin, pour qu'on m'entende. Ma voix peut être assez puissante.

— Non. Je suis malade, et j'ai fait le choix de ne plus le cacher. Et non, ce n'est pas un cancer.

— Vous m'en voyez ravie. Ça vous va très bien.

Anis me tire la langue en biais, et je souris.

— Et que représentent toutes ces broderies ?

C'est Anis qui répond.

— Notre histoire. Notre rencontre. Comment on s'est mutuellement sauvées.

On les tient. Anis bouge et affiche différents panels de notre aventure. Le premier la montre en train de streamer. J'enchaîne avec le suivant, constitué de cheveux synthétiques collés, qui me représente, seule fille de coton dans un monde poilu. On raconte, on s'amuse, on en profite pour montrer toutes les techniques que nous avons testées au cours de l'année. Peinture. Dessin. Manipulation digitale. Sculpture. Collage. Patchwork.

Pour notre dernier acte, nous nous tournons et affichons dans notre dos le résultat de notre quête, l'aboutissement de nos arcs narratifs respectifs :

Moi, j'ai la perruque épinglée dans le dos, dans laquelle j'ai clipsé des bouches en résine barrées de croix rouges, pour signifier le mensonge.

Anis, elle, a placardé des copies des dépôts de plainte, et des photos des pénis qu'elle recevait en message privé, barrés des mêmes croix rouges.

Et sans que ce soit prévu dans notre script bien rôdé, on s'attrape la main toutes les deux, un peu émues d'en être arrivées là, ensemble, à notre rythme. Je ne pensais pas un jour trouver une amie comme Anis. À vrai dire, je ne pensais même pas que ça existait. Et rien que pour ça, rien que pour elle, ça valait le coup de perdre tous mes cheveux. Dix fois, quinze fois s'il le fallait, je le referais. Elle s'essuie rapidement sous les yeux, et je glousse quand elle grogne de s'être fait prendre en flagrant délit de surcharge émotionnelle.

J'espère qu'elle se dit aussi que je suis une super pote, sinon ça va barder.

Le jury prend beaucoup plus de temps que prévu à nous interroger, sur notre rapport à l'art, sur nos histoires, sur ce qu'on compte faire par la suite. Alors on leur parle de la suite. De ce projet un peu fou qui nous anime depuis maintenant trois semaines, et sur lequel on bosse dès qu'on en a le temps, entre nos activités, nos copains, les cours et le reste.

On ressort avec deux cartes de visite, et des propositions de rencontre pour pousser le projet plus loin. Notre projet de BD en ligne, « Alerte Dessinée ». L'histoire de tous les jeunes, des dangers du harcèlement sous toutes ses formes, quoi faire, comment le reconnaître, comment s'en sortir.

Parce que si Anis et moi nous allons mieux aujourd'hui, nous ne serons jamais vraiment libérées de ce qui nous est arrivé. Je pense que je grincerai encore des dents longtemps, quand les gens me regarderont dans la rue. Anis, elle, a toujours le cœur qui manque un battement quand son navigateur anonce un nouveau message, ou quand elle reçoit un courrier. Nos familles aussi sont touchées par ce qui nous est arrivé, de manière plus ou moins profonde, plus ou moins douloureuse.

Chaque famille est différente. Chaque victime est différente.

C'est important d'en parler.

Quand nous ressortons de la salle, nous nous jetons dans les bras l'une de l'autre.

— Putain on l'a fait !!! s'époumone Anis.

— On est des tueuses !!

— Ouiiiiiiiiiii !

Les gens nous regardent ; on s'en fout. On a fini. Les épreuves de cette année sont finies. Et on a réussi à afficher sans honte ce qui nous est arrivé, sans chialer, sans mentir, sans minimiser la violence de ce qu'on nous a imposé. J'ai l'impression qu'on m'a arraché un pansement du cœur, *schlack*, d'un coup sec.

— Quelqu'un peut me dire pourquoi ma meuf a un harem de pénis dans le dos ?

Christophe et Jacob nous attendent, grands sourires, installés sur les bancs devant les salles de classe.

— Ça, c'est aux mecs qu'il faut demander, lui rappelle Anis.

— Eh ! s'offusque Christophe. J'ai jamais fait ça, moi... !

Anis s'installe à ses côtés et lui plaque un baiser sur la bouche.

— Ah oui ? roucoule-t-elle. T'es sûr de toi ?

Christophe devient plus rouge qu'une Clio.

— C'est pas la même chose !

Je fais une grosse grimace dégoûtée.

— Sérieux... je veux pas savoir que mon frère t'envoie des photos de sa bite.

— Pourquoi ? continue Anis. Elle est toute mignonne.

Elle frotte son nez contre celui de Christophe qui la repousse, outré qu'elle ose parler de ça en ma présence.

— C'est le moment de nous éclipser, je propose à Jacob qui ne se fait pas prier.

Il attrape ma main, et on laisse Anis et Christophe gérer leurs différends comme ils l'entendent. Le pire, c'est que ce sera sûrement au lit, et que je vais devoir quitter l'appartement quelques heures pour leur laisser un peu d'intimité. Ils sont bien plus avancés dans leur relation que Jacob et moi. Mais ça... j'ai prévu d'y remédier, et pas plus tard que ce soir.

— Alors ? me demande Jacob. Ça s'est bien passé ?

— Je crois que j'ai cartonné en maths.

Il rayonne soudain.

— Nan ?! Sérieux ?

— Carrément !

Il me prend dans ses bras et me fait tournoyer en me soulevant de terre ; j'ai l'impression d'être une princesse Disney, et ça me va très bien.

— C'est grâce à toi, je murmure contre ses lèvres. Merci.

— C'est toi qui as bossé. Impressionnant.

— Oui... Je suis impressionnante.

Il me repose doucement au sol pendant que notre baiser s'approfondit, doux d'abord, puis assoiffé. Sa langue tournoie dans tous les sens, et je réalise que je lui mords la lèvre quand je l'entends gémir dans ma bouche.

— Merde ! Désolée, je...

— Chut. Embrasse-moi.

Je m'exécute.

Quand nous nous séparons, je suis un peu haletante, et la lueur qui s'est allumée dans le regard de Jacob ne m'aide pas à reprendre mon souffle.

Oui.

La vie se présente bien...

Dire que j'étais à un cheveu de passer à côté.

C'est quoi, le harcèlement ?

Le harcèlement via Internet (mails, réseaux sociaux...) est appelé cyber-harcèlement. Il s'agit d'un délit[6]. Si vous êtes victime de ce type de harcèlement, vous pouvez demander le retrait des publications à leur auteur ou au responsable du support électronique. Vous pouvez aussi faire un signalement en ligne à la police ou à la gendarmerie, ou porter plainte. Ce délit est sanctionné par des peines d'amendes et / ou de prison. Les sanctions sont plus graves si la victime a moins de 15 ans.

Source : https://www.service-public.fr/particuliers/vosdroits/F32239
Direction de l'information légale et administrative (Premier ministre), ministère chargé de la Justice.

Un mineur est victime de harcèlement scolaire quand un élève a, de manière répétée, des propos ou des comportements agressifs à son égard. La victime peut alerter la direction de l'établissement scolaire, porter plainte seule

6. Infraction jugée par le tribunal correctionnel et punie principalement d'une amende et / ou d'une peine d'emprisonnement inférieure à 10 ans.

et demander de l'aide auprès d'associations. Elle peut aussi demander à la justice de condamner pénalement l'auteur du harcèlement et de réparer son préjudice. La loi punit le harcèlement scolaire, mais aussi les violences scolaires et la provocation au suicide.

Vous trouverez des liens vers des associations et les numéros d'urgence directement sur le site gouvernemental, à l'adresse ci-dessous : *https://www.service-public.fr/particuliers/vosdroits/F31985*

Source : https://www.service-public.fr/particuliers/vosdroits/F31985,
Direction de l'information légale et administrative (Premier ministre), ministère chargé de la Justice.

Remerciements

Voilà un exercice difficile que celui des remerciements. Surtout pour ce texte, qui me touche dans un aspect de ma vie qui a longtemps été une grande source de souffrance. Mon alopécie s'est déclarée durant mes années collège, et je n'ai réussi à faire le deuil de mes cheveux et d'une certaine image de la féminité qu'une fois passée la trentaine. Que de temps perdu, que d'années disparues à complexer et me morfondre !

L'alopécie touche entre 16 et 20 % des femmes, et pourtant c'est un sujet encore tabou. Nous nous cachons sous des perruques, sous des chapeaux et faisons en sorte que, jamais, ô grand jamais, la vérité de ces crânes dégarnis n'éclate en plein jour.

J'aurais aimé lire ce texte adolescente. J'aurais aimé avoir le courage d'Emma plus tôt. Mais il n'est jamais trop tard pour se découvrir (jeu de mot volontaire).

Alors pour mes remerciements, je vais bien sûr commencer par ma famille, qui m'a toujours soutenue et rassurée face à mon déplumage lent, mais inexorable. Merci de m'avoir accompagnée, suivie, encouragée, sans jamais m'imposer une direction ou une autre. Merci aussi pour votre enthousiasme concernant mon activité d'écrivaine, et globalement pour tout ce que je fais !

Merci à mon compagnon de longue date, Dimitri, qui partage ma vie depuis quinze ans maintenant, et qui m'a accompagnée dans ce long processus d'acceptation de moi. Je n'aurais pas pu rêver meilleur soutien <3.

Merci à la communauté afro-américaine pour ses ressources incroyables sur le soin des perruques, d'une qualité que je n'ai trouvée nulle part ailleurs !

Merci à mes ami.e.s, qui m'ont accompagnée dans cette aventure : tout d'abord le grand Johan, sans qui rien ne se serait passé ! *You're da best !* Merci à Bleuenn, Déborah, Maiwenn, Allison, Béné, Ericka et Daniel, mes *buddies* d'écriture qui ont suivi ce projet marathon et motivée tout du long !

Merci à Manon et Marion, mes éditrices qui m'ont fait confiance pour ce projet si particulier, et à Slalom et Edi8 de me faire entrer dans leur grande famille d'auteur.rices !

Et enfin, merci à toi, lecteur.rice, qui es arrivé.e au bout de ce roman.

Merci à vous, les personnes avec qui j'ai fait ma scolarité et qui ne m'ont jamais harcelée.

Merci à toi, la vieille dame dans la rue, qui m'a fait un compliment un jour où je me sentais particulièrement vulnérable, en me disant que j'avais fière allure.

Merci <3

Toute notre actualité et nos auteurs sur :
www.slalom-editions.fr